TO

# 後宮見鬼の嫁入り

夢見里龍



TO文庫

# 目次

## 焉 令冥【エン・レイメイ】

代々異能をもつ一族の宗家に生まれたが、無能だったため親から愛されず贄に捧げられた少女。神喰から寵愛される。現在は〈見鬼〉の眼をもち、復讐のために一族を滅ぼした敵を探している。

## 神喰【カミジキ】

かつて奉国に災いをもたらし焉家によって封印されていた神サマ。嫁である令冥のことを溺愛しているが、他のものにたいしては冷酷無慈悲で現在でも国を滅ぼそうとしている恐れがある。

## 祇 磋魄【ギ・サハク】

有能な若き皇帝。令冥に親切にしてくれるが——。

## 陵【リョウ】

皇帝に忠誠を誓っている側近。素性の知れぬ令冥を敵視している。

# 序章　死せる春の嫁入り

桜《さくら》が舞っていた。

春まだき、梅も咲かぬ時季《きせつ》だ。春と違《たが》えた桜が北風にさらされて、月をかすめるように乱舞《らんぶ》する。

桜の根《ね》かたには、死が、散らばっていた。

ばらばらになった腕や脚、息絶えた人の残骸が無残に転がり、敷きつめられた花芭《はなびら》は血《ち》潮《しお》で紅《くれない》に濡《ぬ》れている。

血桜《ちざくら》の褥《しとね》には幼い姑娘《むすめ》がひとり、すわりこんでいた。

死屍累々《しるいるい》たる惨劇《さんげき》を映してこぼれんばかりに涙をためた姑娘《むすめ》の眼は緋《あか》。それは彼女が、特殊な一族の姑娘《むすめ》であることを如実に証していた。

姑娘《むすめ》は紅絹糸《こうけんし》と金縷《きんる》で織りなされた婚礼衣裳をまとっていた。成年も迎えていない十二歳という幼い身にはそぐわないが、衣裳は他でもない彼女の身幅にあわせて誂《あつら》えられている。

彼女は今宵《こよい》、嫁入りがきまっていた。

だがいまや紅繻子《べにじゅす》の袖《そで》は破れ、結いあげられていたはずの髪もほどけてすり傷だらけの頬《ほほ》に張りついている。

姑娘《むすめ》が見つめるさきには男がたたずんでいた。

異様な風貌《ふうぼう》をした男だ。

宵《よい》の帳《とばり》を想わせる長い髪を前方にだらりと垂らしており、すきまからは双眸《そうぼう》だけが覗いていた。底光りするその眼は剣呑《けんのん》なものを漂わせている。七尺《ななしゃく》を超える長身に絡みついているのは木製の札だ。ひとつ、ふたつではない。幾百幾千の札が、男が動くたびに擦《こす》れあい、乾いた骨の軋《きし》むような不気味な音を響かせていた。

散乱する屍《しかばね》はすべて、この男が裂いて、貫き、斬って、息の根を絶ったものだ。

姑娘《むすめ》は震えながら声を洩《も》らす。

「神、サマ――？」

こたえるように男がゆらりと振りかえる。

ひときわ強い風が吹きおろしてきた。桜が崩れるように散る。暗幕じみた男の髪がなびき、隠されていた素顔が月明かりのもとにさらされる。

男は麗しかった。姑娘《むすめ》が身を竦《すく》ませるほどに。

職人が魂を賭して彫《ほ》りあげたような鼻筋に薄氷《うすらい》を想わせる唇。端整という域を越え、畏怖すら感じさせるほどの凄みがあった。

霊妙な光を帯びた眼差《まなざ》しが姑娘《むすめ》にそそがれる。

たわむように唇の端をあげて、男は微笑んだ。

「――おまえを、迎えにきた」

姑娘《むすめ》の眼から、なみだがひとつ、こぼれた。

春を俟《ま》たずして桜たちが死に逝《い》くさなか、彼女は。

神サマに嫁いだ。

# 第一章　死した鶴は舞えない

月は正子《しょうし》に落ちた。

風のない、骨まで凍《い》てつくような春の宵だった。

ここは後宮である。燈火《あかり》の絶えた殿舎《でんしゃ》の廻廊《かいろう》を、中衣《ちゅうい》姿の妃妾《ひしょう》が歩いていた。

彼女は怖《おそ》ろしい夢をみたせいで喉《のど》が渇き、房室《へや》から抜けだして水甕《みずがめ》のある庖房《くりや》にむかうところだった。

予想外の寒さに身が竦んだ妃妾《ひしょう》は朝まで辛抱すればよかったかと後悔したが、せっかく手燭《てしょく》に火をつけたのだからと考えなおして、進む。

皆が寝静まった殿舎に妃妾《ひしょう》の擦《す》るような足音だけが響いた。日頃から暮らしなれたところでも、深夜になり人が絶えると途端に底気味悪さが漂う。

「ああ、やだやだ……」

はやく喉を潤《うるお》して、臥室《しんしつ》に帰ろう――

妃妾《ひしょう》がそう考えたとき、背後で鈍く床が軋んだ。

びくりと肩をはねあげ、振りかえる。手燭を掲げて慎重に確かめるが、当然ながら誰もいなかった。

妃妾《ひしょう》は胸をなでおろす。だが、気を取りなおして進みかけたところで、また音が聴こえてきた。

ガリ、ガリ――

誰かが爪《つめ》で板を掻《か》きむしっているような、異様な音だ。それは段々と妃妾《ひしょう》にむかってきていた。妃妾《ひしょう》は総毛《そうけ》だち、咄嗟に逃げだそうとする。

だが、彼女は動けなかった。

後ろから誰かに足首を、つかまれている――

妃妾《ひしょう》は恐怖で強張《こわば》った眼球を動かして視線を落とす。裾《すそ》から覗いた妃妾《ひしょう》の足首には血に濡れた指が絡みついていた。

妃妾《ひしょう》の絶叫が響きわたる。

ぐちゃり――

濡れたものをちぎるような音を最後に、悲鳴は絶えた。

❖

奉《ホウ》の後宮は呪われている。

果たして、誰がいつから言いはじめたのか。

先帝が倒れた時にはすでに後宮にまつわる不穏な噂は絶えることがなかった。先帝の崩御を経て新たな皇帝が即位してもなお、怪聞《かいぶん》はいっこうに収まることを知らず、実際に不可解な死を遂げるものも後を絶たなかった。

怪異《かいい》に見舞われたものたちはきまって、後宮の端《はずれ》の宮を訪《おとな》う。

異能を持つという妃《ひ》に助けをもとめて。

見鬼妃《けんきひ》――姓は焉《エン》、名は令冥《レイメイ》という。

その妃の素姓を知っているものはわずかだ。

宮廷の裏につかえる一族の姑娘《むすめ》だというものもいれば、すでに有夫《ゆうふ》の身だという噂まである。見鬼《けんき》という彼女の異能についても不詳だった。

ただ、実《まこと》しやかな噂がひとつ。

見鬼妃はいかなる怪異をも取り除く――と。

その晩もまた、噂を頼りに離宮を訪れたものがいた。

鵺《ぬえ》も鳴かないほどに昏《くら》い晩だった。

春の嵐が吹きすさぶなか、石段をあがってきたのはうす紫の女官服をきた白髪まじりの命婦《みょうぶ》だった。奉における命婦《みょうぶ》とは各宮の女官たちをまとめ、指揮する役職である。不惑《ふわく》(四十歳)を越えてから任命されるため、皇帝の側室《そくしつ》ではない。

「お願いがあって参りました。焉令冥《エンレイメイ》妃にお逢いいたしたく」

命婦《みょうぶ》が嵐に負けじと声を張りあげて戸をたたく。戸が軋みながら開き、提燈を持った女官が現れた。

奇妙な女官だ。額から布を垂らし、素顔を隠している。

「あ、あの」

離宮の女官は袖を掲げて頭をさげ、無言で背をむける。数歩進んでから振りかえり、ついてきてくださいとうながしているらしい。命婦《みょうぶ》は慌てて女官のあとに続いた。

廊《ろう》下《か》にはまばらに燈《とう》火《か》がともってはいるが、廃宮ではないかと疑うほどに静まりかえっていた。命《みょう》婦《ぶ》はひとつ踏みだすごとに黄《こう》泉《せん》の底に降りていく心地になる。

やがて命《みょう》婦《ぶ》はがらんとした客《きゃく》房《しつ》に通された。

ここも青《せい》銅《どう》の燭《しょく》台《だい》がひとつおかれているだけで、うす昏かった。

客《きゃく》房《しつ》といえば、賓《ひん》客《きゃく》をもてなすために飾り壺《つぼ》をならべたり掛け軸を飾ったりするものだが、壁掛けの竹《ちっ》器《き》に挿された椿《つばき》の枝があるだけだ。

ほんとうにこのようなところに妃がいるのだろうか。

「……ようこそ、お越しくださいました」

不意に声をかけられ、命《みょう》婦《ぶ》は縮みあがる。

昏がりにひとつ、倚《い》子《す》がおかれていた。ふるぼけた紫《し》檀《たん》の倚子には年端もいかぬ姑《むす》娘《め》がすわっていた。

背筋が寒くなるほどに奇麗な姑《むす》娘《め》だ。

命《みょう》婦《ぶ》は思わず、感嘆の息を洩らす。

白《しろ》妙《たえ》のような肌に頬だけがうっすらといろづき、唇には寒《かん》紅《べに》を乗せていた。宵の帳を解いたような髪を結いあげ、笄《こうがい》ではなく椿をひと枝、挿している。紅《べに》繻《じゅ》子《す》織《おり》の襦《どう》をまとい、細い腰にはおなじく真紅の帯を締めていた。八重の花《はな》葩《びら》を想わせる袖からは指の先端だけがわずかに覗いている。

「あら、まあ、今宵のお客様はずいぶんと」

姑娘《むすめ》がふせていた睫《まつげ》をあげた。

「――憑《つ》かれておいでなのですね」

その眼は緋《あか》かった。

奇妙な眼だ。心を見透かすような視線に命婦《みょうぶ》は一瞬だけたじろいだ。だがこんな笄年《けいねん》（十五歳）にも満たない姑娘《むすめ》相手になにを畏縮《いしゅく》することがあるのか、と気を取りなおす。

「焉令冥《エンレイメイ》妃を訪ねて参りました。御力をお借りいたしたく。これからお逢いすることは可能でしょうか」

「ふふふ、今まさにお逢いいたしているではございませんか」

幼い姑娘《むすめ》は芙蓉《ふよう》の眥《まなじり》を細めて、蜜《みつ》がとろけるような微笑を重ねた。

齢《よわい》からして妃の御子《おこ》だと想っていたため、命婦《みょうぶ》は今度こそ度肝を抜かれる。慌てて低頭《ていとう》してから、命婦《みょうぶ》は取り繕《つくろ》うように続けた。

「失礼いたしました。私は鴇琳《ホウリン》婕妤《しょうよ》の宮におつかえしている巽《ソン》にてございます。正確には、鴇琳《ホウリン》様は私の実娘《じつじょう》にあたります」

後宮にあがった妃に母親が連れだつ、というのはまれにあることだ。女官として側につかえ、御子ができた時には乳母《うば》になることもある。

「見鬼妃様は荒《すさ》んだ霊鬼《りょうき》を鎮めてくださるとか」

「はて、霊鬼《りょうき》を鎮めるとは妙なことです」

令冥《レイメイ》は睫《しばたた》を瞬かせた。緋《あか》がゆらめく。

「わたくしは鬼を視て、魂《こん》を解くだけ。左様で構わないのであれば、見鬼妃たるはわたくしのことで相違ございません」

謎《なぞ》かけめいた言葉を経てから、伺《うかが》いましょうと彼女はうながした。

「ありがとうございます、実は……」

巽《ソン》は腹を括《くく》ったように息をつめてから喋りだす。

「女の霊鬼《りょうき》が夜な夜な、殿舎の廻廊を這《は》いまわるのです」

事の発端は十五日前の未明であった――

「劈くような悲鳴が聴こえて、眠りからさめました。それはもう身の毛もよだつような絶叫でした。声がした廻廊にかけつけるとあたりは血の海で、鴇琳《ホウリン》様――姑娘《むすめ》が倒れていました。なにがあったのかと血だらけの床に目をやると、奇妙なかたちをした赤い塊がふたつ、落ちていました。よくみれば、それは……姑娘《むすめ》の足だったのです」

想いだすだけでも巽《ソン》は震えがとまらなくなる。

「姑娘《むすめ》はあろうことか、両の足をもがれていました」

「斬り落とされた、ではなく、ですか？」

「はい、無理やりにねじきられていたというべきでしょうか。剣などで斬り落としたのであれば、あんなふうにはなりません」

折れた骨が柔らかな肉の塊から飛びだしていた。尋常ならざる力でもがれたとしか考えられない。

「幸いなことに姑娘《むすめ》は一命を取りとめました。ですが、意識を取りもどしたあと、彼女は度々錯乱して泣き喚《わめ》くようになって、四つん這いの女がくると」

巽《ソン》は頭を横に振る。

「……信じられますか？　姑娘《むすめ》はその女に足をもぎ取られたというのです。私はてっきり恐怖で幻覚をみたのだと思いました。ですが、その後、宮に勤める女官たちが立て続けに襲われて」

襲撃《しゅうげき》されたものたちは口をそろえて、訴えた。

「廻廊を這いまわる嬪《ひん》に追いかけられたと――」

突風が吹きつけて、燭火が身震いをする。

「そうして、私もとうとう、見てしまったのです。血まみれの嬪《ひん》が髪を振りみだし、廻廊を這ってくる姿を」

話を聴いていた令冥《レイメイ》が喉から微かにきゅうと息を洩らした、ような気がしたが、微笑を崩さないので、確実に聞き違いだろう。

「私は命からがら、房室《へや》に逃げこんで事なきを得ました。ですが、それからというもの、正子《しょうし》の鐘《かね》がやむころになると聴こえてくるのです。女の霊鬼《りょうき》が板を掻きむしりながら廻廊を徘徊《はいかい》する音が――毎晩毎晩、毎晩！　どうか、助けてください！」

すがりつくように巽《ソン》が膝をつき、頭をさげる。

「承知いたしました。ご依頼を請けたからには、かならずや魂《こん》を解きましょう。わたくしはそのために後宮におかれた妃ですもの」

「ああ、ありがとうございます……」

喜んで顔をあげた巽《ソン》が、ぎょっと瞳を見張った。

令冥《レイメイ》の背後に異様なモノがいた。

振り仰《あお》ぐほどの身のたけに帷のような髪を垂らしてたたずむ――男、だろうか。宦官《かんがん》ではない男が後宮におかれるはずもない。だが、巽《ソン》にはあれが宦官であるとはとても想えなかった。

そもそも、あれはヒトなのか。

垂れた髪に遮られて男の顔を覗《うかが》うことはできない。鈍くひらめく双眸だけが髪を透かしてわずかに覗いていた。闇は燃えるのだと想わせる異相《いそう》の眸《ひとみ》だ。

男は令冥《レイメイ》の背に張りつくように寄りそっていた。

あるいは憑《と》りついている、というべきか。

巽《ソン》は総毛だち、本能で理解する。

あれは、視てはならないモノだと。

顔が隠れていたのはまだ、幸いだった。さぞやおぞましかろうと巽《ソン》は想像して、微かに身震いする。

「どうかなさいましたか」

「い、いえ」

巽《ソン》は咄嗟に頭を左右に振る。

ふと、想いだした。焉令冥《エンレイメイ》にはもうひとつの異称があったことを。

唇に乗せるだけでも祟《たた》られるとはばかられて、めったに囁《ささや》かれることのない異称だが、怖いもの知らずの若い女官たちが喋っているのを聴いたことがあった。

確か、神に憑りつかれた妃、だったか。

だが神は神でも、明らかに祟りをもたらすものではないか——

恐怖する巽《ソン》の思考を知ってか知らずか、令冥《レイメイ》は妖しく微笑み続ける。壁に飾られていた椿の花がほたりと落ちた。

❖

白い指が鶴《つる》を折る。

依頼を残して命婦《みょうぶ》は帰っていった。再びに静まりかえった客房《きゃくしつ》で、令冥《レイメイ》は白紙を折っていた。

「この後宮は異様だと思いませんか？　神喰《カミジキ》」

令冥《レイメイ》がぽつと、誰かに喋りかける。

「わたくしが後宮にきてから、まだふた月ほどしか経っていないというのに、依頼の絶えた例《ためし》がありませんもの」

彼女は折った鶴から順に華奢《きゃしゃ》な膝に乗せていたが、ひとつだけ、取り落とす。

紙の鶴は舞いあがれない。敷物に落ちるかとおもわれたが、昏がりから伸びてきた男の手が鶴をさらっていった。

「さてな、どうでもよきことよ」

男の声が聴こえた。しわがれたような、それでいて妙に惹きこまれる響きだ。古風な訛《なま》りがそのように感じさせるのか。

「だが、呪われておるからにはいわくがあろうや。種ありて芽は吹き、実とて結ぼう。呪《じゅ》詛《そ》するものなくして呪われるはずもなかろうて」

「あらゆるものにはそうなるわけがある、ですか」

令冥《レイメイ》の指がとまった。

「聴いておられたとは思いますが、なんでも死んだはずの妃嬪《ひひん》が夜ごとに廻廊を這いまわるのだとか――そんなの」

言葉がひゅっと途切れた。

微笑みを絶やさない令冥《レイメイ》の眼から、ぶわっと涙があふれた。

「そんなの、怖すぎませんか……」

握り締めすぎた白紙が、つぶれる。

ほんとうは話を聴いていた時から怖かったのだ。耳を塞《ふさ》いでしまいたかったが、依頼を聴かないわけにはいかず、懸命に我慢した。微笑を崩さなかったのは恐怖で表情筋が強張っていたからだ。話を想いだすだけで身がぎゅうと縮みあがる。

「なぜ、ふつうに動いてくださらないのでしょうか。よりによって、這いまわらずともよいではありませんか。姿勢よく、しゃんと胸を張っていてくださったら、幾分かは怖さだって薄れますのに」

「霊鬼《りょうき》たるは死したる時の姿をもって顕現《けんげん》するもの。這うからには、這わねばならぬ死にかたをしたのであろうや」

足が折れたか、ちぎれたか。

「それは想像するだけで、いやな死にかたですね。ええ、いやです、とっても」

令冥《レイメイ》はふるりと身震いをして、裙《くん》の裾を握り締める。

「それほどの想いをなさった御方の魂を、わたくしなどが解いて差しあげられるかしら」

「……ふむ」

昏闇《こんあん》を破って、妖魄《あやかし》じみた風姿《ふうし》の男がぬうと現れる。

男はとても細身だが、尋常ではないほどの上背《うわぜい》があった。光を寄せつけない玄絹《くろきぬ》の古装《こそう》を身につけ、襤褸《ぼろ》になった黒外掛《はおり》を羽織っているため、夜が具現して起ち現れてきたかのような威圧感があった。

「緊張しておるのかや」

男は七尺はゆうに超える背をまるめ、令冥《レイメイ》の肩さきにすり寄った。

「……ちょっとばかり」

「おまえが紙をいじりだすのはきまって心細き時ゆえに」

「神喰《カミジキ》はなんでもお見通しなのですね」

令冥《レイメイ》が苦笑する。令冥《レイメイ》は神喰《カミジキ》にもたれるように身を寄せた。依頼者とむきあっていた時とは違った、幼い姑娘《むすめ》らしい脆《もろ》さが滲《にじ》みだす。

「でも、頑張らないと。この恨《うら》みを晴らすまでは」

可愛らしい姑娘《むすめ》の唇には似つかわしくない不穏な言葉が紡《つむ》がれた。

令冥《レイメイ》が後宮にいるのは、皇帝の寵《ちょう》を得るためではない。

令冥《レイメイ》は焉《エン》家という氏族の娘だ。焉《エン》家とは連綿と奉の朝廷に服してきた異能者の一族である。皇帝の政《まつりごと》が滞《とどこお》りなく進むよう、異能をもちいて陰から働きかけてきた。皇帝は彼らの異能を借りるかわりに一族を庇護《ひご》し、焉《エン》家は莫大な富を築きあげた。

だが、焉《エン》家は絶えた。

事件があったのは今からふた月前になる。

隠れ宮が奇襲され、一族が虐殺《ぎゃくさつ》されたのだ――令冥《レイメイ》ただひとりを残して。

宮廷は盗賊《とうぞく》による襲撃だとして事件を処理した。だが、令冥《レイメイ》は得心できなかった。ただの賊《ぞく》が皇帝に匿《かくま》われた異能の宮を捜しあてられるはずがない。まして、彼らは焉《エン》家が異能の一族であることを知っていたのだ。

「焉《エン》家は宮廷の陰ですもの。焉《エン》家について知っているとすれば、宮廷でも皇帝の補佐を掌《つかさど》る中書令《ちゅうしょれい》、最高官である六卿《りっけい》などのかぎられたものだけです。権力者の陰謀《いんぼう》であることは疑いようがありません」

皇帝は最後の異能者である令冥《レイメイ》を妃として後宮にあげ、庇護してくれた。

ただ、それには条件があった。

呪われた後宮で連続する霊絡みの事件を解決することだ。令冥《レイメイ》は見鬼妃として怪奇にまつわる依頼を請けもちながら、一族を虐殺した首謀者を捜している。

「首謀者は宮廷に身を潜め、なに喰《く》わぬ顔で利を貪《むさぼ》っているはず……」

令冥《レイメイ》は唇をひき結ぶ。

「後宮とはいうなれば、宮廷の底ですもの。ここにいれば宮廷の内情を知ることもかないましょう。かならずや事の首謀者を捜しだして、復讐を果たさなければなりません」

「……俺に頼ればよきものを」

神喰《カミジキ》は懐《なつ》いた猫が喉を鳴らすように囁きかける。

「おまえをわずらわせるものは、俺がすべてを喰らいつくしてやろう」

言葉だけではない。彼にはそれができる。

なぜならば、彼は神サマだからだ。

神喰《カミジキ》は人に非《あら》ざる憑き神だ。一族が根絶やしになったとき、令冥《レイメイ》だけが助かったのも、彼女には神喰《カミジキ》がいたためだ。

令冥《レイメイ》は神サマに愛されている、怖ろしいほどに。

張りつめていた令冥《レイメイ》の表情が緩む。

「神喰《カミジキ》、あなたはいつだって、わたくしのことをあまやかしてくれるのですね」

「あまやかしているつもりはない。愛しき妻のためならば、易きことよ。それだというのに、おまえはなぜ、頼ってくれぬのか」

不服そうに神喰《カミジキ》が呻《うな》る。

令冥《レイメイ》は微笑みながら、神喰《カミジキ》の髪を梳《と》いて掻きあげた。

髪に隠された異貌《いぼう》があらわになるこの一瞬、どれだけ慣れたつもりでも、令冥《レイメイ》は毎度息をのんでしまう。

星だ。宵の帳を飾る妖星《ようせい》。

凄みを漂わせた明眸《めいぼう》は端がきれあがり、彗星《すいせい》を想わせた。

額から鼻筋にかけての線は程よくとがった曲線を描き、卓越した職人による紫檀《したん》の彫像《ちょうぞう》だといわれても疑えない。人の域に非ざる美貌はともすれば冷酷な印象を振りまくが、令冥《レイメイ》にそそがれる眼差しは愛にあふれていた。

彼女の神は美しい。

「神喰《カミジキ》の御心は、とても嬉しいのですよ」

「ならば、なにゆえ」

「わたくしにだって、できることがあると想いたいのです。見鬼妃としての御役もしかりです。神喰《カミジキ》が仰《おっしゃ》られたようにすべてのことにいわくがあるのならば、見鬼の眼を賜《たまわ》ったのも偶《たま》さかではないのでしょう」

令冥《レイメイ》の緋《あか》の眼が燈火《あかり》を映して、きらめいた。

異能の、眼だ。

彼女だけが持つ、彼女だけの異能。

「母様のような呪殺でもなく、千里眼《せんりがん》や読心《どくしん》といった便利な異能でもありませんが、それでも鬼を見る眼でしか解けぬものがあるならば、それを捜したいのです。……ようやく御役にたてるようになったのですもの」

神喰《カミジキ》は令冥《レイメイ》の想いを察してか、眉の端をさげ、令冥《レイメイ》の髪に挿された椿に触れた。枯れることのないこの椿は神喰《カミジキ》から捧げられたものだ。婚礼の証として。

令冥《レイメイ》は肌身離さずこの椿を身につけている。

「俺は、おまえの意を踏みにじることはせぬ」

「ありがとう」

令冥《レイメイ》は神喰《カミジキ》の背に腕をまわす。華奢な姑娘《むすめ》の腕ではとてもではないが、抱き締めきれない。令冥《レイメイ》は身を乗りだして、鼓動《こどう》のない胸に思いきり頬を寄せた。

動かないから、とまることもない――死という理《ことわり》を持たぬ神サマの胸だ。

令冥《レイメイ》は久遠《くおん》の静けさに身を委《ゆだ》ね、瞼《まぶた》をとじた。

遠くではまだ、春の嵐が続いている。

朝には、やむだろう。

❖

明けても暮れても、後宮というのは華やかなところだ。特に春の後宮はいっそうに雅《みやび》やかだった。贅《ぜい》をつくして築きあげられた園林《にわ》は千紫万紅《せんしばんこう》咲きそろい、桃源郷《とうげんきょう》を想わせる。

不穏な噂など何処《どこ》にもないとばかりに飾りたてられていた。

春の嵐は一晩で過ぎたが、妃妾《ひしょう》の賑《にぎ》わいはまばらだった。

後宮そのものがここ二年ほどでいっきに寂《さび》れたためだ。

先帝の頃は妃妾《ひしょう》だけでも二百を超えていたが、若き現帝に替わってから財政を考慮して後宮の縮小が実施された。重ねて怪異が相ついでいることから、皇帝は「後宮を去りたいものの退去を認める」との勅《ちょく》をだした。これによって妃妾《ひしょう》の六割が後宮を後にし、残っているのはわずか七十五名になった。

即位してから二年経つが、新たな皇帝の御渡りはない。妃妾《ひしょう》たちは諦めの息をつきながらも一縷《いちる》の望みに賭け、しがみつくように後宮に残っているというのが現状だった。

妃妾《ひしょう》たちの憂愁《ゆうしゅう》が垂れこめた黄昏《たそがれ》時の後宮を、神喰《カミジキ》を連れた令冥《レイメイ》がいく。

ふたりが通りがかったところで、水亭《あずまや》で茶会を催《もよお》していた妃妾《ひしょう》たちがにわかにざわめきだした。

「ねえ、あれ、例の噂の」

「見鬼妃だわ」

令冥《レイメイ》が後宮にきてから、さほど時は経っていないが、噂など三晩あれば拡がるものだ。

「まあ、なんて忌《い》まわしい」

「眼をあわせないようにしましょう」

呪いをかけるものも、解くものも、妃妾《ひしょう》たちにとっては変わらないらしい。

ましてや、緋《あか》の眼の姑娘《むすめ》と地に擦るほどの髪を垂らした大男という奇態な二人組だ。妃《ひ》妾《しょう》たちはそろって、妖魄《あやかし》でもみるかのごとく眉を寄せる。

令冥《レイメイ》は努めて気にしていない素振りで、水亭《あずまや》の側を通りすぎた。

だが、背に刺さる視線にぎゅっと身が硬くなる。無意識に唇をかみ締めたのがさきか、神喰《カミジキ》が低く尋ねてきた。

「気になるようならば、俺があやつらの眼を抉《えぐ》ってきてやろうか」

令冥《レイメイ》は真っ青になって、いまにも妃妾《ひしょう》たちに危害を加えそうな神喰《カミジキ》の袖をつかむ。

「睨《にら》まれただけです。そんなことで人の眼を抉ってはいけませんよ」

「ならば、潰すか」

「物騒《ぶっそう》すぎますっ」

「しかれども、かつてはあのような眼を邪視《じゃし》といった。過ぎれば、不幸をもたらす呪詛となる。ひとを呪《のろ》わば穴ふたつであろうや」

「それでも、だめです。わたくしは、だいじょうぶですから」

微笑をつくり、令冥《レイメイ》は神喰《カミジキ》をなだめる。

「居場所がないのは昔からです。人に遠ざけられるのも。でも、わたくしにはあなたがいる。だからよいのです。ささ、依頼者さまのもとにむかいましょう。ね？」

霊鬼《りょうき》が現れるという鴇琳《ホウリン》の宮は後宮の南端にある。後宮の東西南北を繋ぐ橋を渡り、宮の門扉を抜けた令冥《レイメイ》は、予想外の風景に睫をしばたたかせた。

「まあ、想像していたよりもずっと華やいだ宮ですね」

黄金の夕映《ゆうば》えに擁《だ》かれて、枝垂《しだ》れの花桃《はなもも》が咲き群れていた。紅桃と白桃がひとつの枝にならんで咲いている。春の宴《うたげ》に興《きょう》じるように蝶《ちょう》たちがこずえにたわむれていた。

「霊が毎晩徘徊しているようなところにはとてもみえませんね？」

「ふむ、華やかな処《ところ》ほど裏は昏きものよ。燈火が燃えれば燃えるほどに影が濃くなるのと同様に」

「そのようなもの、ですか」

「ああ、奇麗なものほどおそろしきものゆえに」

喋っていると命婦《みょうぶ》である巽《ソン》がやってきた。巽《ソン》は神喰《カミジキ》をみて顔を強張らせたが、すぐに愛想笑いをつくってごまかす。

「お越しくださったのですね。歓迎いたしますわ。令冥《レイメイ》妃、ささっ、なかにどうぞ」

だが、背をむけてからぼそりとつぶやいた。

「……まったく、このような事態でなければ……」

令冥《レイメイ》は睫をふせて聴かなかったことにする。

嫌われることには、なれているのだから。

殿舎のなかは鶴であふれていた。

掛け軸に鶴。飾り壺に鶴。敷物にも垂れ幕にも舞鶴の紋が織りこまれているという徹底ぶりだ。睡蓮《すいれん》と組みあわされているのは、鶴は金の蓮《はす》に舞い降りるという故事になぞらえているためか。

「鶴ばかりですね」

想いかえせば、紅白の花桃も鶴になぞらえたものだったのか。

「ええ、まあ。縁起《えんぎ》が、よいかと思いまして」

巽《ソン》は気まずそうに言葉を濁《にご》した。

神喰《カミジキ》は鶴の剥製《はくせい》を眺めながら、首を傾げる。

「はて、ニンゲンとは実《げ》に奇妙なものよな。死を忌み、霊鬼《りょうき》を怖れておるくせに死骸《しがい》を飾るのか。俺にはとうてい理解できぬ」

「剥製というのですよ。飾るための標本です」

「死骸には違いなかろうや」

死んだ鶴はいかに翼《つばさ》を拡げようとも舞いあがることはない。折り紙の鶴と一緒だ。もとは飛べていただけ、剥製のほうが哀れか。

「こちらが例の廻廊です」

殿舎の外側から院子《なかにわ》に続き、各房室《へや》に巡らされた歩廊《ほろう》だ。軒《のき》には吊《つ》り燈篭《どうろう》がならび、階段をつかって庭に降りられるようになっていた。特に変わったところはない。ただ年季が入っているのか、板張りの床は傷だらけだった。

「霊鬼《りょうき》はきまって正子《しょうし》から現れます。燈火《あかり》の絶えた廻廊を這いまわって、朝になるといなくなるのです」

「まあ、……真昼に現れてくだされればいいのに」

いちばん怖い時間帯ではないか。令冥《レイメイ》はしょんぼりとしぼむ。

「晩ですと、なにか不都合が？」

「あ、いえ……例えばですが、廻廊の燈火《とうか》を絶やさずにおくというのはいかがなものでしょうか。暗いところを好むのであれば、それだけでも遠ざけることができるかと」

「一度だけ、試したことがあります。ですが、正子《しょうし》にはかならず、火が燃えつきてしまうのです。膏脂《ともしあぶら》を差しておいても、だめでした」

「あ、そうですか……」

なんとか怖さを軽減できないものかと考えたが、無理なようだ。どうやら、このたびの霊鬼《りょうき》はよほどに強い念をもって、暗がりに執心しているらしかった。

霊鬼《りょうき》は暗いところに現れるもの――と考えられがちだが、これは先入観による誤解だ。真昼の晴れた庭にかぎって現れる霊鬼《りょうき》もいれば、提燈《ちょうちん》に群がるものもいる。一貫しているのは、そこに偶然はない、ということだ。

「……ほんとうになぜ、こんなことになってしまったのか」

巽《ソン》は青いため息をついた。

なぜ、か。令冥《レイメイ》が睫をふせた。

「巽《ソン》様は霊鬼《りょうき》とはいかなるものか、ご存じでしょうか」

令冥《レイメイ》の尋ねかけにたいして、巽《ソン》は考えたこともなかったとばかりに眉根を寄せた。

「死んだものの霊魂、ではないのですか？」

「ちょっとばかり、違います。死者すべてが霊鬼《りょうき》となるわけではございませんもの」

令冥《レイメイ》はどう話すべきかと一度考えこんでから、続けた。

「人のうちには魂魄《こんぱく》というものがございます。魂《こん》は命と意識。魄《はく》とは命あるうちは感情と称されますが、死しては未練といわれます」

「未練、ですか」

「躰《にくたい》が滅ぶと、魂魄は天地に還るもの。それが還らぬとすれば、還れぬわけがあるものです。それが未練です。強すぎる未練は人の魂を現《うつつ》に縛りつけ、鬼となします」

あらゆることには、かならずいわくがある。

燈火《あかり》を避けるのならば、避けなければならないわけがあり、足を奪うのならば奪うわけがあるのだ。この宮に現れるなりの縁《えにし》もまた、あるはずだ。

「霊鬼《りょうき》にはかならず、死にいたる経緯があります。死んでもなお、恨みがつきぬのだとすれば、それは恨まずにはいられぬ事情があったということですもの。それを解くことが、わたくしの御役です」

「はあ、左様ですか……」

巽《ソン》は理解できたのか、あるいは端《はな》から関心がないのか、気の抜けた返事をした。

「つかぬことをお伺いいたしますが、霊鬼《りょうき》のお姿に見覚えなどはございませんでしたか？　生前にお逢いしているということも考えられます」

霊鬼《りょうき》の姿を想いださせたせいか、巽《ソン》の眼に恐怖がよぎる。

「さあ、……暗かったですし、姿を確かめる余裕なんて、とても」

「そう、でしたか。それでは時刻まで待たせていただきますね」

巽《ソン》は「春とはいえ、お寒いですから」とふたりを客房《きゃくま》に通し、茶を淹《い》れてくれた。

すでに想像がついていたが、茶器の底にも舞鶴がいる。月餅《げっぺい》にまで鶴の紋様《もんよう》が彫られていたのをみて、令冥《レイメイ》はさすがに噎《む》せそうになった。

❖

「どこか、変なのです」

巽《ソン》が退室してから、令冥《レイメイ》がつぶやいた。

「ふむ、変か。確かに飽き飽きするほどに鶴がおるな」

神喰《カミジキ》は令冥《レイメイ》を膝に乗せ、延々と彼女の髪を弄《もてあそ》んでいた。彼いわく、令冥《レイメイ》に構っていると飽きないのだとか。愛猫と戯《たわむ》れるようなものだろうか。

「鶴にたいするご執心ぶりも変といえば変なのですが……巽《ソン》様はなぜ、霊鬼《りょうき》をみて嬪《ひん》だとわかったのでしょう？」

妃妾《ひしょう》の階級は八段階まである。嬪《ひん》は皇后、妃に続いて、身分が高い。

「服をみれば、わかるのではないか？」

「女官とは違い、妃がたは好きな御服をまとってよいことになっています。なので、身につけている襦裙《きもの》からは嬪《ひん》なのか、はたまた下級妃妾《ひしょう》なのかはわからないはずです」

「あの命婦《みょうぶ》は霊鬼《りょうき》の素姓を知っておるかもしれぬ、ということか」

「巽《ソン》様も言っておられましたよね。暗かったと。それなのに階級を識別できたということはよほどに親しい御方、あるいは霊鬼《りょうき》になるかもしれないと想っている死者が身近におられたということではないかと……」

話のなかばで、令冥《レイメイ》が黙る。

「令冥《レイメイ》妃、お伺いしたいことが」

入室してきた巽《ソン》は神喰《カミジキ》の膝にちょこんとすわっている令冥《レイメイ》をみて、かたまった。だが神《カミ》喰《ジキ》のことは無視するときめているのか、咳払《せきばら》いしてからなにごともなかったように喋りかけてきた。

「これから夕餉《ゆうげ》の支度を始めるのですが、食べられない物などはございますか」

「まあ、そんなそんな。どうかお気遣いございませんように」

「いえ、お客様にたいして食事もださないというわけには参りません」

このながれだと、遠慮するほうが気を遣わせてしまいそうだ。

「なんでもいただきますよ。土塊《つちくれ》でも紙でも、強《し》いていえば……そうですね、喉に刺さる物はちょっと。茶碗のかけらが舌に刺さったことがありまして」

令冥《レイメイ》はいたく真剣だったのだが、巽《ソン》はぎょっとする。

「不躾《ぶしつけ》なことを伺いますが、令冥《レイメイ》妃はどのような暮らしをなさっておられるのですか」

「暮らしといいますか、試練の時は絶食や異食がふつうでしたので。そんなわけで特に好ききらいは」

言いかけたところで、何処からか絹をひきちぎるような悲鳴があがった。令冥《レイメイ》が身構えたが、巽《ソン》は落ちついていた。

「……ああ、すみません、様子をみてきますね」

「あの、ご一緒に参ります。危険かもしれませんから」

「結構です」

巽《ソン》は拒絶する。

「鴇琳《ホウリン》様、なんです。霊鬼《りょうき》に襲われてからというもの、日に何度も錯乱して。落ちつくまでなだめてきます。お気になさらず、くつろいでいてください」

巽《ソン》がいなくなってしばらく経っても悲鳴がやむことはなかった。

「だいじょうぶでしょうか……」

「気に掛かるのであれば、覗きにいけばよかろうや」

「ちょっとだけ、ですものね。怒られませんよね。……すぐにもどりますので」

令冥《レイメイ》は神喰《カミジキ》を残して廻廊にむかった。

声は殿舎の南側にある房室《へや》から響いてくる。令冥《レイメイ》が身を隠しつつ窓から覗きこむと、壊れたように喚き続ける姑娘《むすめ》がいた。

鴇琳《ホウリン》――巽《ソン》の姑娘《むすめ》だ。巽《ソン》に似て鼻が低く、おしろいでは隠せないほどにそばかすが散っていた。後宮にあがったにしては垢抜けない。

鴇琳《ホウリン》は倚子に腰かけ、絶叫しながらむちゃくちゃに足をばたつかせている。包帯が巻かれた足の先端はいびつにとがっていた。

足首から先が、ないのだ。

巽《ソン》は「姑娘《むすめ》が霊鬼《りょうき》に足をもがれた」と言っていた。太腿《ふともも》から、まるごとちぎられたのかと思っていたが、損なわれたのは趾《あし》だったのか。

霊鬼《りょうき》に襲われた時の恐怖がよみがえって錯乱しているらしく、鴇琳《ホウリン》は「こないで、こないで」と繰りかえしていた。

「だいじょうぶよ。母様がいますからね」

巽《ソン》がなだめているが、鴇琳《ホウリン》はいっこうに落ちつかない。身をひきつらせて喚く。

「いやよ、あぁぁ、いやぁ、なんで、なんでなのよ、こないでっていってるのに！　やっ、いやあ――――こないでよ、姉様！」

令冥《レイメイ》が息をのむ。

今、姉――と言ったか。

だとすれば、巽《ソン》は霊鬼《りょうき》の素姓を知っていたのではないか、という令冥《レイメイ》の推理はあっていたことになる。

巽《ソン》はなぜ、真実を隠していたのか。

姑娘《むすめ》が霊鬼《りょうき》になったと知られては恥だからだろうか。

それは充分に考えられた。身分があるものほど恥をおそれるものだ。身の危険とひき換えても体裁を保つことを優先する。

「助けて、ごめんなさいごめんなさい、で、でも——なんでぇ？」

鴇琳《ホウリン》の声が異様なほどにひずむ。

「なんで、私なのよぉお……私はなにもしてないのに、なのに、なんで私だったのよぉぉ……あああぁぁ」

「ごめんね、母様がかわってあげられたら……どれほど」

傷ついた母親と姑娘《むすめ》が身を寄せあう。他人には踏みこめない壁があった。

令冥《レイメイ》は微かに唇をかみ締めて、窓から離れる。振りかえれば、いつのまにか廻廊の角に神喰《カミジキ》がたたずんでいた。

「なにか、わかったかや」

「この宮に現れる霊鬼《りょうき》の素姓が、わかって参りました」

霊鬼《りょうき》について考察する。それもまた、見鬼妃たる令冥《レイメイ》の役割だ。

見鬼たるは異能だけに頼るものではない。思考をめぐらせ、事の真相を読み解くことで、鬼が視える。

「いわくもなく、霊鬼《りょうき》になるものなどいるはずがありませんもの」

そう語る令冥《レイメイ》の眼に先程までの恐怖心は、なかった。何処までもいたわりに満ちた眼差しで、彼女は死者に想いを馳《は》せる。死してなお残る恨みならば、彼女にも理解《わか》るとばかりに。

❖

正子《しょうし》の時鐘《じしょう》は微かな余響の震えを残して、ぷつりと絶えた。

みな眠りについたのか。あるいは息を殺して恐怖にたえているのか、肌に刺さるような静けさが殿舎に垂れこめていた。

「ま、まだこないでくださいましね？　もうちょっとだけ、……まだ、こころの構えというものが、できておりませんので」

令冥《レイメイ》は提燈の柄をぎゅっと握り締め、背をまるめてびくつきながら暗い廻廊を進んでいた。

いま、令冥《レイメイ》の側には神喰《カミジキ》がいない。

廻廊を二周したが、霊鬼《りょうき》に遭遇できず、入れ違っているのではないかと考えた令冥《レイメイ》がふたてに分かれて見廻ることを提案したのだ。だが、ひとりになってみると心細くてたまらなかった。

「ううっ、暗いですね」

軒の吊り燈籠はひとつ残らず燈《ひ》が落ちている。膏脂《ともしあぶら》は充分にあり、ほんとうならば燈《ひ》が絶えるはずがないにもかかわらずだ。

今晩は朔《さく》の日で、月がなかった。提燈だけが頼りだ。

人間の本能は闇をおそれるようにできている。動物と違って嗅覚や聴覚が鈍いというのもあるが、人は視えないものを想像するからだ。暗いところになにかがいるのではないか。息をひそめて、こちらを覗っているのではないかと。

「か、構えができても、いきなり後ろから飛びかかってきたりなどはなさらないでくださいましね？　できれば、今からいきますよ、というかんじで、ゆっくりと前のほうからお願いいたしますね？」

令冥《レイメイ》は先程から黙ったら敗けだとばかりに喋り続けている。恐怖を紛らわすための涙ぐましい努力だ。

園林《にわ》に続く階段を通りがかったとき、噎せかえるような腐臭が漂ってきた。花の腐敗したようなあまったるい悪臭だ。昨晩の嵐で散った花が腐りはじめているのだろうか。

令冥《レイメイ》が階段の先を覗きこもうとしたのがさきか。

ギシッ、ギシッ――

耳障りな音が聴こえてきた。

風だろうか。いや、違う――誰かが揺さぶるように廻廊を踏みしだいているのだ。

「ど、どなたか、いらっしゃいますか？　おられるのでしたら、げんきに『こんばんは』と仰ってくださいな」

勇気を振りしぼって喋りかけたが、声はかえってこない。

そもそも、何処から聴こえてきているのか。

後ろ、だ。

令冥《レイメイ》が息をのみ、振りかえる。

這いずる女がいた――

女は背をかがめて項垂《うなだ》れていた。膝を擦《す》り、爪の剥《は》がれかけた指を動かして捜《さぐ》るように這い続けている。襦裙《きもの》は破れて乾ききらない血潮がしみついていた。

「う……ぅ」

令冥《レイメイ》は逃げだしたい衝動をこらえて、声をかけた。

「あ、あの、もし……嬪《ひん》様ですか」

霊鬼《りょうき》が動きをとめる。

霊鬼《りょうき》は首を捻じりながら、うつむいていた頭をあげた。ほつれた髪の毛が額や頬に散り、瞳は昏く濁っている。恨みの眼だ。よどんだ魄を感じて、令冥《レイメイ》は身を竦ませた。あの霊は危険だと本能が報《しら》せる。

霊鬼《りょうき》の唇が異様なかたちにひずむ。息をふきかけられたとたん、頼りにしていた提燈の火が揺らぎ、あっけなく掻き消えた。

視界が真っ暗になる。
ザ、ザ、ザ、ガリガリガリガリッ……――

音だけが——板を掻きむしる音の群れが、暗闇の最中から令冥《レイメイ》にせまってきた。

令冥《レイメイ》は悲鳴をあげ、なり振り構わずに逃げだす。

落ちついて喋りかけようとか。怖がらず誠実にむきあおうとか。頭のなかで組みあげていたものは恐怖という大浪《なみ》にのまれて、一瞬で崩れ去る。

「ひっ、きゃあ」

令冥《レイメイ》が板の段差につまずいた。

ころころころと転がって令冥《レイメイ》は壁にぶつかる。恥ずかしいやら怖いやらで涙が滲む。べそを掻きながら、令冥《レイメイ》が起きあがろうとしたのがさきか。

「っ……きゃうわ！」

後ろから足首をつかまれた。

凍えきった手だ。割れた爪が突き刺さる。

徐々に暗さに慣れてきた目をむければ、霊鬼《りょうき》が身を乗りだし、令冥《レイメイ》を睨みあげていた。

咄嗟にあげかけた悲鳴は喉もとでとまる。

「ああ……」

かわりに令冥《レイメイ》の唇からは静かな声がこぼれた。

「……かなしいのですね」

霊鬼《りょうき》の眼は、涙で濡れていた。

そうか、彼女はつらいのだ。

哀しくて、悔しくて、だから彼女はいまだに彷徨《さまよ》い続けているのだ。

令冥《レイメイ》にはその、魂が軋むほどの未練が、理解《わか》る。

「だいじょうぶですよ」

令冥《レイメイ》は湧きあがる恐怖をこらえて、微笑みかけた。

「わたくしはあなたを傷つけません、お約束いたします」

霊鬼《りょうき》は傷だらけだ。血を吸った襦《どうぎ》がはだけて裂傷の残る背があらわになっている。だが、意識して避けられたように花の貌《かんばせ》には傷ひとつなく――不意に「鶴」という言葉が頭をよぎり、令冥《レイメイ》は想いだす。

後宮にきたばかりのとき、春節《しゅんせつ》の宴があり、美しい嬪《ひん》が舞を披露《ひろう》していた。伝統舞踊《ぶよう》とも剣舞《けんぶ》とも異なる型破りな舞に令冥《レイメイ》はいっきに惹きこまれた。その時に舞っていたのが、確か。

「あなたはもしかして、鶴の舞姫様ではありませんか？」

霊鬼《りょうき》は動かなかった。

死したものたちは声をもたない。霊鬼《りょうき》に転じた段階で、意識たる魂ではなく感情である魄が主軸となるため、意思の疎通《そつう》をはかれないこともよくある。

霊鬼《りょうき》にあるのは未練を果たしたいという望みだけだ。

裏がえせば、未練にまつわる言葉ならば、彼らの魂にも響かせることができる。だから、令冥《レイメイ》は諦めずに語りかけた。

「舞姫さまは、足を捜しておられるのですね？」

彼女が舞姫だとすれば、足に未練を残すのも理解できる。這いまわっているということは足を負傷したか、事故などで損なってしまったということだ。それでは舞えない。だから、他人の足を欲しがるのだ。

趾《あし》をちぎるということは、舞姫には踝《くるぶし》から先がないのだろうと令冥《レイメイ》は推察した。

「舞を愛しておられたのですね。死してもまだ、踊りたいとおもうほどに――あっ」

令冥《レイメイ》の足首に絡みつく指が、ぎちぎちと喰いこんできた。霊鬼《りょうき》の神経を逆なでするようなことをいってしまったのだろうか。

「ごめんなさっ……」

骨が、軋む。いけない、ちぎられると令冥《レイメイ》が思った、そのときだ。

「そろそろ、俺の妻から離れてもらおうか」

霊鬼《りょうき》の腕をつかむものがいた。神喰《カミジキ》だ。

神喰《カミジキ》が触れたところから、霊鬼《りょうき》の腕がごうと燃えあがる。漆黒《しっこく》の焔《ほのお》だ。これは魂まで焼きつくす火だと本能でわかったのか、霊鬼《りょうき》が身を退いた。

「下等なる霊鬼《りょうき》の身でありながら、わが妻の足を欲するとは実《まこと》に身の程知らずよな」

神喰《カミジキ》は嗤《わら》っているが、双眸は冷酷な怒りを漂わせていた。

「あの魂、喰らうてもよいか」

「いけません」

令冥《レイメイ》が神喰《カミジキ》の袖をつかむ。

「まだ、鬼を――視てはおりませんもの」

霊鬼《りょうき》は闇のなかに撤退する。音が遠ざかり、静まりかえってから、令冥《レイメイ》は張りつめていた息を抜いた。膝が細かく震えだす。

令冥《レイメイ》は崩れるようにへたりこんだ。

恨みを持った霊鬼《りょうき》とむきあう時は毎度そうだ。神喰《カミジキ》がいても、異能があっても、令冥《レイメイ》は十二歳の姑娘《むすめ》に過ぎない。無意識に握り締めていたこぶしをほどくと、神喰《カミジキ》が後ろから覗きこんできた。

「血が滲んでおるではなきか」

「あ……」

爪が喰いこみ、浅い傷ができている。

「このくらい、たいした傷ではありませんよ？」

ごまかそうとしたが、神喰《カミジキ》は令冥《レイメイ》の言葉を無視して腕をひき寄せた。神喰《カミジキ》は唇を寄せて傷を舐めだす。

「あ、あの、神喰《カミジキ》……恥ずかしいです」

「舐めておけば、傷はすぐに塞がるというであろう」

舌の先端で傷をなぞる神喰《カミジキ》の瞳からは、掛け値なしの愛が滲んでいた。令冥《レイメイ》は紅潮させた頬を緩め、唇を綻ばせる。

ああ、愛されていると感じる。

こんな、幸福があってもいいのだろうか。

「霊鬼《りょうき》につかまれていたところは、どうなった」

「えっ、あっ、こちらはだいじょうぶです。なんともありませんから」

令冥《レイメイ》が髪を振り乱す勢いで頭を横に振る。たぶん傷にはなっているが、さすがに足まで舐められたら恥ずかしすぎて死んでしまう。

「霊鬼《りょうき》の魂魄に触れ、事の経緯に踏みこめば、危険をともなう。解こうなどとはせず、すべて喰らってしまっても依頼を果たしたことになろうや。なぜ、そうせぬのか」

「……わかるから、でしょうか」

神喰《カミジキ》の正論に令冥《レイメイ》は眥をさげ、微笑んだ。

「死後もなお、魂を縛りつける未練というものがいかなるものか。幸せになりたかった、幸せになれるはずだった——それなのに、永遠に望みを絶たれた。それは骨がぢりぢりと燃えるほどの」

睫をふせて、令冥《レイメイ》は穏やかならぬ言の葉を紡ぐ。

「恨みですもの」

誰にたいする、というわけではなかった。

恨みとは、心の古語である「うら」に「視る」という言葉を組みあわせたものだ。憎しみをともなうものとして受け取られがちだが、ほんとうは違う。

愛から哀しみ、絶望にいたるまで。

心から剥がれず、延々と遺《のこ》り続ける感情を、総じて恨みというのだ。

「ゆえにかならず解きます」

それがせめてもの、鎮魂《ちんこん》になるはずだ。

「ですが、鶴の舞姫が鬼になられていたなんて」

つまさきだって舞いあがり、袖をはためかせて雅やかに音律を刻むそのさまはまさしく蓮を渡る鶴を想わせた。この舞が高評を得、舞姫は良家の産まれではないにもかかわらず先帝の寵愛《ちょうあい》を享《う》けるにいたった。公宴でも事あるごとに声がかかっていたという。

異常なほどに鶴が飾られていたわけも、これで理解できた。

「春節の宴のときは神喰《カミジキ》も一緒におられましたよね」

「はて、おぼえておらぬな」

「ほら、素晴らしい舞を演じておられた綺麗な妃嬪《ひひん》様ですよ」

「どうでもよいな。外側をいかに取り繕っても、剥けばなべて熟《う》れた肉塊よ」

「剥かないでくださいっ」

令冥《レイメイ》が悲鳴をあげる。

「でも、あんなに華麗に舞っておられたのに。いったい、なにがあったのでしょうか。あ、ですが、言っていても敏捷《びんしょう》に動けるのは舞で鍛えておられたからかもしれませんね」

「それは関係なかろうて」

令冥《レイメイ》は舞姫の死に想いを馳せる。

どれだけ優秀な芸妓《げいぎ》だろうと、足を奪われたら舞い踊ることはできない。だから、舞姫は嘆くのか。

舞えぬ、舞えぬと、嘆くのか。

あるいは。彼女の未練はもっと、ほかにあるのだろうか。

❖

朝になって帳があがれば、なにごともなかったように麗《うら》らかな春が拡がる。誰が未練を残そうとも、時は季節を連れて進む。

客房《きゃくしつ》に朝餉《あさげ》を運んできた巽《ソン》は他愛のない挨拶をしてから、おそるおそる尋ねてきた。

「昨晩はいかがでしたか？　……その、悲鳴が聴こえたのですが」

「あ、ああ、あれですかっ」

聴かれていたのか。令冥《レイメイ》は羞恥に頬を染めながら言い訳をする。

「あれは掛け声です。霊鬼《りょうき》とむきあうには気魄《きはく》が要りますもの。掛け声のひとつやふたつはあげないと」

「はあ、左様ですか。して、終わったのでしょうか」

「えっと……その、残念ながら」

巽《ソン》は落胆して表情を曇らせた。良心が痛んだが、令冥《レイメイ》はそれを振りきり、巽《ソン》に尋ねかける。

「ひとつ、お尋ねしたいことがあります。あの霊鬼《りょうき》は鶴の舞姫ですね。彼女はなぜ、命を落とされたのですか」

真実を隠していた巽《ソン》は動揺をあらわにしたが、やがて重い息をついた。

「鶴の舞姫のことをご存じだったのですね。左様です。彼女は私のもうひとりの姑娘《むすめ》で、雛《スウ》と言います。有難くも先帝のご寵愛を享《う》けて、嬪《ひん》の階位を賜っておりました。隠していたことはお詫《わ》びいたします。ただ、彼女は、大きな声ではいえないような死にかたをしたもので」

「なにがあったのか、教えていただいても構いませんか」

巽《ソン》は観念したのか「話さないわけにも参りませんね」と打ち明けた。

「雛《スウ》様は今から約ひと月前に命を絶ちました」

「絶った、ということは」

巽《ソン》は言い難《にく》そうに喋りだした。

「左様です。彼女は吹雪の晩、橋から身を投げて自害したのです」

想像だにしなかった真実に令冥《レイメイ》が息をのむ。

「雛《スウ》様がおられない、と女官たちが騒ぎだしたのは翌朝のことでした。宮中捜しても、雛《スウ》様の姿はなく。彼女が供も連れずに出掛けたことはこれまでにありませんでしたもので……彼女が轎《かご》の鶴といわれていたのはご存じでしょうか」

確かにそのような噂を聴いたことがある。鶴の舞姫は後宮のなかを移動する時にもかならず轎《かご》に乗ると。

「過保護だと笑ってやってください。それほどにたいせつな姑娘《むすめ》だったのです」

「いえ、そんな」

巽《ソン》は苦笑した。だが表情はすぐに硬くなる。

「昼になっても帰らなかったので、事故にでも遭ったのではないかと思い、官吏《かんり》に捜索を願いました。だってそうでしょう、彼女が命を絶つなどと誰が考えるでしょうか。ですがまもなくして、橋のほとりに沓《くつ》がならんでいたと報せがあって――雛《スウ》様の物、でした」

彼女は舞姫だ。

鶴が舞いあがるように橋から身を踊らせたに違いない。吹きあげる風雪に袖を拡げ、裾をひるがえらせて。

だが、哀しむべくかな、人は翼を持たない。紙の鶴が舞いあがれないように。

後宮の池泉《ちせん》は小舟で渡れるほどの広さがある。夏は睡蓮が咲き群れて雅やかだが、底には泥がたまっていて沈んだらなかなかにあがってこられない。

「捜索もむなしく、骸《むくろ》があがったのは死後二十日ほど経ってからでした。母親の私でも、すぐに姑娘《むすめ》だとはわからぬほどに変貌していて」

昔から水死ほど惨《むご》たらしい屍はないという。姑娘《むすめ》の変わり果てた姿をみた母親の嘆きは幾ばくかと想像して、令冥《レイメイ》は青ざめた。

「雛嬪《スウひん》はなぜ、そのような最期を選んだのでしょうか……」

「お恥ずかしいことなのですが」

巽《ソン》が声を落とした。

「姑娘《むすめ》は皇帝陛下に捧げた身でありながら、実らぬ恋を胸に秘めていたようなのです。結ばれぬのならばいっそ、と想ったのでしょう」

姑娘《むすめ》を哀れんでか、巽《ソン》は袖を寄せ、涙を拭う。

「ですから、未練というものがあるとすれば、愛する殿方と結ばれなかったことだとおもうのですが……それはかなわぬことですから」

令冥《レイメイ》は唇に触れつつ、ふむと考えこむ。

「できないわけでは、ございません。彼女の未練がほんとうにそれだけなのでしたら、冥《めい》婚《こん》というものもございます」

「冥婚、ですか」

聴きなれない響きながら禍々しいものを感じたのか、巽《ソン》は訝しむ。

「左様です。死後婚ともいいますね」

「そ、それは……まさか、死んだ姑娘《むすめ》と婚姻させるということですか」

「いかにも、そのとおりです。愛する御方に嫁ぎたかった、というのが未練であれば、婚儀をあげることでなぐさめられることもあります。ですが、愛し愛されて結ばれたかった、夫婦として添い遂げたかったのであれば、また違います」

ふたりが想いあっていたのかどうかにもよるだろう。

「冥婚はかたちだけの婚姻、ほどくために結ぶものですもの。彼女の魂をよけいに傷つけてしまうこともございます。かといって、ほどかねば、危険をともないます」

ただひとりだけを愛し、想い続けられるのは死者の特権だ。

「ご経験が、あるのですか」

巽《ソン》の尋ねかけは依頼者に冥婚を試したことがあるのか、という意だったが、令冥《レイメイ》はてっきり神喰《カミジキ》とのことだと取り違える。

「わたくしが結んでいるのは冥契《めいけい》ですよ。その時かぎりの冥婚とは非なるものです。契りとはなにがあろうとほどけぬもの――死後も永遠《とこしえ》に」

令冥《レイメイ》はかたときも側から離れない神喰《カミジキ》に「ね、そうですよね」と微笑みかけた。神喰《カミジキ》がゆらりと頷き、令冥《レイメイ》の肩に腕を絡ませる。

「その、おふたりはご夫婦なのですか」

「左様です。皇帝陛下からもお許しを賜っておりますよ」

令冥《レイメイ》が幸せそうに胸を張る。

巽《ソン》は露骨《ろこつ》に視線を逸らした。かかわりたくないというのが明らかだ。令冥《レイメイ》は苦笑し気を取りなおして、舞姫の話に戻る。

「それにしても、雛嬪《スウひん》にはなぜ、御足《おみあし》がなかったのでしょうか」

「……ああ、その……官吏いわく、よくあること、だそうです」

朝餉の膳《ぜん》に載せられた魚の煮つけを睨みながら、巽《ソン》は言った。

「水死すると魚が群がってきて、餌《えさ》にされているうちにばらばらになるのだとか。腐敗が進むと水の流れに揉まれ、ちぎれることもあるそうで」

「酷い」

令冥《レイメイ》はつぶやいて、睫をふせた。

そう、酷《ひど》い矛盾《むじゅん》だ。

霊鬼《りょうき》はかならず、死んだ時の姿で現れるのだから――

そうでなければ火葬されたものは全員が焼けた骨でなければならないし、土葬ならば腐敗しているか、やはり骨だ。

霊鬼《りょうき》を視るとは死んだばかりの遺体を検視することに等しかった。

第一に雛《スウ》は髪も襦裙《きもの》も濡れてはいなかった。溺死したものは口の端に水沫《あぶく》をつけているものだが、それもなく、やや落ちかけてはいたが口紅も残っていた。水死ではない証拠だ。かわりに彼女は傷だらけだった。殴られ、蹴られただけではできるはずもない裂傷だ。かといって刀傷にしてはやけに鈍かった。

最大の矛盾は、欠損した足である。

死後に腐敗して取れたものならば、霊鬼《りょうき》には足が残っているはず。それなのに、なかった。これはつまり、雛《スウ》が息絶えた時にはすでに足がちぎれていたか、斬り落とされていたという証左《しょうさ》になる。

「違います。雛嬪《スウひん》はみずからで命を絶ったわけでもなければ、水死でもありません」

令冥《レイメイ》が確信を持って断言する。

「何者かに殺されたのです」

巽《ソン》が咄嗟に眼を見張り、続けてため息をついた。

「ああ、……貴方もですか」

失望の念を剥きだしにして、巽《ソン》は頭《かぶり》を振る。

「姑娘《むすめ》が死んだあと、後宮ではさまざまな噂が飛びかいました。なかでも特に多かったのが舞姫は宦官に強かんされ、殺されたのではないかという噂です」

「ええっと、宦官に、ですか……それは」

宦官は後宮につかえるべく男の物を切除している。そんな宦官が妃を凌辱《りょうじょく》することは不可能ではないかと令冥《レイメイ》は言いかけたが、巽《ソン》は「令冥《レイメイ》妃はうぶであらせられるのですね」と鼻を鳴らした。

「宦官が妃と関係を結んだという事例はいくらでもあるのですよ。孕《はら》ませることもあったとか。宦官など家畜にも劣るというのに、なんてけがらわしい。……ですが、誓って鶴の舞姫は清らかに息絶えました。それなのに、貴方も姑娘《むすめ》の死を風聞《ふうぶん》の種にするのですね。恥をかかせるのですね。なんたる侮辱《ぶじょく》でしょうか」

「違います。そうではありません、そうではなく」

令冥《レイメイ》は弁解しようと試みたが、憤慨《ふんがい》してる巽《ソン》は聴く耳を持たず、客房《きゃくしつ》からでていってしまった。

「ううっ、失礼なことをいって、巽《ソン》様を怒らせてしまいました……そうですよね。母親ならば、姑娘《むすめ》さんが酷いことをされて殺されたなんて考えたくもないですよね」

令冥《レイメイ》は反省して、しょんと肩を落とす。

「ふむ、解せぬな」

だが始終をみていた神喰《カミジキ》は首を捻った。

「なにゆえ、命婦《みょうぶ》は傷つけられることを恥とするのかや。恥たるは傷つけた側が感じるべきものであろう」

「それは……」

騙されたほうが愚かだ。奪われる側に責任がある。いじめられるものに非がある。そんな風潮は昔から根づいているものだ。強かんのみならず、暴力、強奪にも似たようなことがいわれる。令冥《レイメイ》は幼少期からそうした風潮のなかで息をひそめてきた。

「あなたさまはおやさしいのですね。そんなふうにいってくださる御方が側にいたのならば、わたくしたちは、なにも恨まずに終われたのかもしれません」

だが、そうは、ならなかった。

殺された舞姫は恨みにとらわれて、他者を害する鬼となり果ててしまった。みずからが傷つけられたように他人を傷つける――それはとても哀しいことだ。

「なればこそ、鬼を、視なくては」

それがどれほど酷い最期だったとしても、視線を逸らさないと令冥《レイメイ》は胸に誓った。鬼を視ずして、魂を解くことはできないのだから。

❖

朝餉を終えた令冥《レイメイ》は殿舎をまわり、雛《スウ》の房室《へや》を捜していた。

鶴に埋めつくされたこの宮には、不自然なほどに雛《スウ》の想いが残っていなかった。家族で過ごしていたはずの食堂や居間にも、園林《にわ》にも、飾られた鶴たちにさえ雛《スウ》の残滓《ざんし》はない。ならば、残るは彼女の私室だけだ。

だが、あんなことがあった後では巽《ソン》に尋ねても教えてはもらえないだろう。

「あの、お伺いしたいのですが」

令冥《レイメイ》は掃除をしていた女官に声をかける。

神喰《カミジキ》が一緒にいては話を聴くどころか、悲鳴をあげて逃げられてしまうので、今は令冥《レイメイ》だけだ。女官が「なんでしょう」と振りかえる。いきなり、嬪《ひん》の私室は何処ですかと尋ねては警戒されてしまう。まずは他愛のない話からだ。

「鶴がいっぱいですね。宮に飾られている鶴は、鶴の舞姫であった雛嬪《スウひん》が収集されたものなのですか？」

「いえ、命婦《みょうぶ》様が飾られたものです。鶴の舞姫がますますに名声をあげるようにと験《げん》を担いで」

「巽《ソン》様は雛嬪《スウひん》のことを愛しておられたのですね」

だが、女官は「どうでしょうか」と視線を逸らした。

「命婦《みょうぶ》様がたいせつになさっていたのは、あくまでも鶴、でしたから」

いったいどういうことだろうか。令冥《レイメイ》が首を傾げる。女官は命婦《みょうぶ》がいないことを確かめてから、あらたまって尋ねかけてきた。

「見鬼妃様と伺っております。雛《スウ》お嬢様のことでお越しになられたのでしょう？　どうか雛《スウ》お嬢様を助けて差しあげてください」

意外な言葉だ。人に害をなす霊鬼《りょうき》を誰もが怖れているものと思っていたが、女官の口振りからは霊鬼《りょうき》にたいする哀れみが滲んでいた。

「死後もあんなふうに何処にもいけずに彷徨われているなんて……おかわいそうで」

「雛嬪《スウひん》とは親しかったのですか？」

女官が「いえ」と哀しそうに微笑んだ。

「雛《スウ》お嬢様と親しかったものなど、おりませんよ。命婦《みょうぶ》様は雛《スウ》お嬢様が女官や宦官と喋ることをお許しになりませんでしたから――鶴は雲上《うんじょう》を舞うものだからと」

真意をはかりかねて、令冥《レイメイ》が瞬《まばた》きをする。

「鶴は天に通ずる清らかなるもの。地の俗物とかかわり濁《だく》にまみれては舞いあがれなくなるのだと、命婦《みょうぶ》様は仰せでした。移動の時に雛《スウ》お嬢様を轎《かご》に乗せるのもその一環です」

神仙《しんせん》思想のひとつだろうか。鶴の声は韻々《いんいん》と雲を貫き、天と響きあう。よって、人の言葉を神に伝達する御遣《みつか》いとして奉られ、天地を渡る天女《てんにょ》の化現だと語られることもあった。

だが、雛《スウ》は鶴の舞姫ではあっても、鶴ではない――はずだ。

「女官さえ寄せつけず、雛《スウ》お嬢様の身のまわりのことは命婦《みょうぶ》様がすべてなさっていて……髪飾りひとつ、雛《スウ》お嬢様が御自身で選ばれたものはないはずです。雛《スウ》お嬢様に許されていたのは舞うことだけ」

人たる身の姑娘《むすめ》を、鶴として扱い続けるのは妄執じみている。

「ですが、私は一度だけ……雛《スウ》お嬢様から、頼まれごとをされたことがありました」

鶴の舞姫である雛嬪《スウひん》のもとには、舞に魅了された客からの手紙が絶えなかった。それらは巽《ソン》が確認したあと、雛《スウ》に渡されるきまりだったという。

「そのなかにひとりだけ、雛《スウ》お嬢様にとって特別な御方がおられたそうで。その御方から芳書《ほうしょ》があれば、命婦《みょうぶ》様が確認されるよりさきに持ってきてほしいと頼まれました。お手紙を受け取られた時のお嬢様は、それはもう、桃の花が綻ぶように頬をそめておられて」

その時の表情を想いだしたのか、女官が微笑をこぼす。

「雛《スウ》お嬢様も年頃の姑娘《むすめ》なのだなあと――なのに、あのようなことになるなんて」

「身投げ、ですか」

「ええ、芳書があったその晩だったんです。雛《スウ》お嬢様が命を絶たれたのは」

女官はいたく後悔しているようだった。あの手紙が雛《スウ》を死にむかわせたのではないか。内容を確かめてから渡していれば、雛《スウ》が自害することもなかったのではないかと。

令冥《レイメイ》の推理では雛《スウ》は殺されたわけだが、手紙が無関係だとはかぎらない。愛する男に呼びだされ、暴行を加えられたあと、殺害されたという線も考えられる。

令冥《レイメイ》は唇を結んでから、ほどいた。

「わたくしは鬼を視て、魂《こん》を解くもの——彷徨える魂が還るべきところにいきつけるよう、かならずや、ほどきます」

詳しい事は理解できないなりにも雛《スウ》の魂が浄化されるらしいとわかって安堵《あんど》したのか、女官は表情を緩めた。「して、雛嬪《スウひん》の房室《へや》はどちらにあるのでしょうか」と令冥《レイメイ》が尋ねると、北の端《はずれ》にある耳房《こべや》だと教えてくれた。

「雛《スウ》お嬢様のこと、どうか、よろしくお願いいたします」

女官は令冥《レイメイ》が角をまがってみえなくなるまで、頭をさげ続けていた。


…………


鶴の舞姫の私室は想像と違って、がらんとしていた。

質素というよりは殺風景だ。妹である鴇琳《ホウリン》の房室《へや》は妃妾《ひしょう》らしく飾りたてられていたが、こちらは臥牀《しんだい》、箪笥《たんす》といった必需な調度だけがならんでいる。嬪《ひん》ともあろうものが香炉すら飾っていないなんて意外だ。

故人の房室《へや》を探るというのは失礼にもほどがあるのだが、令冥《レイメイ》は胸のうちで謝罪しながら抽斗《ひきだし》などを確かめていった。

箪笥には舞台で袖を通していたであろう豪奢《ごうしゃ》な襦裙《きもの》、帯、髪飾りなどが収納されていた。

そのすべてに鶴の意匠が取りいれられている。令冥《レイメイ》はひとつずつ、丁寧に、なにごとかを調べるように触れていく。

鶴をかたどった笄《こうがい》に触れたその時だ。

令冥《レイメイ》の緋《あか》の眼が大きく見張られた。瞳睛《どうせい》に万華鏡《まんげきょう》めいた紋様が浮かびあがって廻《まわ》りだす。

房室《へや》の風景が遠ざかり、暗転した。

令冥《レイメイ》の見鬼が、開眼する。


（――舞台は地獄だ）

緩やかに緞帳《どんちょう》をあげるようにして、現実《ここ》ではない場景が拡がる。

桜吹雪が乱舞するなか、篝火《かがりび》が燃えていた。

後宮の園林《にわ》にある舞台だ。飾りたてた妃嬪《ひひん》たちが舞台を取りかこむようにならんでいる。

去年の春の宴だろうか。

令冥《レイメイ》の異能は見鬼である。つまり鬼を視る能力だ。だが単純に霊鬼《りょうき》を視る異能ではない。

鬼とは強烈な魄のことを表す。魄たるは感情にして未練。かたちのないものだが、強い魄は故人が愛惜していた〈物〉に遺留することがある。

すなわち、令冥《レイメイ》の持つ見鬼の眼とは物に遺った魄――死者の未練を視る異能だった。

異能が発動しているとき、令冥《レイメイ》は故人の眼を通してその者が経験した風景を視ることができる。

だがこのとき、故人の魄の声が聴こえることはあっても、まわりの声を聴きとることはできない。

令冥《レイメイ》が死者と分かちあえるのは死んでも忘れえぬ風景と、あともうひとつだけ。

（鶴は雲の上で舞うのではないわ。燃える地獄で舞うのよ――）

雛《スウ》の心の声が聴こえたのがさきか。

燃えあがるような激痛が、足で弾けた。

そう、痛覚だ。

異能でつながっているあいだ、令冥《レイメイ》はその身をもって故人の痛みを経験する。痛みとは躰《にくたい》で感じているようでいて、魄に最も強く刻まれ、死後も延々と残るものだからだ。

踝《くるぶし》から先――足指から踵《かかと》までが、ちぎれんばかりに痛い。

続けて、風景がまわりだす。痛みによる眩暈《めまい》かとおもった。

だが、違った。

円舞《えんぶ》だ。この風景をみていたであろう雛《スウ》が舞っているのだ。

袖をはためかせ、脚をはねあげ、しなやかに舞いあがる。つまさきをとがらせ、その先端にまで神経を張りめぐらせて。

舞っている側の眼からはわからないが、観客が総だちになって沸きたっていることで、素晴らしい舞を演じているのだと感じられる。

だが、異常な痛みはなおも続いていた。

踏みだすごとに足が燃える。焼けた沓《くつ》を履かされているような激痛――それでも、鶴の舞姫は舞い続ける。何処までも雅やかに。

やがて舞い終えた雛《スウ》は、観客にむかい頭をさげてから客席を見まわした。

誰かを、捜しているのだ。《彼女》の視線はやがて、客席の最も端にいた宦官へと吸い寄せられた。

筋骨隆々な醜男《ぶおとこ》だった。蜈蚣《むかで》のようにふとく、つながった眉。割れて突きだした顎に大蒜《にんにく》をつけたような鼻。たとえるならば羆《ひぐま》か、猪か。

宦官とは宮廷、特に後宮につかえるにあたり、去勢《きょせい》を施した男のことだ。男の物がないため、肥満するか、女人のような体つきになる傾向が強いが、あの男は特異だった。

醜い風貌のせいか、観客の妃妾《ひしょう》たちはあからさまに彼を避けている。

だが、雛《スウ》の眼を通して視た彼は、きゅんと胸が締めつけられるほどに格好よかった。

ああ、そうか。令冥《レイメイ》は理解する。

雛《スウ》は、彼に懸想《けそう》していたのだ――

雛《スウ》は舞台の上から宦官に微笑みかけた。袖を振ることも声をかけることも許されず。

だからせめて、眼差しをひとつ。

それが、舞姫の恋だった。

（彼と逢って、私の地獄には花が咲いた――）

見鬼の眼が、とじた。

令冥《レイメイ》の意識が宴の舞台から、雛《スウ》の房室《へや》へと還ってくる。息をつく暇もなく、令冥《レイメイ》は悲鳴をあげてしゃがみこんだ。

「っ……うぅ、いっ…………たぃ」

足が、まだ燃えている。

雛《スウ》はなぜ、こんな足で踊り続けることができたのか。立ち続けることも難しいほどの激痛にさらされているにもかかわらず、雛《スウ》の舞は完璧だった。

そこから導きだされた真実に令冥《レイメイ》は息をのみ、誰にともなくつぶやいた。

「まさか、いつも、そうだったのですか?」

いつもどおりに舞えたのは、いつも、こうだったからだ。

舞姫は舞台を「地獄だ」と言った。舞っていても彼女の心は凍てつき、芸事を愛しているという様子ではなかった。ならば、舞えなくなったことが未練だというのは道理にかなわない。

舞姫はなにゆえに足を欲するのか。

「はて、鬼は、視えたかや」

神喰《カミジキ》が髪を垂らして、覗きこんできた。

「……鬼というにはまだ」

知らなければならない。なぜ、鶴は燃えていたのか。なにを愛し、なにを恨み、なにを望んで彷徨い続けるのか。

　痛みが段々とやわらいできた。ほかに魄が遺っている物はないかと再度捜しはじめたところで、背後から怒鳴りつけられた。

「なにをなさっているのですか！」

　振りかえれば、巽《ソン》が怒りの形相で立っていた。

「失礼にも程があるのではありませんか？　死んだ姑娘《むすめ》の房室《へや》を踏み荒らし、私物をあさって！　なぜ、こんなふうに家捜しのようなことをされなければならないのですか」

「申し訳ございません。ですが、魂《こん》を解くには彼女がなにを想い、なにを望んでいたのかを……」

「そんなことはどうだってよいではありませんか！」

　巽《ソン》が凄い剣幕で怒声をあげた。

「よけいなことをしないで、はやく除霊をしてくださいよ！　あんなものが徘徊していたら、怖ろしくて眠ることもできません！」

「…………あんなもの、ですか？」

　死して鬼になったとはいえ、あれは巽《ソン》の姑娘《むすめ》であるはずだ。

「ええ、そうです。あんなものはもう、姑娘《むすめ》でもなんでもありません。実の妹を襲ったのですよ？　姑娘《むすめ》だとおもえるはずがないでしょう！」

「……お言葉ながら」

巽《ソン》の恐怖も理解できないわけではない。

だが、巽《ソン》は確実に見鬼妃の役割を取り違えている。

「霊鬼《りょうき》とは取り除くものではございません。……まだ、ご理解いただけていないようですね。とても残念に思います。わたくしは鬼を視、魂を解きますと、もとよりお伝えしていたはずですのに」

巽《ソン》は理解する気もさらさらないのか、頭《かぶり》を振り、令冥《レイメイ》を睨みつけてきた。

「異能などという胡乱《うろん》なものに頼った私が愚かだったようですね」

冷ややかな視線にさらされて、令冥《レイメイ》はぎゅっと身を縮ませた。

失望の眼。役たたずと蔑《さげす》んで拒絶する声――それらは物心ついた時から令冥《レイメイ》を責めたて、苛《さい》み《な》続けてきたものだ。いっきに手足が冷たくなって息がつまる。

「除霊ができぬのならばお引き取りください、ええ、いますぐにでも」

「そっ、そんな……わたくしはただ」

見鬼妃として請けた依頼を果たせずに帰れば、皇帝からも失望されかねない。後宮から追放されるようなことになっては、一族の仇《かたき》を捜すこともできなくなる。

「ふむ、ならば直《ただ》ちに帰ろうではないか。なあ、令冥《レイメイ》よ」

どうにかして話を聴いてもらおうと慌てる令冥《レイメイ》とは違い、神喰《カミジキ》は落ちついていた。

「え……あ、ですが……」

「よいではないか、俺たちは頼まれて参ったに過ぎぬ。ただ……」

神喰《カミジキ》が晦冥《かいめい》たる眼睛《がんせい》を、ゆるりと動かす。

「舞姫の恨みたるは骨髄《こつずい》に徹するもの。いまは廻廊を這いまわるだけだが、はてや、これからは如何《いか》になるか。房室《へや》にまで侵入し、頸《くび》をもぎだすやもしれぬな。怨恨たるは時を重ねるほどに膨れあがり、強くなるものゆえ」

神喰《カミジキ》の声は異様な凄みを帯びていた。最悪の事態を想像してしまったのか、巽《ソン》がぶるりと身震いをした。縮みあがった喉から巽《ソン》が声をしぼりだす。

「っ……一晩！　もう一晩だけならば、待ちましょう」

「ふむ、待たずともよい」

巽《ソン》がぼう然となる。

闇々《あんあん》とした髪から覗く唇が、弧を象《かたど》った。神喰《カミジキ》は嗤いながら巽《ソン》を睥睨《へいげい》する。

「そなたが待つことを俺たちが望むとおもうてか？　そも、依頼にきたのはそなたであろうや。なにか、勘違いしておるのではないか」

神喰《カミジキ》は斬り捨てるように袖を振った。

「見鬼妃にそなたを助ける義理はない」

途方に暮れる巽《ソン》をよそに、神喰《カミジキ》は令冥《レイメイ》の背に腕をまわして帰ろうとうながす。令冥《レイメイ》は戸惑いながらも神喰《カミジキ》に押しきられるかたちで巽《ソン》に背をむけた。

「……け、見鬼妃様！　た、助けてくださいっ」

令冥《レイメイ》が振りむく。巽《ソン》は膝をつき、額を地にこすりつけるようにして頭をさげていた。

「あれを、なんとかしてください！　私たちではどうすることもできないのです。殺されたくない……どうか、助けてください……」

「だそうだ。はて、どうする、令冥《レイメイ》」

神喰《カミジキ》がゆるりと笑いかけてきた。令冥《レイメイ》は唇を結びなおして緋紅《ひこう》の袖を拡げる。

「お約束いたしましょう。明朝にはかならずや、魂を解きます」

………

房室《へや》を後にしたあと、令冥《レイメイ》がどんよりと背をまるめていたせいか、神喰《カミジキ》が気遣うように尋ねかけてきた。

「落ちこんでおるのかや」

令冥《レイメイ》は振りかえり、微苦笑する。

「だいじょうぶです。落ちこんでなどはおりませんよ。蔑まれることにも疎《うと》まれることにも慣れておりますもの。幼き時からずっと、落ちこぼれのわたくしですもの」

異能の無能――それが焉《エン》家における令冥《レイメイ》の蔑称だった。

それは見鬼という異能が劣っていることを表すものではない。見鬼は一族のなかでもきわめて特殊な異能だ。だが、彼女は十二歳――一族が滅ぼされる時まで異能を賜らなかった。そのため、一族から冷遇されてきた。

それは皇帝にも言えない彼女の秘密であり、知るのは神喰《カミジキ》ただひとりである。

「でも、巽《ソン》様を怒らせてしまったばかりか、神喰《カミジキ》にも迷惑をかけてしまって、ほんとうにだめだめですね……」

「迷惑などこうむってはおらぬ。それにおまえはすでに落ちこぼれではない」

神喰《カミジキ》はそういってから、いや、違うかと唇の端を弛《ゆる》めた。

「俺は、おまえが落ちこぼれであろうが、無能であろうが、愛しておる。いっそ無能であればよかろう。そうすれば、俺だけがおまえを助け、護ってやれる――ああ、そうだ」

底のない双眸に残虐な影がよぎる。

「あの命婦《みょうぶ》、喰らうてやろうか」

「っ……いけません、そんなこと、ぜったいに」

令冥《レイメイ》は慌てて神喰《カミジキ》の袖を握り締めた。

「あなたが後宮のひとを害したら、皇帝陛下に怒られてしまいます。一緒にいられなくなってしまいますもの」

「ふむ、ならば、皇帝も喰らえばよかろうや」

令冥《レイメイ》がさあと青ざめた。誰かに聴かれたら、どうするのか。

「俺とおまえだけで、よいではないか。後宮も、都も、奉《ホウ》も要《い》らぬであろう？　なぜ、喰らってはならぬのか。総《すべ》て喰らいつくせば、そのなかには一族の怨仇《えんきゅう》もおろう。万事解決ではなきか」

言葉だけのことではなかった。

おそらくは、彼には実際にそれができるのだ。彼は神サマだから。倫理に縛られることもなく、意のままに振る舞える。だからこそ、彼にそのようなことをさせてはならないと令冥《レイメイ》は強く想う。

神をヒトの領域に連れだしてしまったのは令冥《レイメイ》なのだから。

「だめなものは、だめなのですよ。あなたには理解できずとも、後宮も都も要ります」

令冥《レイメイ》は時々だが、神喰《カミジキ》の愛をこわいと感じる時がある。

彼の愛は、この身にはあまるものだ。あふれるほどにそそがれる愛が、いつかこの身を喰い破るのではないか。そんな予感がするのだ。

それでも令冥《レイメイ》はいま、神喰《カミジキ》に愛されていることを、幸せにおもう。

たとえ破滅を招きかねない危険なものだとしても。

愛され、愛することが、どれほどに重いものか。

令冥《レイメイ》は身をもって、知っているからだ。

雛《スウ》のことを想う。彼女には確かに、愛する者がいた。だが雛《スウ》を愛する者はいたのだろうか。鶴の舞姫――ではなく、舞台は地獄だと嘆いていたひとりの姑娘《むすめ》を抱き締めて、愛《いつく》しんでくれるものが。

「雛嬪《スウひん》の房室《へや》を確かめていて、ひとつ、不可解なことがあったのです」

豪奢な錦の帯に刺繍が施された襦《どうぎ》や裙《はだぎ》、珊瑚《さんご》の笄《こうがい》に真珠の耳飾り。あれだけの装飾品がそろっているのに、あるものだけが、なかったのだ。

「沓《くつ》です。あの房室《へや》には、沓《くつ》だけがひとつもなかったのですよ」

❖

再びに日が傾いて、春らしい雀色時がせまっていた。やわらかな茜雲《あかねぐも》が雀のふくよかに膨らんだ胸のようにいろづいている。

令冥《レイメイ》は園林《にわ》にむかった。

花が腐ったような例の異臭のもとを捜すためだ。階段の側に落ちた花を掃《は》いて集めたところがあるのかと思ったが、園林《にわ》は綺麗に清掃されていて特に臭いは感じられなかった。

昨晩は異臭が強くなると同時に霊鬼《りょうき》がやってきた。霊鬼《りょうき》が臭いを連れてきたのだとすれば、彼女の死の真実ともかかわりがあるのではないか。

「ねえ、知ってる？」

令冥《レイメイ》が声に振りかえれば、女官たちがひそひそと喋りながら掃除をしていた。木の陰に隠れて聴き耳をたてる。

「夜晩《おそ》くに廻廊を通りがかると、壁から悲鳴が聴こえるの。轡《くつわ》でもかまされているような、くぐもった悲鳴よ」

「か、風じゃないの？」

「まちがいなく、人の声だったわよ。私も実際に聴いたことがあるもの。噂が拡がりだしてから、五年から六年は経つかしら」

「雛《スウ》様がお亡くなりになられてから、じゃないのね」

「だからね、雛《スウ》様のことがなくても、この宮はもとからいわくつきなのよ」

この後宮では不穏な噂が絶えない。

娯楽のない妃妾《ひしょう》や女官の唇を渡って拡がるうちに虚実取りまざった噂となることもあるが、火のないところに煙はたたぬものだ。

女官たちが通り過ぎていった。

「……あら」

令冥《レイメイ》が身を潜めていた枝垂れ桃の根かたで、何かが光を弾いた。

散り終わった桃の花葩《はなびら》に埋もれるようにして簪《かんざし》が落ちている。白珊瑚で作られているが、鶴の意匠はない。舞姫のものではないのだろうか。

拾いあげたとたん、令冥《レイメイ》の視界が暗転する。

見鬼の眼が、開眼した。


（——恋は、落ちるものだと誰かが言った）

視界に拡がる几《つくえ》と紙。いや、これは《彼女》——雛《スウ》に宛てられた手紙だ。

緊張か、昂揚《こうよう》か。折りたたまれた紙をひらく《彼女》の指は微かに震えている。達筆な字を、視線がなぞる。

科挙《かきょ》に登第《とうだい》した。まもなく進士《しんし》として後宮を後にすることになる。ひと度だけでも構わない。雅楽《ががく》も舞もないところで、お逢いできたら。月の見張りがない朔《さく》の晩、正子《しょうし》に宮の門外で待つ――

封筒にはまだ、なにかが残っている。白珊瑚を彫って作られた簪が同封されていた。

男から女に簪を贈るのは求婚の証である。

雛《スウ》は息をのみ、視線をあげる。今と変わらず、質素な房室《へや》の風景が拡がった。窓の外だけが春ではなく真冬だ。

雛《スウ》は歓喜に震えながら、鏡にむかって結い髪に簪を挿す。

華の貌《かんばせ》が綻び、今こそが春とばかりに咲き誇る。

(鶴は舞うべきで、落ちては鶴ではないのでしょう。それならば、私は鶴などでありたくはなかった――)

見鬼の瞼が、とじた。

令冥《レイメイ》の意識は桃が咲き群れる園林《にわ》に還ってきた。

「想像していたとおり、彼女は愛する御方と約束をして、吹雪の晩に宮を抜けだしたようですね」

令冥《レイメイ》は考えこむ。

「それにしても、人は見掛けに拠らぬものですね。あのような……控えめにいって、おっかなそうな御方が科挙に受かり、官僚になられるなんて」

科挙といえば競争率が非常に高く、毎年千人が受けて三十人が通るかどうかだ。受験者は幼い頃から日のほとんどを勉強に割き、一族の存続を懸けて試験に挑むものもいるという。

「はて、ヒトは騙《かた》るものであろうや、命あるかぎり。なにもかもが嘘ということも考えられる」

「それは……そうですね、哀しいことですが」

愛ですら、人はたやすく騙れるものだ。

「霊鬼《りょうき》は言の葉を持たず。されども霊鬼《りょうき》は如実に語ります。真実だけを——ならば、雛嬪《スウひん》に尋ねるべきでしょうね」

あの晩いかなる事件があって、誰に命を奪われたのか。

「死してなお、なにを望んでいるのかを」

愛しいか、恨めしいか。

真実はふたつにひとつだ。

❖

暗天に繊月《せんげつ》があがった。

宵の帳に誰かが爪をたてたせいで綻びでもできたような、傷痕を想わせる月は正子《しょうし》を過ぎてもまだ、空の縁《ふち》にぶらさがっていた。

今晩もまた、廻廊を這い続ける青ざめた指がある。

令冥《レイメイ》は唇の端をひき結び、霊鬼《りょうき》を待っていた。

「ど、どうぞ、どこからでも御越しになってくださいな」

眼をならしておくため、提燈は敢えて燈していない。身を縮ませ、腰もひけていたが、令冥《レイメイ》はみずからを鼓舞して懸命に構えている。

霊鬼《りょうき》の望みをひきだす――

これは賭けだ。

巽《ソン》は言った。あれはすでに姑娘《むすめ》ではないと。

哀しいことだが、あながち誤りだともいいきれなかった。彼女にはすでに言葉も通じず、意識もない。だからこそ、強引にでも意識をひきもどす。

遠くから音が聴こえだした。

ギシッギシッギシッ――

暗闇を破り、傷だらけの舞姫が這い寄ってきた。

令冥《レイメイ》は悲鳴をあげたくなるのをこらえて、白珊瑚の簪を差しだす。

「こちらを、お捜しなのではございませんか」

雛《スウ》と宦官が愛しあっていたのならば、この簪は彼女の意識をひきもどす縁《よすが》になるだろう。

だが宦官が雛《スウ》を騙して殺害に及んだのだとすれば、むやみに刺激して復讐心をあおっては取りかえしのつかない事態になりかねなかった。

項垂れていた頭をあげ、簪を確かめた雛《スウ》が眼を剥く。

「わかりますか。わかるはずです。これが、どなたのものか」

霊鬼《りょうき》が張り裂けるような絶叫をあげる。

令冥《レイメイ》は腰が抜けそうになったが、後ろから神喰《カミジキ》が支えてくれた。声は逆巻く風をともない、吹きすさぶ。ちぎれんばかりに令冥《レイメイ》の髪がなびいた。

神喰《カミジキ》は愛する妻をかばうようにひとつ、踏みだす。

「……怨念に喰われたか」

報復を強く望むとき、霊鬼《りょうき》は暴走し、命あるものを見境なく襲う怨鬼《おんき》となり果てる。そうなってしまえば、もはや魂《こん》を解くことはできない。

暴走をとめるためには神喰《カミジキ》に喰らってもらうほかになかった。

だが、彼に喰われた魂は、永劫に暗闇を彷徨い続けることになる。できることならば、そんな結末にはさせたくないと令冥《レイメイ》はおもっていた。

「っまだです。まだ――」

令冥《レイメイ》は祈るように叫んだ。

呻り声をあげながら、雛《スウ》が腕を伸ばしてきた。

爪の剥がれた指が令冥《レイメイ》にせまる。令冥《レイメイ》はひっと喉をしぼませて後ずさりそうになりながらも、踏みとどまって簪を渡す。

簪を映した雛《スウ》の瞳が、微かな光を帯びた。

昏い魄に縛られていた雛《スウ》の意識が振りもどされる。

彼女は簪に頬を寄せ、睫をふせた。愛する男を抱き締めるかのように。

令冥《レイメイ》は安堵する。

ああ、雛《スウ》はまだ、彼を愛しているのだ――

「あなたさまの命を奪ったのは彼ではなかったのですね」

だが、だとすれば誰が舞姫の足を奪い、自殺にみせかけて殺めたのか。

巽《ソン》のことが頭をよぎったが、雛《スウ》を殺害する動機がない。ゆがみはあったが、巽《ソン》は鶴の舞姫をたいせつに扱っていた。舞姫の命に等しい足を奪うはずがないのだ。

雛《スウ》が背をむけ、這いだす。ついてきてといわれたようで令冥《レイメイ》は雛《スウ》の後を追いかける。雛《スウ》は廻廊の壁に吸いこまれるようにして、いなくなってしまった。

「あ、あれ……どこにいってしまわれたのでしょうか」

「ふむ、壁の裏側で風が流れておる。隠し房室《べや》があるな」

神喰《カミジキ》にうながされ、令冥《レイメイ》が壁を確かめる。壁板が横にずらせそうだった。

そういえば女官たちが、壁のなかから悲鳴が聴こえると言っていたのを想いだす。

神喰《カミジキ》に頼んで壁を動かしてもらうと、饐《す》えたような錆臭さがあふれてきた。壁のむこうには暗闇が拡がり、さながら地獄に続いているような不穏さを漂わせている。

進みたく、ない。

だが、進まなければならなかった。

鶴の舞姫がなぜ、殺されたのか。真実を解きあかすために。

令冥《レイメイ》は提燈をともして、びくつきながら踏みこむ。

「誰か、おられますか……」

内部は狭く、埃《ほこり》が積もった床板には脂っぽいものが染みついた跡がある。血痕だ。棚には竹製の笞《むち》と縄がならべられていた。

「折檻房《せっかんべや》、でしょうか」

令冥《レイメイ》にも経験があった。縄で縛りあげ、つるしてから笞《むち》で敲《たた》くのだ。

雛《スウ》の身に残されていた傷は折檻によるものだったのか。

笞敲《むちたた》きといえば窃盗などを働いたものにたいする軽い刑を想像するが、竹製の笞で敲かれ続けると筋は裂け、骨が砕けて絶命することもある。死者が相ついだため、後に笞刑《ちけい》にはさまざまな制約が設けられた。

「そうか、そうだったのですね」

ばらばらになった珠《たま》を紐に通すがごとく、令冥《レイメイ》は理解する。

雛《スウ》の簪は園林《にわ》に落ちていた。

推察するに、雛《スウ》は愛する男に逢うため宮を抜けだしたが、巽《ソン》に捕まって連れもどされ、折檻を受けたのだ。燈火をきらうのはその時、巽《ソン》が持っていた提燈を想いだし、恐怖をおぼえるからだろう。

「あなたさまは舞を愛してなどいなかった。ただ、強いられてきただけ。ならば死後も舞いたいはずが、ない」

彼女の未練はひとつだ。

「愛するひとに逢いにいきたかった、のですね」

どれだけ逢いたくとも、彼女には足がなかった。膝を擦りながらでは階段をおりて園林《にわ》を越え、彼のもとにたどりつくことはできない。だから、他人の足を奪った。

だが、他人の足では、歩けない。

胸を締めつけられながら、令冥《レイメイ》は調査を続けようと棚にある笞を手に取った。ぶわりと視界が眩《くら》んで。

暗転——鬼が、視える。


（——舞鶴はとべない鶴だ。ただ、金蓮《きんれん》を踏みつけ、くるくると舞うばかり）


背が、燃えあがった。

身を打ち据える衝撃に視界がぶれる。まともに呼吸ができない。

咳きこむと、喉から血潮があふれてきた。

息も絶え絶えに雛《スウ》は視線をあげる。

笞を振りあげた巽《ソン》が、いた。

巽《ソン》は唇をまげ、唾《つば》をまき散らしながら、なにかを喚き続けていた。雛《スウ》の眼に映る巽《ソン》の姿が、地獄にいる獄卒の鬼に変わる。角をもち、牙を剥きだした悍《おぞ》ましい怪物——ああ、鬼に殺される。

笞が振りおろされた。その一撃はとくに、重かった。

《彼女》の意識が遠ざかる。

（私は彼に逢いたかっただけ。でも、巽《ソン》は私から舞鶴に隠された罪が洩れることを、おそれた——）

見鬼の眼が閉じる。

「っ——あっ」

激痛に身を貫かれて、令冥《レイメイ》は倒れこんだ。

絶叫したいのに声もでない。埃にまみれてのたうちまわる。神経という神経をやすりにかけられているような。肉が裂け、筋がちぎれて、笞による打撃が脊椎にまで達していたのを、令冥《レイメイ》は身をもって知る。

令冥《レイメイ》に流れこんできたこれは、死の痛みだ。

鬼を視るとは他者の死を経験することでもある。令冥《レイメイ》は後宮にきてから度々依頼を請けているが、その都度、彼女は死んできた。

「……ああ」

震える喉から、令冥《レイメイ》は細く声を洩らした。

「おつらかった、でしょう、ね」

彼女はただ、死者のためだけに緋《あか》の眼を濡らす。

鎮魂ではなく、救いでもなく。ただ、死者の痛みに寄りそうだけ。だが、それゆえか、令冥《レイメイ》がこぼす涙は透きとおっていた。

「令冥《レイメイ》」

帳のような髪がおりてきた。

濡れた瞼にひとつ、接吻《くちづけ》が落とされる。

「おまえの涙は、あまいな」

神喰《カミジキ》だ。彼は唇を寄せて、緋《あか》の眼からあふれた雫を吸いあげた。いたわるように。それでいて、愛する姑娘《むすめ》が死に苛まれるさまを、嬉々《きき》として愛でるように。

「他人の哀しみを嘆いて、他人の傷を痛み、他人の死を経験する——ああ、なんたる傲慢《ごうまん》か。ヒトの身には余る異能よな」

責めるような言葉を重ねながら、神喰《カミジキ》の声は底抜けにあまやかだ。

「おまえがいかに寄りそい、理解したところで、その魂が甦ることはない。希望はすでに絶たれた、そこで終《しま》いよ。それでもおまえは腕を差し延べるのかや」

「……なぐさめに、なるのならば」

令冥《レイメイ》が涙と一緒につぶやいた。

それだけだ。それだけでしかなく。

「わかっているのです。死はどこまでも死であって、それだけのものなのだと。他人がどれだけそれを想い、涙をこぼしても、その御方の痛みが減るわけではありません。ほんとうは、きちんとわかっておりますとも」

見鬼の異能をつかって死を経験しても、痛みを分けあえるわけでは、ない。喪われた命は還らず、絶たれた望みが、再びに紡がれることもないのだ。

「だとしても、わたくしは彼女らの痛みに寄りそいたいのです。それでも、という想いこそが、人の最たるものだと想いますから」

息もあえかに令冥《レイメイ》が微笑む。

またひとつ、頬にこぼれた涙を、神喰《カミジキ》の指がさらっていった。

「おまえに想われ、こころを寄せられる魂が、俺は妬《ねた》ましくてならぬ。下等な魂のためにおまえが傷つくのも癪《しゃく》だ。だが、他人に死に添うおまえが、たまらなく愛しや」

神喰《カミジキ》は矛盾した想いをもてあまして、双眸《ひとみ》をゆがませる。

「繰りかえし死に逝くおまえをみていると、訳もなく胸のうちが満たされる。神には死があらぬゆえ、こうも惹かれるのか。あるいは」

神喰《カミジキ》が言葉にならないとばかりに息をつき、令冥《レイメイ》の髪をなでた。

「おまえは奇《く》しき姑娘《むすめ》よな。神をこうも惑わせるとは」


…………

死の衝撃が落ちつくまでにしばらくかかった。令冥《レイメイ》はふらつきながら身を起こす。襦裙《きもの》についた埃をはらいつつ、思考を廻《めぐ》らせた。

「笞を振るい続ける巽《ソン》さまの眼には怒りだけではなく、明らかな恐怖がありました。妙だとは思いませんか？　恐怖を感じるとすれば、酷い折檻を受けていた雛嬪《スウひん》のほうでしょうに」

「恐怖とは人の精神を侵すきわめて強烈なる魄よ。恐怖にかられると、ヒトは自制が利かなくなるものであろう。恐怖に捕らわれていきすぎた折檻をし、誤って殺害してしまったとも考えられる」

巽《ソン》はなにをそれほどまでにおそれたのか。舞鶴に隠された罪、という言葉も気になるが、まずは順を追って考察していくべきだろう。

「前提として、折檻は度々繰りかえされてきたのだと思います」

笞は竹の先端がささくれるほどにつかいこまれていた。女官たちが聴いていた悲鳴は怪奇にまつわるものではなく、折檻されている雛《スウ》の声だったのだ。

人は人を傷つけることに慣れる。

そして段々と加減がわからなくなっていくのだ。

「雛嬪《スウひん》が失神したとき、巽《ソン》様は慌てられたことでしょうね。水を浴びせかけたり揺さぶったりしてもいっこうに意識を取りもどさず、巽《ソン》様は雛嬪《スウひん》を殺してしまったものだと想いこみました。……問題はここからです」

身投げしたと偽って橋から投げ落とすのは理解できる。証拠となる外傷を残さないためには水死をよそおうのが好都合だからだ。沓《くつ》をそろえて置いておくのは自殺だと想わせるためで、雛《スウ》の沓《くつ》をつかう必要もない。

だが、なぜ、足首から先を斬り落とす必要があったのか。

鶴に隠された罪、か。

想いかえせば、不可解なことばかりだった。

雛《スウ》はなぜ、激痛を抱え続けていたのか。雛《スウ》の房室《へや》にはなぜ、沓《くつ》がひとつもなかったのか。

「遺体の足を切断したのは骨になっても残る罪の証拠を隠すためだった？」

カツン――

硬いものが、落ちてきた。

「ひゃっ……な、なんでしょうか、これは――沓《くつ》？」

織物で作られた沓《くつ》だ。鶴紋に蓮の刺繍が施されていることから、雛《スウ》の私物であることは疑いようもなかった。

令冥《レイメイ》は固唾《かたず》をのんで腕を伸ばす。

「あなたさまの恨みはわたくしが最期まで視届けます」

見鬼が、開眼した。視えてきたのは雛《スウ》の最も古い絶望だった。

❖

乾いていない枝を、無理やりに折るような音がした――ただしくはぞわりと肌があわだって、令冥《レイメイ》は聴こえるはずもない音を感じた。

まだ若い巽《ソン》が《彼女》の足をつかみ、趾《あし》の骨をふたつに折ったのだ。

二歳になったばかりの姑娘《むすめ》の骨は、活きた珊瑚ほどに軟らかかった。足の指の先端を土踏まずにむかって折りたたまれる。

痛みは、後《おく》れてやってきた。

足さきから地獄の劫火《ごうか》が燃えあがる。なにをされているのか理解できずに泣き喚く《彼女》の口に布を押しこんで、巽《ソン》は笑った。

（そのひとはささやいた――おまえは、つるになるんだよ）

続けて締めあげるように包帯をまきつけられた。

腫《は》れることもできないほどにきつく。

これを七日おきに繰りかえす。

思いのほか、足が縮まなかった時はよけいな距骨《きょこつ》を槌《つち》で砕かれ、割れた茶碗のかけらを埋めこまれた。そうすれば壊死《えし》が進み、足が綺麗に縮むからだという。

（てんそくのむすめは、客がつくと）

親に売られた姑娘《むすめ》は品物として育てられる。妓女《ぎじょ》として教育されるだけではなく、酷いところでは好事家《こうずか》のため、造りかえられる姑娘《むすめ》もいるという。

熱に浮かされ、一睡たりとも眠ることもできず。腐りだした傷から膿《うみ》が滲むと、腐臭をごまかすために花の香をぬりこまれた。それは肉にしみついて纏足《てんそく》のにおいになる。

骨を折っては、包帯で縛る。

それは骨絡みの地獄だった。

斯《か》くして、鶴は、なされた――

❖

「苑巽《エンソン》はいるか」

花桃の咲く宮に早朝から物騒がしい声が響いた。

雛《スウ》の宮に捕吏《ほり》がやってきたのは令冥《レイメイ》妃が宮を後にして、三日後の朝であった。捕吏がくるなど尋常な事態ではない。眠気が吹きとんだ巽《ソン》は戸惑いながら頭をさげる。

「苑巽《エンソン》は私ですが、なにごとか、ございましたでしょうか」

「苑雛《エンスウ》の殺害および、纏足の禁律を破った疑いで連行する」

「そ、そんな……身におぼえのないことでございます。だ、誰がそのようなことを……あ、あれ、令冥《レイメイ》妃ですか。彼女がなにか、よからぬことを言ったのでしょう！」

いきなりのことに巽《ソン》は青ざめ、唾をまき散らして喚きだした。

「令冥《レイメイ》妃は嘘をついているのです！　異能など、信頼するに値しません」

「焉令冥《エンレイメイ》の異能は、ほかならぬ皇帝陛下が認めたものだ。証拠物も押収されている」

「しょ、証拠物なんてあるはずが……」

捕吏が懐からある物を取りだし、つきだす。

「纏足の沓《くつ》だ。外側は普通の沓《くつ》だったが、内側は纏足のために小さく作られていた。あの沓《くつ》が合う姑娘《むすめ》の足は推定三寸程。昔は纏足のことを三寸金蓮《さんすんきんれん》と言ったそうではないか。物証としては充分だろう」

巽《ソン》は眼を剥き、なおも言い訳じみたことをまくしたてていたが、捕吏は取りあわずに彼女を連行した。

その様子を遠くから眺めていた令冥《レイメイ》は愁《うれ》うように睫をふせた。

あの後——鶴の真実を視た令冥《レイメイ》は沓《くつ》を物証として押収してから、宮を後にした。

雛《スウ》が強いられたのは纏足という旧《ふる》い風習である。

当時は蓮の花を想わせる足は男を魅了するともてはやされ、あらゆる家庭でおこなわれていた。だが、幼児にたいする拷問じみた残酷さから、のちに纏足禁止令が敷かれた。

纏足の禁律ができてから、約百年が経つ。

纏足はいまわしき遺物となったが、それゆえ後宮にあがる時の検査がおろそかになっていたのだろう。あるいは検査したものに賄賂《わいろ》が渡されていたか。

刑部《けいぶ》の調査によれば、巽《ソン》は十年ほど前まで妓楼《ぎろう》を経営していたとか。妓女たちをかこうだけではなく、二歳から四歳までの幼い姑娘《むすめ》を集めては、禁律である纏足を施して売りだそうとしていたことが明らかになった。そのひとりが親に売られた雛《スウ》だったというわけだ。

纏足の姑娘《むすめ》は房事《ぼうじ》の時に男を歓ばせることに長《た》けている——いわく、腿がきたえられるため、よく締まるのだとか。

雛《スウ》は纏足でありながら、舞まで踊れるようになった。もっとも彼女はほかの舞妓《ぶぎ》とは違い、踵をあげて演舞する。さながら鶴の舞だ。きちんと歩けないがゆえのその舞が、悲しいかな、脚光をあびて彼女は皇帝の寵愛を享《う》けるに至った。

纏足の禁律を破ることは重罪だ。巽《ソン》も笞刑では済まないだろう。

巽《ソン》は舞姫の監督として、鴇琳《ホウリン》は人見知りな姉が寂しがるからという理由で後宮にあがることが許された身分だ。舞姫が死に、巽《ソン》も逮捕された今、鴇琳《ホウリン》も後宮から追放されるだろう。

巽《ソン》が連れていかれたあと、続けて女官たちが連れだされてきた。なかには雛《スウ》のことを気に掛けていたあの女官もいた。彼女は令冥《レイメイ》をみて、丁重に頭をさげてから去っていった。

「これで、あなたさまの恨みは晴れたでしょうか、雛嬪《スウひん》――」

令冥《レイメイ》は鶴の舞姫ではなく、ひとりの姑娘《むすめ》たる雛《スウ》に想いを馳せた。

彼女は篭《かご》の鶴だった。

だから、死してもなお、その魂は宮に捕らわれた。

かといって巽《ソン》や鴇琳《ホウリン》からは家族ではないものとみなされて排他されていたので、それぞれの房室《へや》に踏みこむことはできなかった。意識の壁、境界線ともいえるものだ。よって彼女は廻廊ばかりを延々と彷徨い続けた。

「いえ、まだですね」

令冥《レイメイ》が頭を振る。

「彼女の望みはもとから、巽《ソン》様にたいする報復ではなかった。愛する御方に逢いたかった、ただそれだけですもの」

彼女はどれほどの想いを燃やして、愛する男に逢おうとしていたのだろうか。

骨を折って、無理に小さくかたちづくられた足では、板張りの舞台を踏むだけでも焼けるような痛みをともなう。まして凍てついた土を踏み締め、段差のある園林《にわ》を進むなんて不可能に等しい。

それでも彼女は吹雪の晩、園林《にわ》に降り、暗がりのなかを歩き続けたのだ。

「結ばれたいとさえ、あなたさまは一度たりとも望まれませんでしたね」

ただ、逢いたいと。逢いたかったのだと。

「それすら、かなわずに望みは絶たれた。足を奪い続けたのも、ただ、彼のもとにいきたいがためだったのですもの」

それでも他人の足は他人のものだ。ちぎったところで彼女の足にはならない。だとすれば、彼女の未練はひとつだ。

令冥《レイメイ》は捕吏のもとにむかった。

捕吏たちは家宅調査をしながら、声を落として喋っていた。

「また、見鬼妃の功か」

「後宮を騒がせた舞姫の死がまさか、他殺だったとは」

「見鬼妃とは何者なんだ。面妖《めんよう》な男を連れているが、あれはいったい」

「皇帝陛下がその能を認めておられることは確かだが……っ、こ、これは失礼いたしました」

よもや令冥《レイメイ》が現場にきていると思っていなかった捕吏たちは慌てた。いっせいに袖を掲げ、低頭する。

「見鬼妃——いえ、令冥《レイメイ》様とお呼びするべきでしょうか。舞姫の死には不可解なところがあり我々も訝《いぶか》しんではいたのですが、まさか命婦《みょうぶ》による殺人で、纏足の禁律まで破っていたとは。真実をあばかれた令冥《レイメイ》様の手腕には敬服するばかりです」

　媚びるような捕吏の言動からは令冥《レイメイ》の気分を害することのないよう、神経を張りつめ、びくついているのが強く感じられた。令冥《レイメイ》としてはそんなに畏《かしこ》まらずとも、とおもうのだが、ここは敢えて妃らしく振る舞うように努めた。

「ひとつ、皆さまにお願いしたいことがございます」

「なんでしょうか。皇帝陛下より令冥《レイメイ》様の命には従うよう、仰せつかっております」

「廻廊の北側にある階段のあたりだと思うのですが、床板を外せるところがあるはずです。床下の土のなかに埋められているであろうものを掘りだしていただきたいのです」

　廻廊に漂ってきた花が腐敗したような異臭。あれがなんだったのか、令冥《レイメイ》にはようやくわかった。

「雛嬪《スウひん》の霊鬼《りょうき》はそれを捜して、廻廊を彷徨っておられたはずですから」

❖

　どれくらいの時が経ったのだろうか。

　永遠に等しい時を彷徨い続けているような。あるいはまだ、あの吹雪の晩のままで時が凍りついているような。ただ、痛みだけが、終わりなく続いていた。裂けた背が、擦れた膝が、斬り落とされた足が燃えている。それでいて、骨は凍るほどに寒い。

だというのに、爪の剥がれた指を踏ん張って這い続けるのはただ、逢いたいからだった。

彼に逢いたい――

触れあったことはおろか、言葉をかわしたこともなかった。彼からの手紙だけが、ふたりをつなぐ、ただひとつの縁《よすが》だった。

微笑を絶やさず、つねに完璧な舞を演じる鶴の舞姫にたいして、彼だけがこんな言の葉を投げかけてきたのだ。

つらくはないのかと。

その舞が雅やかであればあるほどに、あなたが傷だらけで舞っているようにみえてならないのだ――流麗な筆致で綴られた手紙を読んだとき、雛《スウ》は想いだした。

ずっと、ずっと、つらかったのだと。

舞うことも、縛られることも、折檻されることも、鶴だからあたりまえだと思っていた。だが彼女は姑娘《むすめ》だ。鶴ではなく、みずからがただの姑娘《むすめ》だったことを、彼だけが想いださせてくれた。

それにどれほど救われたことか。

だから好きになった。一度だけでもいい、逢いたかった。

でも、逢いには、いけない。

足がないからだ。

彼女はいつまでも廻廊を這いまわる。終わりなく。

ふと、透きとおった鈴の韻《おと》が聴こえた。韻に惹かれて振りかえれば、奇麗な姑娘《むすめ》が微笑んでいた。足のある姑娘《むすめ》だ。健やかな足――ああ、うらやましいとおもった。

欲望にかられて腕を伸ばせば、姑娘《むすめ》はあるものを差しだしてきた。

「こちらが、あなたの足ですよ」

渡されたそれは、小さな骨だった。

白珊瑚のような細い骨が絡みあい、折りたたんだ翼のかたちになっている。骨は微かに潤み、月の清暉《ひかり》を帯びていた。

「さあ、受け取ってください」

無理やりに折られ、縮められた鶴の趾《あし》――それでもこれは、燃えながらともに舞い続けてくれた雛《スウ》の躰《からだ》の一部だ。たいせつに抱き締めれば、骨は羽搏《はばた》くように拡がり、彼女のなかにすうと吸いこまれた。

「もうあなたを縛るものはなにもございません。どこにもいけなかったという恨みが、あなたの魂を縛りつけているだけで」

手を差しだされた。

そうか、いまさらながらに想いだす。彼女は簪をもってきてくれた姑娘《むすめ》だ。燃える地獄をわけあい、雛《スウ》が経験した死の痛みを、一緒に悼《いた》んでくれた。

起きあがれるはずがないと諦めながら手を取れば。

ふわりと躰《からだ》が持ちあがった。

姑娘《むすめ》の腕を借りながらではあるが、雛《スウ》はみずからの足で立ちあがることができた。視線を落として確かめれば、足首から先に、骨の足がついているではないか。脆《もろ》そうな骨の足は、意外なほどに頼もしく彼女の魂を支えてくれた。

雛《スウ》は地を踏み締めて、歩きだす。

「ほら、あなたはどこにでもいけます」

嬉しくて、ひとつ、またひとつと産まれたばかりの雛《ひな》鳥のように歩を重ねるうち、緞帳があがるように闇がひらけた。

桜だ。

風が渡り、うす紅の桜吹雪が舞いあがった。春だった。そうか、凍てつく冬は、とうに終わっていたのか。

彼女は麗《うら》らかな春のなかを進む。

舞うようにつまさきが弾んで、花葩《はなびら》を踏み締めた。

門を抜けた雛《スウ》は瞳を見張る。熱い涙がぼろぼろと、あふれだした。

愛しい男が、そこにいた。

彼は花をたむけ、静かに項垂れている。すでに魂《こん》がほどけかけた彼女の姿は男の瞳に映ることは、なかった。

「助けられなくて、すまなかった」

つらかったろうと男は泣いた。袖で眼をこすりながら、けだものが吼《ほ》えるような声をあげ、彼は泣き続ける。

雛《スウ》はずっと、彼女のために涙を流してくれるひとが欲しかった。痛みを、わけあってくれるひとが欲しかった。彼女の傷は彼女のものでしかなくとも。

それでも、と抱き締めてくれるものに逢いたかった。

振りかえれば、先程の姑娘《むすめ》もまた、静かに涙を流していた。

ああ、満足だ。未練は、もうない。

舞姫はやすらかに微笑み、愛する男とすれ違う。

袖が微かに振れあう。一場の春夢《しゅんむ》だ。だが、雛《スウ》にとっては、望んでやまなかった一度きりの春、だった。

「――どうか、ご冥福を」

姑娘《むすめ》の声にうながされて、雛《スウ》は白絹《しらぎぬ》の袖を拡げ、青天へと舞いあがる。風で桜の花葩《はなびら》が乱舞する。花吹雪に擁《よう》された後ろ姿は、篭から解き放たれた鶴を想わせた。

だが、違う。

彼女はただの姑娘《むすめ》だ。

姑娘《むすめ》として産まれ、姑娘《むすめ》として死に逝くのだ。

終わってしまった愛をひとつ、胸に抱き締めて。

…………

令冥《レイメイ》は哀悼《あいとう》に睫を濡らしていた。

雛《スウ》の魂《こん》はほどかれた。

枝垂れ桃の時季《きせつ》を終え、今は桜が爛漫と咲き誇っている。廃宮になってなお、宮に春の花が絶えることはなかった。

華やかな花の宴に背をむけ、令冥《レイメイ》は宮を後にする。

令冥《レイメイ》の涙をみて、神喰《カミジキ》が尋ねてきた。

「哀しいのかや」

「哀しくて、ちょっとばかり嬉しい、と想っています。最期だけは、彼女が安らかであったことが」

令冥《レイメイ》は桜が散るように微笑む。

後ろからは泣き続ける宦官の声が聴こえてきた。神喰《カミジキ》がため息をついた。

「愛していたのならば、奪ってでも、離さなければよかったものを」

「それができないのが人ですもの。人は、愛だけを選べはしないものなのです。たくさんのものに縛られて、しがらみのなかでもがきながら誰かを愛し、誰かに愛される――それがひとのあり様《よう》ですもの」

令冥《レイメイ》は舞い散る桜を振りあおぐ。

花葩《はなびら》は風にたわむれ、緩やかにまわりながら落ちていく。令冥《レイメイ》は知っている。あれは死んで逝く春の群れだ。

命あるかぎり、あらゆるものは等しく死にむかっていく。

最後に残るのはかたちのない魂魄だけ。

魂魄とはけっして難解なものではない。人の欲望はつきぬものだが、最期に残る想いは「愛したい」「愛されたい」――ただそれだけだ。

「だからこそ、そんな細やかで果敢《はか》ない望みまでもが踏みにじられたとき、人は恨み、鬼となるのでしょう」

「ゆえにおまえも鬼となりたのか？……死なずして」

散り逝く花の風を身に受けて、令冥《レイメイ》は神喰《カミジキ》を振りかえる。

濡れた緋《あか》の眼《ひとみ》を瞬《しばたた》かせて。

「彼女の望みが報復でなかったことは、救いでした。復讐は地獄を産むばかりです」

「そこまでわかっていて、おまえは」

神喰《カミジキ》は令冥《レイメイ》の袖をつかみ、強くひき寄せた。そうでもしなければ、令冥《レイメイ》が桜に紛れて散り散りになってしまうとばかりに。

「報復を望むのかや」

神喰《カミジキ》の声が陰るように低くなる。

「おまえを愛さなかった、家族とやらのために」

「愛されなかったからこそ、です。だってそれが未練というものでしょう」

令冥《レイメイ》が神喰《カミジキ》の胸に身をゆだねながら、舞い散る桜に手をかざした。

「ああ、あの晩も――まだ、春の遠き宵だったというのに、こんなふうに桜が舞っておりましたね」

令冥《レイメイ》は想いかえす。彼女がいかなる経緯をたどって、いま、後宮にいるのか。いかなる望みをもち、それがなぜ、絶たれたのか。

絶望の底で、神サマに嫁入りをしたあの晩のことを。

# 第二章　落ちこぼれ、神の贄嫁となる

焉令冥《エンレイメイ》は祝福されて、産まれてきた。異能の一族を統べる宗家《そうけ》の姑娘《むすめ》として。

彼女は一族の始祖《しそ》と同じ緋《あか》の眼を持っていた。当主である母親も、父親も、産まれたばかりの令冥《レイメイ》にひとかたならぬ期待を寄せた。

焉《エン》家のものは五歳になると試練を享《う》ける。

異能の一族といっても産まれながらに特殊な力を備えているわけではない。試練を越えてはじめてに異能を得る。

禁喰《きんじき》の試練。十五日にわたって社《やしろ》に監禁され、ヒトの食を断つのだ。

土壁のかけらや紙、藁《わら》、埃などの異物だけは喰らうことが許されるため、それを喰らって飢えを凌《しの》ぐ。生死の境《さかい》を踏みながら、終わりのない飢えと恐怖を乗り越えたとき、神が憑《っ》く。

異能の神は憑《つ》き神《がみ》といわれる。

憑き神は狐《きつね》、狗《いぬ》、狢《むじな》といった獣をかたどって顕《あらわ》れ、契約したものに異能を授けるのだ。試練を乗り越えられず命を落とすものもいた。心を壊すものもいた。だが、この試練を果たさなければ、一族としては認められない。

令冥《レイメイ》もまた五歳になり、この試練を享《う》けることになった。

異能の一族は宗家、分家がひとつの宮に身を寄せている。そして宗家は女系だ。当主のひとり姑娘《むすめ》である令冥《レイメイ》の試練は一族の耳目《じもく》を集めていた。

焉《エン》家の異能は統一されていない。それぞれのものに適した異能が授けられる。あるものは千里を視通《みとお》す眼をもち、またあるものは嘘を見破ることができた。令冥《レイメイ》の母親は呪殺という強力な異能を備え、奉《ホウ》に仇《あだ》なすものを排除し、国を鎮護していた。

はてさて、緋《あか》の眼を持った宗家の姑娘《むすめ》は、いかなる異能を授かるのだろうか。

さぞや強い神が憑《か》かるであろうと一族は囁きあっていた。

試練の晩、令冥《レイメイ》は母親に連れられ、延々と続くような階段を降《くだ》っていた。試練の社は宮の地底にある。階段にあかりはなく母親の提げる燈火《とうか》だけが頼りだ。緊張と恐怖感から、令冥《レイメイ》は思わず母親の手を強く握り締めてしまう。

「怖いのですか」

母親が振りかえり、尋ねてきた。

「……ちょっとばかり」

うそだ。ほんとうは、とても怖かった。

「気を強くお持ちなさい。貴方ならば、かならず乗り越えられますよ」

試練は確かに怖い。

だが令冥《レイメイ》が最も怖れていたのは邸の最下階に眠るという最古の憑き神だった。

一族の子等《こら》は物心ついた時に大婆《おおばば》からある伝承を教えこまれる。

奉が建てられたばかりのとき、とある祟り神が禍《わざわい》をもたらした。大風、地震が続き、都では疫《えやみ》が蔓延《まんえん》した。

宮廷が窮するなかで焉《エン》の始祖がその神を祀《まつ》り、眠らせることで祟りを鎮めた。

焉《エン》家は以降、この神を祀り続けることを最たる御役《おんやく》としている。

最古の神は千年にわたって眠り続け、とてつもなく飢えている。その微睡《まどろ》みを破ったら最後、膚《はだ》をひき裂かれ、骨をかみ砕かれて、魂ごと喰われてしまう。だから、地下に続く階段には踏みこんではならないよと。

「やしろのさきには、神サマがおられるんですよね」

「そうですよ。神の眠る祠《ほこら》があります。ですから、ここに社が建てられたのです。神の霊《れい》威《い》を借りて、異能を賜るために」

母親は心細げな令冥《レイメイ》を安心させるように頭をなでてくれた。

「社の先にある縄が境界線です。そこから先に進まなければ、神の眠りに障《さわ》ることはありません」

階段を降《くだ》りきると洞窟《どうくつ》が拡がっていた。

鍾乳石にかこまれて、小屋が建っている。

垂れこめた陰の帳を払うように母親が燈火を掲げれば、小屋の壁がぬらりと唐紅《からくれない》に浮かびあがった。千木《ちぎ》と鰹木《かつおぎ》が施された豪奢な造りの屋頂《やね》から罅《ひび》割れて崩れそうな土壁まで、血潮をまき散らしたように赤い。

あれが試練の社だ。

社の背後には赤い縄が張られていた。

あそこから先が神サマの領域なのか。

令冥《レイメイ》が意識をむけたとたんに風もないのに、ゆさ、ゆさ、と縄が揺れだした。誰かが縄をつかんで、ゆすっているような奇妙な揺れかただ。令冥《レイメイ》が総毛だつ。

暗闇にざっと人影がよぎった。

令冥《レイメイ》は「きゃあ」と声をあげ、母親にしがみつく。母親は今度こそ、あきれてため息をついた。

「なんですか、いったい」

「いっ、いま、どなたかがいたような」

「そんなはずがないでしょう。家憑《いえつき》ではありませんか？」

家憑《いえつき》とは一族に隷属する下等な神だ。狐の頭に猫の胴、蜥蜴《とかげ》のような肢《あし》をして、たいていは壁に張りついている。だが、あんなふうにおおきくはないはずだ。

「あなたが怖い怖いと思っているからですよ。これから試練だというのに、そんなことでどうするのですか」

「……ご、ごめんなさい」

もう一度だけ視線を投げたが、ぽっかりと拡がる冥漠《めいばく》は静まりかえっていた。あれほど激しく揺さぶられていた縄もとまっている。

「さあ、試練を」

うながされて覗きこめば、社のなかは異様なほどに暗かった。影の群れが犇《ひし》めきあい、塊になって息をひそめている。

令冥《レイメイ》は身震いをして、母親にすがりつきたくなった。

帰りたい、試練なんかやめたいと、瞳で訴えかける。母親は彼女の心境を察してか、令《レイ》冥《メイ》と目線をあわせて説きつけた。

「よいですか、貴方は私の姑娘《むすめ》なのですよ。恥じぬよう、努めなさい」

令冥《レイメイ》は唇をかみ締めて、強く頷き、社のなかに進んでいった。かさりと乾いたものを踏み、令冥《レイメイ》はおどろいて肩を縮ませる。咄嗟に後ろを振りかえったが、外側から閂《かんぬき》が落とされたところだった。

闇が、押し寄せてきた。

肌にまとわりつき、喉もとに絡みつくような闇の渦にのまれて、令冥《レイメイ》は崩れるようにすわりこむ。恐怖がこみあげ、涙がぶわっとあふれてきた。

心細くて胸がつぶれそうになる。

助けをもとめて、腕を伸ばせば硬い壁にぶつかった。五歳児の令冥《レイメイ》がなんとか横になれる程度の広さしかない。床は古紙、割れた木簡《もっかん》、藁、破れた帛《ぬの》などで埋めつくされていた。倉というよりは、棄てるべきものをわざとつめこんだかのような乱雑さだ。

憑き神は混沌《こんとん》を好む。

そしてこれらは今後、令冥《レイメイ》の命綱にもなるのだ。

涙をこらえ、令冥《レイメイ》は神の声を聴こうとした。だが沈黙が垂れこめるばかりで、神の声はおろか、風ひとつも吹いてはこなかった。

どれくらい時が経ったのだろうか。朝は訪れず、夜になることもない。暗闇ばかりが続く。つらくて泣き崩れたこともあった。爪が折れるくらいに壁を掻きむしったこともあった。

それでも、助けはこない。

空腹にたえかねて、硬い藁の切れ端をかみ締めながら、令冥《レイメイ》は思った。

死とはもしや、こういうものなのだろうかと。

死ねば、なにもかもがなくなる、というのは此岸《しがん》にいるものが理想とする死のかたちにすぎなくて、令冥《レイメイ》は今まさに、本物の死を経験しているのではないか。

だがそんな思考も、次第に飢えによって喰いつくされていった。

飢えは凄絶《せいぜつ》な痛みをともなう。

臓物《ぞうもつ》が縮んで、身が錆びついていく痛みだ。埃を食べ、最後は土壁をけずってそれを舐めながら、令冥《レイメイ》は生にしがみついた。喉が渇けば、古紙を含んで涎をだしてそれを再びに飲みくだすことで喉を潤す。

死の境界を明らかに踏んでいながら、令冥《レイメイ》はなおも神を感じることはなかった。

食べられるものが底をつき、令冥《レイメイ》はみずからの髪を喰らいはじめた。とうとう息絶えるかと思われたその時だ——声が聴こえた。

「令冥《レイメイ》、令冥《レイメイ》！」

視界いっぱいに光が差し、懐かしい母の腕が令冥《レイメイ》を抱き寄せた。

「生きている、ああ、令冥《レイメイ》！　貴方は試練を乗り越えたのですよ」

試練の刻限である十五日が経ったのだ。

姑娘《むすめ》の生還に一族は歓喜に沸きたった。母親は自慢の姑娘《むすめ》だと満足げに微笑み、父親も令冥《レイメイ》を抱きあげて喜んだ。令冥《レイメイ》は父親の腕に安堵して、やっとのことでつなぎ続けていた意識を落とした。


…………


「なぜ、神が憑いていないのですか！　令冥《レイメイ》！」

令冥《レイメイ》の母親が声を荒らげた。

「もうし、わけ、ございません」

意識を取りもどしたばかりの令冥《レイメイ》は衰弱した身を縮めて、扎敷《ざしき》の床に額をこすりつける。

「躰《にくたい》が死にむかうほど魂は神に近づき、その身を憑代《よりしろ》として神を示顕《じげん》させる。禁喰の試練とはそのためのものです。裏がえすと神が憑かねば、過酷な試練を乗り越えることはできない。そのはずなのですよ」

令冥《レイメイ》は試練を乗り越えた。

それにもかかわらず、神が憑かなかった。異能を賜ることもできなかった。

「神の声を聴かなかったのですか？　神の眼を視なかったのですか？　神の息に触れなかったのですか？　それなのに、なぜ、生き残ったのですか！」

「ごめんなさい……ごめんなさい」

「こんなことになるなんて。私がどれだけ恥をかいたと思っているのですか」

姑娘《むすめ》を映す母親の眼の冷たさに、令冥《レイメイ》はぎゅうと唇をかみ締める。あんなに頑張ったのに、なんで。

「ははさま……」

涙ばかりがあふれて、とまらなかった。

「泣いてどうなるのですか」

母親はため息をつき、扎敷《ざしき》を後にする。すがりつくことは、できなかった。

この時から令冥《レイメイ》は宗家の姑娘《むすめ》ではなく、焉《エン》家に産まれながら異能をもたぬ無能の姑娘《むすめ》になりさがったのである。

❖

一年が経ち、六歳になった令冥《レイメイ》は再びに試練を享《う》けた。

あの時に経験した飢えを、渇きを、死の恐怖を、終わりのない暗闇を想像して、令冥《レイメイ》は身を震わせる。あの地獄をまた乗り越えなければならないのか。母親にすがりついて、試練など享《う》けたくないと泣き喚きたかった。

だが、令冥《レイメイ》は母親に愛されたかった。父親に抱き締められたかった。

だから、懸命にたえたのに。

この度もまた、神が令冥《レイメイ》に憑《か》かることは、なかった。

父親も母親も段々と令冥《レイメイ》を冷遇するようになった。一族は令冥《レイメイ》を落ちこぼれだと侮蔑し、試練を越えて異能を得たほかの子等は彼女を虐げた。

二年、三年はまだよかった。

母親は令冥《レイメイ》にさまざまな試練を課した。

令冥《レイメイ》は異能を身につけるためならば、いかなる試練にもたえた。吹雪のなか、凍える湖に三晩、浸かり続けたこともあった。蛇や蜂の毒をのんだこともあった。

繰りかえし死線を彷徨いながら、いっこうに異能を授かることはなく、かといって息絶えることもなく、彼女は異能の無能であり続けた。

「おまえなど産まなければよかった」

試練に失敗するたびに笞《むち》で敲《たた》かれながら、令冥《レイメイ》はごめんなさい、ごめんなさいと涙を落としたが、母親はよけいに激怒した。

「涙を流すことは、許しませんよ。けがらわしい」

その言葉は、令冥《レイメイ》の胸に酷く刺さった。涙をかみ締め、彼女はこらえた。

つらかった。

だが、まだそれは、絶望ではなかった。

九歳を過ぎ、五度めになる試練を経ても、令冥《レイメイ》は異能を授からなかった。また折檻されると令冥《レイメイ》は怯えていたが、母親はそんな彼女を叱責することも頬を張ることもしなかった。

ただ、酷く虚《うつ》ろな眼をして、ひと言だけつぶやいた。

「私が愚かだった」と。

喉がひゅっとつぶれて、呼吸がとまる。

なにか、取りかえしのつかないことになったような、言葉にできない不安感が胸を締めつけた。

それからだ。令冥《レイメイ》の母は令冥《レイメイ》を徹底して無視するようになった。朝になって挨拶をしても、視線ひとつあわせない。

「ははさま、あの」

声をかけたが、母親は令冥《レイメイ》などいないかのように通り過ぎていった。

「ははさま、ははさま、どうかお許しください、ははさま……」

令冥《レイメイ》は懸命にその背に追いすがったが、母親が振りかえることはついになかった。

見捨てられたのだ。

令冥《レイメイ》は立ち続けていることもできずに膝から崩れた。あ、あぁと声にならない声が喉から洩れる。

絶望する令冥《レイメイ》の頭上に嗤い声が降りそそいだ。咄嗟に声がしたほうをみれば、壁に群れていた憑き神たちが胴まである口を裂いて、けたけたと嗤っていた。

令冥《レイメイ》はたまらなくなって、震える声をあげる。

「焉令冥《エンレイメイ》が命ずる、――笑わないで」

だが、憑き神は嗤い続けた。

彼らは令冥《レイメイ》を、焉《エン》家として認めていない。そう思い知らされて、令冥《レイメイ》は頭を殴りつけられたようになった。ぐらぐらと頭がまわり、嗤い声にさらされていることがたえられずにその場から逃げだそうとする。

よろめきながら走りだしたところで、令冥《レイメイ》は人にぶつかってしまった。相手の運んでいた竹簡《ちくかん》が散らばって、令冥《レイメイ》は青ざめる。

「ごっ、ごめんなさ……」

「そんなふうに慌てて、なにかあったのかい、令冥《レイメイ》」

視線をあげれば、長袍《チャンパオ》に帯を締めた美しい男がこちらを覗きこんでいた。

「あにさま」

焉幻靖《エンゲンセイ》、彼は令冥《レイメイ》の七歳違いの兄哥《あに》だ。きわめて優秀な異能者で一族からも仰望されている。令冥《レイメイ》が落ちこぼれても、彼だけは変わらずに令冥《レイメイ》のことを気に掛けてくれていた。

「あにさま。わたくしなどに構っては、ちちさまに怒られてしまいます……」

「構うものか、頑張り屋な妹を可愛がっているだけだよ」

幻靖《ゲンセイ》はひょいと令冥《レイメイ》を抱きあげた。

彼のように有能な息子がいるにもかかわらず、母親が令冥《レイメイ》を産み、熱烈な期待を寄せたのは姑娘《むすめ》でなければ宗家の家督を継がせることができないからだ。令冥《レイメイ》ではなく、彼のほうが姑娘《むすめ》であればよかったのにと周囲からは大変惜しまれていた。

「また一段と痩せたね。今度は二十日にわたって禁喰したとか。可哀想に、腹が減っただろう？　ごほうびに麻花《マァホア》をあげようね」

小麦を練って揚げた甘い甜菓《かし》を差しだされる。

「もったいないです、こんな……いただけません」

「いいから、ほら」

遠慮していたが、甘い香りにつられて、ついつい口をあけてしまった。

試練の時は食事といえば、埃や紙くずばかりだった。久し振りに味わった食らしい食に涙があふれそうになる。

「俺はおまえが微笑んでいるところをみるのが一等《いっとう》好きなんだ。だから、微笑んでおくれ、愛しい妹」

ああ、泣いては、だめだ。

母親からもけがらわしい涙を流すなと叱られた。だから令冥《レイメイ》はぎゅっと涙をのむ。無理して頬をもちあげれば、幻靖《ゲンセイ》は嬉しそうに頭をなでてくれた。

「ねえ、ひとつ、おまえに予言をしてあげようか。俺の異能は予知ではないけれどね、これだけはわかるのさ」

幻靖《ゲンセイ》が声を落として、囁きかけてきた。

「おまえにはいつか、とてつもなく強い神が憑くよ」

令冥《レイメイ》は睫をしばたたかせた。なにをいわれているのか、しばらくはのみこめなかったが、ゆるゆると理解して縮こまる。

「そんなはず、ありません。わたくしは落ちこぼれですもの」

だが、幻靖《ゲンセイ》は微笑を絶やさなかった。まあ、みていてごらんよ、といって。

❖

それきり、令冥《レイメイ》は試練を課されることも折檻されることもなくなった。令冥《レイメイ》の私物はすべて捨てられ、倉で眠ることになった。食事は一族が食事を終えたあと、庖房《くりや》にある残飯を漁《あさ》るだけ。

令冥《レイメイ》は両親にとって、ほんとうにいないものとなったのだ。

そんな暮らしが三年続き、令冥《レイメイ》は十二歳になっていた。

令冥《レイメイ》は想った。

わたくしが、わるい――

落ちこぼれだから、異能を扱えないから。ははさまがわるいんじゃない。頑張れば、また、愛してもらえる。抱き締めてもらえる――

それはいびつな希望だった。

諦めて、絶望してしまえば、まだ彼女は幸福だったかもしれないのに。

令冥《レイメイ》はそれでも、ふたりに愛されようと無理な試練に挑み続けた。眠らずに神と語り続ける禁眠《きんみん》の試練を終えた令冥《レイメイ》は、またも無駄骨に終わって、ふらふらになりながら園林《にわ》を彷徨っていた。

睦月《むつき》は寒椿《かんつばき》の盛りだ。

唐紅の八重花が雪を乗せて重たそうに項垂れていた。風が吹くと重さにたえかねたのか、花頸《はなくび》がひとつ、落ちる。令冥《レイメイ》はその様に死を想った。

何度も死にかけてきた。

それでもなお、あるいはだからなのか、令冥《レイメイ》は死に絶えることだけはぜったいにいやだった。彼女が命を落としたところで両親は悲しまないだろう。それがこわかった。

「父様はご存じでしょう」

ふと、聴きなれた声がした。

椿の咲き群れるなかで、幻靖《ゲンセイ》が父親と喋っている。通りすぎるつもりだったが「令冥《レイメイ》」という言葉が耳に触れ、思わず足をとめた。

「俺には異能の器が視えるのです」

「異能の器か。確か、一族の文献にも書かれていたな。人の魂には器がある、と」

「器にあわせて、神は依り憑く――俺が視るかぎり、一族で最も大きな器を備えているのは令冥《レイメイ》です」

「あの落ちこぼれか」

父親はこちらに背をむけているが、疑わしげに眉根を寄せたのが、声の調子からも感じられた。

「いずれ、わかりますよ。彼女は母様、あるいは始祖を凌駕《りょうが》する異能者になるかもしれません」

令冥《レイメイ》は慌てて耳を塞ぎ、その場を後にした。

敬愛する幻靖《ゲンセイ》が令冥《レイメイ》に期待を寄せ、こともあろうに父親にまで訴えてくれているという事実がたまらなくつらかった。母親がそうだったように幻靖《ゲンセイ》もいつか、かならず令冥《レイメイ》の無能さに愛想をつかす。

失望されることが、こわかった。

倉にもどって、令冥《レイメイ》は十三日振りの眠りについた。藁に埋もれ、寒さに震えながら身をまるめて眠るのにもすっかりと慣れた。眠りのなかで視るのはいつだって、悪夢だ。

微睡みのなかで、ふと視線を感じた。誰かが、覗いている？

「はは、さま？」

そんなはずは、ない。

わかっているはずなのに、すがるような声がこぼれた。

母親と一緒に眠ったのはいつの頃だったか。令冥《レイメイ》は母親の胸に頬を寄せて眠るのが好きだった。今となっては遠い幸福だ。

母親ではないのならば、彼女のことを覗いているのはだれか。あるいは、なに、なのか。

どっと恐怖がこみあげてきた。

だが、なぜだろうか。

その視線からは、令冥《レイメイ》にたいする敵意を感じなかった。それどころか、奇妙なほどに柔らかい。愛しいものをみつめるような眼差しだ。

令冥《レイメイ》は緊張を解いた。落胆するくらいなら、素姓を確かめることなくそっとしておこう。

令冥《レイメイ》はそうおもって、眠りに身をゆだねた。

やさしい視線のおかげで、その晩はちょっとだけ。

ほんのちょっとだけ、孤独では、なかった。


…………


「令冥《レイメイ》、当主様が御呼びです」

翌朝になって、令冥《レイメイ》は宗家の女官に起こされた。

「……母様が？」

令冥《レイメイ》は戸惑いつつ、慌てて身繕いをした。母親とまともに逢うのは三年振りだ。髪を梳いて襦《どうぎ》に袖を通し、裙《したばき》の紐を結ぶ。昨晩の視線のことを想いだし、廊《ろうか》を覗いたが、ただ風が吹き抜けるばかりだった。

❖

「令冥《レイメイ》、おまえの婚姻がきまりましたよ」

令冥《レイメイ》が扎敷《ざしき》につくなり、母親はそう告げた。

母親だけではなく父親と幻靖《ゲンセイ》もそろっている。令冥《レイメイ》は想像だにしなかった言葉にうろたえながらも、久し振りに聴いた母親の声に胸を弾ませた。

だが、いったい、何処に嫁ぐのか。

「試練の社から縄を越えて、進んだところに祠が建てられているのは知っていますね」

「最古の憑き神サマが祀られているあの祠でございますか？」

母親は睫をふせ、宣ずる。

「おまえは、その憑き神様に嫁ぐことになります」

令冥《レイメイ》はがく然と息をつめた。

神に嫁ぐ。境界を跨《また》いで婚姻を結ぶ。

「そ、それは……」

「令冥《レイメイ》に神贄《かみにえ》になれというのですか！」

声を荒らげて幻靖《ゲンセイ》が身を乗りだすが、母親は彼の訴えには取りあわなかった。

「これは喜ばしいことですよ。やっと一族の役にたてるのですから」

母親の声が、遠くに聴こえた。視界がいっきに暗くなり、令冥《レイメイ》は奈落にでも落ちていくような絶望感に見舞われる。

眠りを破ってはいけないよ、飢えた神サマに魂を喰われてしまうからね――幼少期に教えこまれた伝承がよみがえり、頭を痺れさせていく。

死は、わかる。だが、魂を喰われるというのはどのようなものなのか。

怖かった。怖くてたまらなかった。それでも令冥《レイメイ》は絶望の底から、ひと握りの希望を拾いあげた。拾いあげて、しまった。

「喜んで、嫁がせていただきます。ですから……御役を果たしたら、わ、わたくしを、あ……愛して、くださいますか」

夢を、みるのだ。

母親に微笑みかけられ、父親に頭をなでられて、家族で幸せいっぱいに食卓をかこんでいる夢を。彼女は落ちこぼれではなく、あふれんばかりの愛をそそがれて――夢から醒めたとき、令冥《レイメイ》は頰を濡らしながら、ああ、なんて悪い夢なのだろうかとおもう。

殺される夢をみて、夢でよかったと安堵するより、ずっと残酷だ。

「どうか愛しているといって。もう一度だけ、わたくしを抱き締めてください。その言葉があれば、わたくしは胸を張って、何処へなりと嫁ぎますから」

いくさきが地獄であろうと。

母親はさすがに哀れんだのか、微かに眉の端を動かした。

「よいでしょう。おまえが嫁いだ暁《あかつき》には望みどおりに」

令冥《レイメイ》はそのとき、贄嫁《にえよめ》として嫁ぐことをきめた。

最後に愛されるのならば、死んでもいい――たとえ、それがほんものの愛ではなくとも。

ひと匙《さじ》の哀れみに過ぎずとも。

それだけが、彼女に残された縁《よすが》だったから。

それほどまでに令冥《レイメイ》は愛に飢えていた。

「わたくし、婚姻を結びます。わたくしのような落ちこぼれでも、母様や父様の御役にたてるのでしたら、これほど幸せなことはございませんもの」

絶望する幻靖《ゲンセイ》の視線が突き刺さる。令冥《レイメイ》は虚ろに微笑み続けた。ほかでもない幻靖《ゲンセイ》が褒めてくれたあの微笑で。

❖

月が満ち、いよいよに婚礼の晩となった。

大寒《だいかん》の候《こう》だというのに、枝垂れの桜が咲きみだれていた。季節を違えて咲き誇る桜は、何処となく不穏なふんいきを漂わせている。

一族はそろって祈祷《きとう》を捧げ、宮のなかは視界が煙《けぶ》るほどに香がたかれていた。なにかを感じているのか、家憑《いえつき》たちも落ちつかず、しきりに壁や屋根をかけまわっている。その都度、微かだが、家が軋んでいた。

令冥《レイメイ》は禊《みそぎ》を終えてから婚礼衣裳に帯を締めた。金鏤を織りこんだ紅絹《こうけん》に緋《あか》の刺繍。華奢な腰をさらに細く締めあげる帯も唐紅だ。

青ざめた唇に紅を施す。鏡に映る自身の姿はとうに息絶えた死者のようで、令冥《レイメイ》は無性に心がざわついた。

「着飾れば、なんとか取り繕えるものですね」

身支度が終わったあと、母親が二階にある耳房《こべや》にやってきた。

「これを、あなたに渡しておきます」

赤い碧玉《へきぎょく》で作られた奇妙な鍵だ。

「祠の鍵です。社まではともに参りますが、縄を越えたあとはこの鍵をつかってひとりで祠のなかに進まねばなりません。なにがあろうと失くしてはなりませんよ」

「お預かりいたします」

この鍵は母親に愛され、父親に認められるための最後の希望だ。地獄にむかう鍵だとしても、令冥《レイメイ》に残されたものはこれだけだった。

「迎えがくるまで、ここを動かないように」

それきり、母親は女官を連れて退室し、令冥《レイメイ》は耳房《こべや》で待つことになった。

呼吸を落ちつかせ、その時を待ち続ける。だがいつまで経っても迎えはこなかった。

かわりに外が異様なほどに騒々しくなる。祈祷の一環かと思ったが、尋常ならざる様子だ。怒声と悲鳴が絡まりあって、嵐のように吹き荒れた。

なにか、あったのだ。

勇気を振りしぼり、いいつけを破って耳房《こべや》から飛びだした令冥《レイメイ》は現実を疑った。

血の海、だ。

月に照らされた廻廊には一族の骸が折り重なっていた。首を落とされたものもいれば、腹を斬り裂かれたものもいる。噎せかえるほどの死の臭いが漂い、息もできない。家憑《いえつき》も一族が殺されたことで力を失ったのか、あたりは静まりかえっていた。

「——いたぞ、例の姑娘《むすめ》だ」

静寂を破り、後ろから見知らぬ男たちがこちらにむかってきた。一様に剣を構えている。剣の先端からは血潮が垂れていた。

令冥《レイメイ》は瞬時に理解する。彼らが一族を虐殺した賊なのだと。

焉《エン》家の宮は結界のなかにあり、一族と皇族を除いて宮の在処《ありか》を知るものはいない、はずだ。なぜ、賊などが侵入できたのか。だが考えている暇はない。

「絶対に逃がすな」「捕まえろ」

令冥《レイメイ》は走りだすが、前方からも声がせまってきた。これでは挟みうちにされる。窮した彼女は杆《てすり》を乗り越え、二階から身を投げた。令冥《レイメイ》は無様に土の上を転がる。だが、いつまでも倒れてはいられなかった。

「に、逃げないと」

地面に腕をついた令冥《レイメイ》は酷く熟れたものに触れた。

温《ぬく》みを残した腸《はらわた》だ。

「……父、様……」

敷きつめられた桜の花苞《はなびら》に身を横たえて、父親が死んでいた。令冥《レイメイ》は「父様、父様！」と絶叫しながら、肩をつかんで揺さぶる。腹から血に濡れた腸があふれだした。

「なんで……どうしてこのようなことに！」

尋ねかけても、死んだ父親はこたえない。

階段をつかって賊が追いかけてきた。令冥《レイメイ》は想いを振りきり、父親の骸を残して駆けだす。

賊は「例の姑娘《むすめ》」と言った。だが、落ちこぼれの姑娘《むすめ》をわざわざ捜すはずもない。つまり、彼らが捜しているのは祠の鍵だ。

どうすれば、鍵を奪われずに済むのか。

大の男から逃げきれるはずもない。隠れられるところもない。令冥《レイメイ》は懸命に頭をまわして、あることを想いついた。

彼女は腹を括り、鍵を隠す。鍵とともに死ぬために。

直後、賊に追いつかれ、後ろから斬りつけられた。令冥《レイメイ》は枝垂れ桜の根かたに倒れこむ。

裂けた背を踏みつけにされ、ちぎれた絶叫が令冥《レイメイ》の喉からあふれた。

「鍵を渡せ。楽に死なせてやるぞ」

令冥《レイメイ》はきつく唇をかみ締めた。

なにをされても、渡すつもりはなかった。

「左に握り締めているのが鍵か？　腕を折られたらさすがに離すだろう、折れ」

男たちはいともかんたんに令冥《レイメイ》の左腕を折る。「っあああ」腕が燃えあがり、意識まで焼き切きそうになる。だが、彼女はなおも強く強く、それを握り締めて離さない。

「ふん、凄まじい執念だな……」

「小姐《こむすめ》でも、呪いの一族に違いはない、か」

順番に指を砕かれていく。令冥《レイメイ》は弓なりに背をそらして叫喚《きょうかん》する。

血の泡を吹いて気絶しては、また激痛に意識をひきもどされてを繰りかえす。

無理やりにひらかれた指から、紅の塊が落ちた。

それは揉み砕かれた寒椿だった。

「鍵は何処に隠した！」

男たちが激昂する。

「……す、ものか、ふふふふふ」

令冥《レイメイ》は息も絶え絶えに嗤った。

「渡す、ものですか……だから……どうか、褒めて……母様」

唇からこぼれるのは幼すぎる望みひとつだった。この場においては、異様な。

御役を果たせば、愛される、はずだった。

だが一族は虐殺され、令冥《レイメイ》の望みは永遠に絶たれた。

絶たれた望みにすがり続けることを、未練という。令冥《レイメイ》は死なずして、霊鬼《りょうき》と違わぬ愛執を燃やしていた。

「鍵の在処《ありか》を聴きだすまでは、殺すなよ」

いま、命を絶てば、鍵は永遠に彼女のものだ。

舌をかみきろうとしたとき、男が思いついたようにこぼす。

「いや、違うか。これだけの執念だ。鍵は飲みくだしたに違いない。すぐに腹を掻っさばけ」

令冥《レイメイ》は凍りついた。そのとおりだったからだ。

土塊《つちくれ》をのみ、紙をかみ締め、時には金物《かなもの》についた錆まで喰らってきた令冥《レイメイ》だ。硬い鍵を喰らうのも難くはなかった。

「いやよ、いや……あげない、これだけは」

だって、これを奪われたら、もう愛されない――

腕を振りまわして抵抗するが、蹴りつけられてあおむけにされた。

腹を、裂かれる。絶望の底で令冥《レイメイ》は声をあげた。

「――神、サマ」

憑き神を使役する異能の一族に産まれながら、令冥《レイメイ》は神を信仰したことはなかった。あれは、そういう類の神ではないと理解している。それでも死の際までできたとき、令冥《レイメイ》がすがったのは彼女が嫁ぐはずだった〈神〉だった。

不意に声が聴こえた。

「ようやく、俺を喚《よ》んだか」

独特な響きを帯びた声だ。くつくつと声は嗤った。

「この時をどれほど待ち続けていたことか。だが、真《しん》に俺を欲するのならば、こう喚《よ》ばうがよい――神喰《カミジキ》と」

ああ、これは神なんかでは、ない。令冥《レイメイ》にはわかる。きっと、よからぬものだ。だがそんなことはどうでもよかった。

死にたくない。殺されたくない。

殺される、わけにはいかない。

そのためならば。

命でも、魂でも、なんでも捧げよう。

「神喰《カミジキ》――――」

陰《かげ》が、ざわりと荒んだ。

賊は気づいていないのか、ついに壊れたかと嘲笑いながら令冥《レイメイ》にむかって剣を振りあげる。

刹那《せつな》、賊の首が、落ちた。

まわりの賊たちは事態が理解できず、無造作に転がっていく頭を、ぼう然と眼で追いかける。賊の首が暗がりに紛れかけたとき、物陰から伸びてきた腕がむずりとそれをつかんだ。

生首を掲げてたたずむのは異様な風貌をした男だった。

地につくほどの髪を垂らし、奇妙にふるめかしい玄絹の礼服を帯びている。その身には夥《おびただ》しいほどの木製の札が絡みついていた。ヒトのかたちはしていても、明らかにそうではない。あれは異質なものだと本能が訴えてくる。

異相の男は拾いあげた賊の首を高く掲げ、唇を寄せた。

髪のあいまから覗く口の端が裂ける。生首からぼたぼたと垂れる血潮を飲みくだしてから、彼はそれを投げ捨てた。

「千の時を経ても、ヒトたるは変わらぬものよな。欲にまみれた不味《まず》い魂ばかりよ」

金縛りを解かれたように賊が絶叫し、いっせいに動きだす。あるものは異相の男に斬りかかり、またあるものは逃げだした。

だが、結果はどちらも一緒だった。

人に非ざる男の足もとに群がっていた影がゆがみ、吹き荒れて賊を斬り裂く。血潮が噴きあがる。肉塊が乱舞する。ばらばらになった骸が散らばった。

身を起こした令冥《レイメイ》は凄絶な光景を緋《あか》の眼に焼きつけ、絶句している。

「他愛もない――」

人に非ざるものはそういって、嗤った。

令冥《レイメイ》が細く、声を洩らす。

「神、サマ」

男がゆらりと振りかえった。みだれた髪から双眸だけがぼうと覗いている。底のない奈落を想わせる眸だ。

彼は、錘《おもり》をひきずるような動きで、令冥《レイメイ》のもとに歩み寄ってきた。

令冥《レイメイ》はいまさらになって恐怖に身を竦ませた。

あれが、最古の憑き神。

喰われるか。殺されるか。

斬りきざまれた賊たちをみて、令冥《レイメイ》は最悪の死に様を想像する。

令冥《レイメイ》は確かに彼をもとめた。彼はそれにこたえるようにあらわれた。だからといって令《レイ》冥《メイ》には、自分だけは殺されずに済むとは、とても想えなかった。

がたがたと震えながら、令冥《レイメイ》は神とむきあう。

旋風が吹き、枝垂れの桜が舞いあがった。

緞帳じみた男の髪がなびいて異貌《いぼう》に月が差す。

あらわになったその貌《かんばせ》は、息の根がとまりそうなほどに麗しかった。

奇麗なものは度が過ぎると言い知れぬ恐怖を連れてくるのだと令冥《レイメイ》はたったいま、知った。人知を超えた美貌だ。令冥《レイメイ》は呼吸も忘れて男を仰視する。

神サマがふわりと微笑んだ。

「おまえを、迎えにきた」

令冥《レイメイ》は眼をまるくした。

知らず、涙腺が熱を帯びた。

こない迎えを待ち続けていたのはいつからだったろうか。父親に失望され、母親に見放されたあの時から、令冥《レイメイ》は昏いところにいた。ずっと、ずっと。

だが、彼は、令冥《レイメイ》を「迎えにきた」という。ほかでもない彼女のことを。

ああ、それならば――喰われても、構わない、とおもった。

震えがとまる。

神喰《カミジキ》というその男が、腕を差しだす。

令冥《レイメイ》は折られていないほうの腕を伸ばして、すがるように彼の手を取る。地獄から助けだされるように抱き寄せられた。

「逢いたかった……おまえに触れる時をどれほど俟《ま》ち続けていたことか」

なぜ、これほどまでにやさしく抱き締められるのか。

令冥《レイメイ》には理解できず、うろたえながら、神喰《カミジキ》をみる。

彼の肩から腕、帯を締めた腰にいたるまで、唐紅の札がざらざらと絡みついていた。神域に張られた縄にもおなじものが結わえられていた。

あれは封の呪いだ。幾百、幾千もの呪いが、彼の身魂を縛りつけているのだ。

重くはないだろうか。つらくは、ないだろうか——

令冥《レイメイ》が呪縛の札に触れたとたん、なにかが弾けた。札が響きあうように振動をはじめて、いっせいに砕ける。

なにが、起きたのか。

紅の蝶が舞いあがるように木屑が風にさらわれていく。

「ほお、始祖の楔《くさび》を解くか」

どういうことかと尋ねる暇もなかった。

「あ、あれ……」

令冥《レイメイ》の眼のなかで万華鏡がまわりだす。強い眩暈に見舞われ、令冥《レイメイ》は戸惑った。

いつだったか、聴いたことがあった。眼に異能を賜ると、視界に紋様が浮かびあがるのだと。

「これが、異能？」

なぜ、いまになって。

「見鬼の眼か、実《まこと》に希代《きたい》な……──」

神喰《カミジキ》の声が遠のき、令冥《レイメイ》の視界が暗転する。

異能の眼が、覚醒した。

拡がったのは闇だった。

わずかな光もない完全なる闇。令冥《レイメイ》がここにいるという魂の実在までも喰らいつくすような昏冥《こんめい》だ。令冥《レイメイ》はこれにおぼえがあった。

社のなかだ。令冥《レイメイ》はちからつきて気絶でもしたのだろうかと疑ってから、いや、意識は確かだと思いなおす。

だってこんなに痛い──とても夢とは想えないほどに強い鈍痛が、胸を貫いていた。確かめるには昏すぎたが、杭《くい》か、槍《やり》かが貫通しているのだとわかる。

どれくらい、経っただろうか。

闇は果てもなく続き、痛みもまたやわらぐことがなかった。

令冥《レイメイ》をさいなめたのは途方もない孤独感だ。誰の姿もない、誰の声も聴こえない、こちらの声が誰かに響くこともない。

想いだされることもなく、忘れ去られていく。

いや、とうに忘れられてしまったのだろうか。

たえがたい孤独に魂を蝕《むしば》まれて、頭が壊れそうになる。

だが、そうか、これは——これが。

「神サマの地獄、なのですね」

焉《エン》家は千年にわたって祟り神を祀っていると教えられてきた。だが、祀るとは建前ばかりで、現実には神サマを封じ続けてきたのだ。眠りを破れば魂を喰われると言い聞かされ、怖ろしいものだとばかり想いこんでいて。

神サマの苦痛を、考えたことはついぞなかった。

千年動けず、誰とも逢えず。

この終わりのない暗闇こそが、神喰《カミジキ》という憑き神が縛られてきた地獄なのだ。

だが、神喰《カミジキ》は地獄の底で、何者かを俟《ま》ち続けていた——

異能の眼がとじて、令冥《レイメイ》の意識が現実に還る。

「……泣きておるのか」

尋ねられ、令冥《レイメイ》は慌ててちぎれた袖を掲げて涙を隠した。

「ひどく、さみしかったから。あなたさまの、おられたところは」

神サマの地獄に寄りそう。それがどれほどの傲慢か。わからないはずはない。それでも令冥《レイメイ》には涙の理由を語る言葉が他にはなかった。

「ひとり、ぼっち、だったのでしょう?」

神喰《カミジキ》は黙っている。彼がなにを考えているのか、令冥《レイメイ》にはわからない。

彼は、令冥《レイメイ》に逢いたかったと言った。

令冥《レイメイ》はそれがとても嬉しかった。だから失礼なことを言ったり、けがらわしい涙をみせたりして、落胆させてしまったらと考えるとこわかった。

だが、とまらない。

涙も言葉も堰《せき》をきって、あふれてきた。

だって――

「わたくしも一緒ですもの」

闇の底で終わりのない時を重ねる寂しさが。愛されず、飢え続けるという絶望に等しい希望が。

令冥《レイメイ》には理解《わか》ってしまった。

彼ほどではないにせよ、令冥《レイメイ》もこれまで経験してきたことだったから。

「寒いより、昏いより、飢えるより、傷だらけになるより――さみしいことがずっとずっと、つらかったのです。でも、胸が張り裂けそうなほどにさみしくとも、さみしさで息絶えることはどうしたってできませんもの」

死ねるほどのつらさでも、死ねない。

愛なんかはとうに死んでいるのに。魂だって息も絶え絶えなのに。

さながら亡者だ。

「神サマも一緒、だったのでしょう?」

神喰《カミジキ》が微かに息をついた。

彼は令冥《レイメイ》の腕をつかみ、涙に濡れた瞳を覗きこんできた。滲む視界に映る神喰《カミジキ》は微笑んでいる。たまらなく愛しいものをみるように。

「俺はずっと、おまえを俟《ま》っていたのであろうや」

彼はそういって、令冥《レイメイ》の眼からこぼれる涙に接吻《くちづ》けた。

「らうたしき姑娘《むすめ》よ、名はなんという」

令冥《レイメイ》は戸惑いながらこたえた。

「――焉令冥《エンレイメイ》と」

神喰《カミジキ》の唇がゆがむ。嗤った、のだ。

「そうか、令冥《レイメイ》か」

令冥《レイメイ》、と神喰《カミジキ》に囁かれただけで、背に通る神経がぞわりと痺《しび》れた。

異《い》なるものに名を握られてはならないと教えられたのはいつだったか。取りかえしのつかないことをしたと思った――だが、後悔はなかった。

もとからそのつもりだった。

命から、魂まで。

捧げるつもりでいたのだ。

それが婚姻というものであろうと。

令冥《レイメイ》は、愛も恋も知らぬ姑娘《むすめ》の身で知っていた。

神喰《カミジキ》は破れた袖からひと枝の椿を取りだす。

血潮でしとどに濡れているかのごとく、その花は紅かった。遠近《おちこち》に咲き群れている椿とは明らかになにかが違っている。

彼は結いあげられていた令冥《レイメイ》の髪に椿を挿す。

「俺の嫁になれ、焉令冥《エンレイメイ》」

たかが椿ひとつ。だが、令冥《レイメイ》は紅椿から、動かぬ心臓を連想した。これは神サマの心の臓かもしれないと。

「……契《ちぎ》ります」

地を埋める桜も椿もいま此処《ここ》においては、花ではなかった。桜は砕かれた骨で、椿は血潮の塊だ。

春の地獄に姑娘《むすめ》は、いる。

「俺も契ろう。永劫におまえを愛すると」

神サマの愛がいかなるものか、いまだに知らず。

されども、姑娘《むすめ》はこのとき、地獄の底で神サマに嫁入りをした。

❖

あの晩のように枝垂れ桜が、舞い散る。

異能の宮と違って、後宮には椿がない。花の散り様が斬首を想わせるためだ。

令冥《レイメイ》が神喰《カミジキ》と婚姻を結んだあと、神喰《カミジキ》は残っていた賊を殲滅《せんめつ》した。最後のひとりだけは殺さず、首謀者を探ろうとしたが、賊は口のなかに隠してあった毒をかみ砕き、命を絶った。

それをみて、令冥《レイメイ》は理解した。これは賊による奇襲ではなく陰謀だと。

神喰《カミジキ》の出現によって敗北を察した賊は、一族の宮に火をかけた。

神喰《カミジキ》の力によるものか、その時には令冥《レイメイ》の折られた腕や指は気づけば元通りになっていた。令冥《レイメイ》は燃えさかる宮に入り、母親を捜したが、母親はすでに首を斬り落とされて息絶えていた。幻靖《ゲンセイ》のことは、ついに見つけだすことができなかった。母親の首を抱き締め、父親の骸のもとにもどってきた令冥《レイメイ》はふたりを想って、いつまでも泣き続けた。

朝になり、令冥《レイメイ》のもとに皇帝が訪れるまで――

その後、令冥《レイメイ》は最後の異能者として後宮に迎えられた。

鶴の舞姫の事件が幕を降ろし、令冥《レイメイ》と神喰《カミジキ》は離宮への帰路についていた。離宮に続く石段をあがりながら、令冥《レイメイ》は神喰《カミジキ》に語りかける。

「神喰《カミジキ》、あなたは恨んではおられないのですか？」

ほんとうはずっと、気に掛かっていた。

「あなたを封じ続けたわが一族を」

神喰《カミジキ》の地獄を想うと、令冥《レイメイ》は胸が締めつけられる。

彼に呪符を施して捕らえ続けたのは焉《エン》家だ。

祠に封じられていたはずの神喰《カミジキ》があの晩、令冥《レイメイ》のもとまでこられたのは、奇しくも焉《エン》の一族が殺害されて封が緩んだ結果だった。

「恨みか、妙なことを聞きよるな」

「落ちこぼれではありますが、わたくしも焉《エン》家の姑娘《むすめ》です。恨まれて、しかるべきではないかと」

神喰《カミジキ》は低く嗤った。

「恨みたるはヒトだけが持ちうるものよ。俺にはそのようなものはあらぬ。だが……おまえは恨み続けるのであろうや。家族とやらを奪った賊どもを」

愛されずとも愛していた――だから、愛されたかった。それだけだった。だが、その望みは永遠にかなうことがない。

「恨みます。だって、わたくしは焉《エン》家の姑娘《むすめ》ですもの。落ちこぼれでも。いつか、かならず一族の仇を捜しだして、復讐を」

令冥《レイメイ》はそこまで言いかけて、苦笑する。

「違いますね。……どうか、わらってくださいな。わたくしは、まだ諦めていないのです。

両親に愛されることを」

愚かでしょうと、令冥《レイメイ》は涙をこぼすように言った。

「未練を残して息絶えた魂は何処にも還れず、霊鬼《りょうき》となるものです。だとすれば、何処かに父様や母様の霊鬼《りょうき》もおられるのではないでしょうか。再びに御逢いできたとき、きちんと一族の復讐を果たせていたら、今度こそ、わたくしは」

愛してもらえるのではないかと。

最後まで言わせず、神喰《カミジキ》は令冥《レイメイ》を強く抱き締めた。背の違いを埋めるように階段を二段、挟んでいたため、ふたりの視線が絡みあう。

「……妬ましや、おまえに愛され続ける親というものが」

奇麗な顔をゆがめて、神喰《カミジキ》は呻いた。

「おまえがどれほど俟《ま》ち続けても、すがり続けても、迎えにもこなんだ——それなのに、おまえはやつらを愛し続けるのかや」

「迎え、ですか……そういえば」

令冥《レイメイ》があることを想いだして、尋ねる。

「あの晩、神喰《カミジキ》はなぜ、迎えにきたと仰られたのですか？　逢いたかったとも言ってくださいましたよね」

逢いたかったということは、もとから令冥《レイメイ》のことを知っていたということだ。令冥《レイメイ》が彼の嫁として選ばれたことを知っていたのかとも思ったが——言葉の響きからはもっと強い愛しみが感じられた。

「俺はずっと、おまえをみていた」

「わたくしを、ですか？」

「然《しか》り。いつだったか、始祖の眼をもった姑娘《むすめ》が試練にきておった。縄を揺らすと振りかえり、こちらをみたが、その時はそれきりであった」

そうか。あの時、縄がしなったのは神喰《カミジキ》のせいだったのか。

「つぎは家憑《いえつき》の眼を通して、おまえをみた」

「家憑《いえつき》の、ですか？」

「家憑《いえつき》は俺の魂の残滓のようなものだ。家憑《いえつき》の眼を通して、偶《たま》さかに邸の風景が視えることがある。ある時、うつむき、昏い階段を降る幼い姑娘《むすめ》の姿が視えた。振りむきもせずに先を進んでいく母親の背を追いかけ、燈火も持たずにひたむきに歩いておった。あろうことかそれは、あの緋《あか》の眼の姑娘《むすめ》であった。禁喰の試練を享《う》くらば、異能を得るか、得ずに息絶えるか、ふたつにひとつ——異能も得ずに生き残るとは」

令冥《レイメイ》はやはり異例のなかの異例だったのだ。もちろん悪い意味での。

「だが俺にとってはそのようなことはさして重要ではない。胸に残ったのはその背よ。孤独を張りつけた背をみて、想ったのだ——ああ、この姑娘《むすめ》のさみしさは、俺に似ていると」

令冥《レイメイ》は知らなかったと睫を瞬かせた。

母親と一緒だったということは二度めか、三度めの試練の時だろう。

「それからは、おまえの姿を捜すようになった。誰からも愛されず、想われず。それでも愛されようともがき続けるひとりぼっちのおまえを」

「そう、だったのですね」

「ゆえに逢えた時は、万感の想いであった」

神喰《カミジキ》は嬉しそうに令冥《レイメイ》の髪を梳いた。令冥《レイメイ》も彼の指に頬を寄せて、愛を享受する。

神サマの愛は、重い。人の身には余るほどに。

それを承知で、令冥《レイメイ》は彼と婚姻を結んだのだ。

風が吹きあがる。白い風だ。死のにおいを漂わせた桜吹雪のなかで、令冥《レイメイ》はちょっとだけ背伸びをして神喰《カミジキ》の額に接吻《くちづけ》をする。

ひとりぼっちは、ふたりぼっちになった。

それは、幸せなことだとおもう。

だが、それだけではだめなのだと令冥《レイメイ》は思うのだ。

神喰《カミジキ》の愛は、かわりのないものだ。それはつまり、ほかの愛のかわりにもならない、ということだった。令冥《レイメイ》は神喰《カミジキ》からもらった愛を、親に愛されなかった埋めあわせにしたくはない。

だからこそ、令冥《レイメイ》は復讐に身を投じる。

これから、さらなる地獄の底の、底に落ちていくことになるとしても。

未練を絶ち、いつか、神喰《カミジキ》だけを愛するために。

# 第三章　端午の鬼の捜しもの

麗《うら》らかな皐月《さつき》晴れの昼さがりだった。

後宮を吹き渡る風は芽吹いたばかりの新緑のにおいがする。日の差す窓の側では妃が子守歌を口遊《くちずさ》みながら、幼い息子を寝かしつけていた。

妃の息子は今年で五歳になる。男児は四歳になれば私室を与えられ、ひとりで眠るものだが、彼はまだ母が添い寝をしないと寝つけなかった。

母親にとっては手が掛かる子ほどに愛おしいものだ。熟れた林檎《りんご》のような頬をなでて、妃は微笑んだ。

春の日差しは眠気を誘う。

歌声は細くなっていき、妃も一緒に眠りに落ちてしまった。

るらるら、るら、るら――

意識が遠くなったとき、ふいに歌が聴こえてきた。女官が歌っているのだろうか。奇妙に思って、妃は濡れた絹のように張りついた瞼をあげた。

戸のすきまから、長い髪の女が覗いていた。

女官は髪を結いまとめるのがきまりだ。あんなふうに髪をだらりと垂らしているはずがない。

こちらを覗《うかが》う女の眼は縦に、ならんでいる。

違和感がじわじわと胸を蝕みだす。

そもそも、人の頸《くび》とは直角にまがるものだっただろうか。左肩が覗いているのに、鼻から下の顔半分が隠れているなんて、どう考えても変だ。

頚《くび》でも折れていないかぎり、そんな異様な覗きかたになるはずが――

そこまで想像して、妃は総毛だった。

あの女は頚《くび》が折れているのだ。

助けを呼ぼうとしたが、声がだせない。額から汗が噴きだして脈拍があがる。それにもかかわらず異常な睡魔に搦めとられて、もがくほどにひきずりこまれた。

遠ざかる意識のなか、妃は必死に息子を抱き締めた。

この子だけは、まもらないと――

昏睡するように落ちて、どれくらい経ったのだろうか。

妃が意識を取りもどす。

遠くから時鐘《ときがね》が響いてきた。黄昏時か。瞼が重くて、なかなか持ちあがらない。手探りで我が子の安否を確かめた。柔らかな背に触れ、ほっとする。

ああ、よかった。ちゃんと腕のなかにいる。

あるいは全部が悪夢だったのだろうか。安堵して目を開けた妃は、喉が張り裂けんばかりに絶叫した。

首がない。

彼女が抱き締めていたのは頭をもがれ、息絶えた幼子の亡骸だった――

◆

風光る皐月《ごがつ》。

後宮の端《はずれ》にある離宮にも暖かな風が吹いていた。

奉において端午節《たんごせつ》は夏の厄難を除けるために重要視され、春節と同等の規模で盛大に執りおこなわれる。

よって宮廷では三日にわたり、賑やかな祝宴が続く。後宮では伝統を重んじ、軒先に香包《こうづつみ》という漢方を収めた布飾りが提げられていた。錦の施された香包が風に揺れる様はたいそう雅やかだ。

祭りというものには縁《えん》なく育ってきた令冥《レイメイ》ではあるが、この風習は焉家《エン》の宮でも取りいれられていたため、彼女なりに香包をこしらえていた。

「いかがでしょうか。蜈蚣《むかで》と蜘蛛《くも》と蠍《さそり》、蛇《へび》と蜥蜴《とかげ》の刺繍を縫いつけたのです」

令冥《レイメイ》ができあがったばかりの香包を神喰《カミジキ》に渡す。

「ほお、俺の愛しき妻は多芸で感心する。して、なぜ、こうも蟲《むし》ばかりなのかや」

「毒をもって毒を制すると昔から申しますでしょう？　焉家《エン》では厄払いのため、五毒をもった毒蟲の刺繍を施すのです。この蜈蚣さんの触角などは、なかなかに巧くできたのではないかと思っております」

令冥《レイメイ》がえっへんと胸を張った。神喰《カミジキ》は「そうかそうか」と頭をなで、七尺はある長身をつかって軒の端に香包を飾りつけてくれた。

「たまには廊子《えんがわ》でお茶でも飲みましょうか」

最愛の神サマとならんで、令冥《レイメイ》は廊子《えんがわ》に腰かける。

暮れなずむ空には晩春の月があがっていた。

春の観月とは酔興《すいきょう》だが、雲のうす絹をまとい微睡む望月《もちづき》というのもなかなかにおつなものだ。

風が吹くと微かに香が漂い、風情が増した。

だが、この時ばかりは、令冥《レイメイ》は月より月餅《げっぺい》だった。

「ふふ、なんておいしいのでしょうか」

令冥《レイメイ》は幸せそうに月餅を頬張る。細かく挽いた唐辛子をこれでもかと振りかけて。

「舌の根まで燃えさかるような辛さの後からじんわりと拡がる甘さ……を一掃する激辛！　喉が焼けて痺れるような！　ふふっ、これです、これ！　後宮にきてからというもの、この味わいに飢えていたのです」

後宮での食事は各宮につかえる女官の職分だ。だが、離宮の女官はワケありで、掃除はできても調理はできなかった。なので令冥《レイメイ》は七日ごとに宮廷から配達される食材をつかい、手賄いをしていた。

食材配達の宦官が訪れたとき、希望の食材はあるかと尋ねられたため唐辛子を所望したところ、今朝がた月餅と一緒に届けられた。まもなく祭りだからという気遣いだったが、令冥《レイメイ》がこのふたつを組みあわせているとは想像だにしていないはずだ。

「めずらしきこともあったものよ。おまえが食い物でこうも喜ぶとはな……して、それは食い物なのか？　妙に赤いが」

覗きこんできた神喰《カミジキ》が首を傾げた。

「俺は食物にはめっぽう疎いのだが、喉が焼けるとはよもや毒ではなきかや」

「ふふ、毒ではありませんよ。神喰《カミジキ》もいかがですか」

「俺は食を要さぬ。それに……おまえが嬉しそうに食べているところをみているほうが、よほどに満たされる」

月餅を食べ終えた令冥《レイメイ》は包み紙を折る。紙の鯉ができた。「みてください、ほら」とかざしたところで風が吹き、指から折り紙が離れていった。

それに飛びついてきたモノが、いた。

いっけんすれば猫に似ているが、つんと突きだした鼻先は狐を想わせる。後ろ脚のつきかたは蜥蜴だ。頭からふわふわの尾の先端まで黒い毛におおわれている。

これは家憑《いえつき》という低級の神だ。

異能の一族が根絶したことで憑く家をなくして何処かにいってしまったが、一疋《いっぴき》だけ残ったものが、令冥《レイメイ》に憑いてきたのだった。ヒトに化けることもでき、女官として令冥《レイメイ》のもとに客人を誘ったり掃除をしたりして働いてくれている。

問題は、落とされたものならば、なんでも食べてしまうことだった。

家憑《いえつき》は貪欲にして悪食《あくじき》だ。茶碗だろうと毒だろうと、落ちたものはなんでも喰らう。胴まで割けた顎をぱっくりとひらいて、家憑《いえつき》は折り紙をひと呑みにしてしまった。それだけでは飽きたらず、挽いた唐辛子をいれた瓢簞《ひょうたん》までいっきに吸いこんでしまう。

「あぁっ」

令冥《レイメイ》が慌てて腕を伸ばしたが、時すでに遅しだ。

唐辛子をまる呑みした家憑《いえつき》は激辛にたえきれず火を噴いて倒れる。

「こやつにも喰えぬものがあったとは……」

神喰《カミジキ》が後ろで震撼《しんかん》している。

喰いちぎられた瓢簞の紐を拾いあげて、令冥《レイメイ》がしょんぼりとする。

「時間をかけて、ていねいに挽きましたのに……」

「ふむ、こやつ、軒端《のきば》につるしておこうかや？　おまえを哀しませた罪は重かろうて」

「そ、それはさすがに可哀想です。お預かりした唐辛子の残りがまだありますので、また

あらためて挽きます。なので、だいじょうぶです」

ぴくぴくと痙攣《けいれん》している家憑《いえつき》を抱き寄せ、令冥《レイメイ》が苦笑する。

微かに人の声が聴こえてきた。

依頼に訪れた客だろうか。

いつもならば家憑《いえつき》がまっさきに客の訪れを察知して迎えにいくのだが、いまはとても動

けそうになかった。

暗幕を破って、提燈をさげた二人組の男が姿を現す。

先に進んできたのは線が細くて華やかな貴公子だ。後宮の華と称される妃たちでも、彼とならんでは色褪《あ》せてしぼんでしまうだろう。紫錦《しきん》で織られた交領《こうりょう》の服をまとい、珠《たま》の提げられた冕《かんむり》を頭に乗せている。夕風になびいた髪はきらびやかな銀だ。

後ろにつきしたがうのは屈強な武官だった。凛々しく剽悍《ひょうかん》な顔だちをしている。官服を着ていても鍛えられていることがわかる。

齢《よわい》はともに丁年《はたち》を過ぎたばかりか。

令冥《レイメイ》は袖を掲げ、畏んで揖礼《ゆうれい》する。

「皇帝陛下」

冕《かんむり》をかぶった男が微笑む。

祇磋魄《ギサハク》――彼こそが奉を統べる若き皇帝だ。

一昨年に先帝が崩御《ほうぎょ》したとき、彼は十八歳の若さながら皇帝に即位した。即位式の前日に母親である皇太妃までもが病死して、呪われた皇帝だと噂するものもいたが、過酷な運命にも果敢に抗《あらが》い、民のために善《よ》き政《まつりごと》を執っている。

「久し振りだね。ずいぶんと華々しい働きをしてくれているそうじゃないか。官吏たちから話は聴いているよ」

「畏れ多いことでございます」

「見鬼妃たる貴女にひとつ、頼みたいことがあってね」

「わたくしに御力になれることでしたら、如何様《いかよう》にもおつかいくださいませ」

背後に控えていた武官が眉の端をはねあげる。

「殊勝《しゅしょう》な態度だな。果たして、まことに大家《たいか》の御役にたてるのかどうかは、甚《はなは》だ疑わしいがな」

磋魄《サハク》と違って、武官は令冥《レイメイ》にたいする風あたりが強かった。

武官は姓を无《ム》、名を陵《リョウ》という。武官とはいっても皇帝の側につかえるからには浄身《じょうしん》だろうが、それを感じさせないほどに男らしい体躯《たいく》をしていた。左眼の縁《ふち》にはふたつならんだ涙ぼくろがある。彼の心象とは一致せず、かえって印象に残った。

「そもそもだ。大家の馬車がついたら、すぐに御迎えするのが皇帝の側室たる妃の役割であろう。なぜ、こなかった」

「た、大変申し訳ございませんでした……」

叱りつけられ、令冥《レイメイ》が縮こまる。神喰《カミジキ》が令冥《レイメイ》をかばうように袖を拡げ、凄む。

「たわけたことを。令冥《レイメイ》は俺の妻であって、皇帝の側室ではあらぬ」

人に非ざる神に睨まれて怯まぬものはいないはずだが、陵《リョウ》は退かない。いかめしく眉根を寄せ、果敢に睨みかえしてきた。

「大家のご恩情で、特例として許されているだけだ。後宮にいるかぎり、皇帝陛下の所有物であることに相違はない」

「貴様、縊《くび》られたいのかや」

殺意を帯びた視線が交錯する。令冥《レイメイ》がひえっとなった。

「そこまでだよ」

磋魄《サハク》が紫錦《しきん》の袖を振り、場を取りなす。

「伝達もせずにきたのだから、非があるとすれば僕のほうだよ。見鬼妃を責めるのは筋違いだ」

「ですが、大家。お言葉ですが、彼女はしかるべき構えを怠っています」

「構えねぇ。そうたいそうに扱われてもこまってしまうよ。張りつめすぎず、楽に接してもらえたほうが僕としては助かる。いまだって畏まりすぎているくらいだ」

険悪に濁りだしていた空気が磋魄《サハク》の微笑ひとつで払拭される。

「さて、依頼というのはほかでもない。霊鬼《りょうき》絡みの事件さ」

縮んでいた背筋を伸ばして、令冥《レイメイ》は皇帝にむきあった。

「端午節がせまっているだろう。後宮では端午節になるとかならず五歳から八歳までの男児がひとり、失踪するんだよ」

「後宮の御子《みこ》といいますと」

「そう、察しのとおり、先帝の御子《おこ》だよ。先帝は崩御されるまで毎晩のように後宮に御渡りされていたからね」

先帝は女遊びが盛んだったという話は、令冥《レイメイ》も後宮にきてから風の噂で聴いたことがあった。正確にはそれだけ御子を欲していた、というべきだろうか。妃妾《ひしょう》に御子を産ませるのも、皇帝にとっては重大な責務の一環である。

「大家もそろそろ、御子を儲けられたほうが」

陵《リョウ》が遠慮がちにこぼすのも致しかたない。礎魄《サハク》は皇帝になって二年経っても、後宮に渡っていなかった。新たに迎えた妃といえば、見鬼妃である令冥《レイメイ》だけだ。皇帝ともなれば十五歳から御子を儲けることもあるので、新たな皇帝は御子が望めないのではないかという不敬な噂もあるほどだった。

「そのつもりはない。君はわかっているよね、陵《リョウ》」

礎魄《サハク》が拒絶の意を表す。陵《リョウ》は頭をさげ、後ろにさがった。

「……、非礼をお許しください」

「構わないよ。君が僕のために考えてくれていることはわかっているつもりだ」

礎魄《サハク》はあらためて令冥《レイメイ》にむきなおる。

「失敬。話が逸れたね。毎年きまって、端午節に御子が失踪するというだけでも異様な事態だけど、妃達の証言がまた底気味悪くてね。彼女らは一様にこういうんだよ」

礎魄《サハク》が声を落とす。

「頸《くび》の折れた女に御子を連れていかれた、とね」

言葉の響きだけでも怖すぎる。想像して、令冥《レイメイ》はきゅうと後ろに倒れそうになった。皇帝の御前でなければ、口からぽわぽわと魂が抜けていただろう。

「なんでも歌が聴こえるそうだ。歌を聴いたものは気絶するように眠ってしまい、起きた時には御子が姿を晦《くら》ましているのだとか。衛官《えいかん》に見張りをさせたことがあるが、だめだったよ」

令冥《レイメイ》はしばらく考えてから、ひとつ、提案をしてみる。

「御子がさらわれることのないよう、お母様のお胸か、お背《せな》に紐で御子を結わえておくというのはいかがでしょうか？　こう、だっこ紐みたいなかんじで」

「そうだねぇ。昨年だったかな、眠りに落ちても御子を奪われまいと抱き締め、抗い続けた妃がいたんだよね」

「助かったのですか？」

磋魄《サハク》は頭を真横に振った。

「眠りからさめたとき、彼女はなおも御子のからだを抱き締めていた。まだぼんやりとしていたのもあって、一瞬だけ、安堵したそうだよ。でもよく確かめたら、御子の頭が、ない」

「きゃうっ」

令冥《レイメイ》が悲鳴をあげかける。

「頭だけ、持ちさられていたそうだ」

ふるふるとした細かな身震いが、かたかたになりかけていた。さすがに感づいたのか、磋魄《サハク》が首を傾げる。

「あれ？　見鬼妃、なんだか震えていないかい？」

「い、いえ、武者震いです。霊鬼《りょうき》の話を聴いておりますと血潮が滾《たぎ》るといいますか、見鬼の眼が疼《うず》くといいますか。はい、そのようなものでございます」

「そうか。正義感が強いのは良いことだね」

端午節というと明後日だ。

「この事件を終わらせてくれないか。来年からは後宮の母親たちが懸念なく、端午節を迎えられるように、ね」

令冥《レイメイ》が神経を張りつめる。

「どうだろうか、頼めるかな」

逢ったときから、磋魄《サハク》は令冥《レイメイ》に絶大な期待を寄せていた。そのことが令冥《レイメイ》を苛む。

令冥《レイメイ》は落ちこぼれだ。いつかは磋魄《サハク》のことも失望させるだろうとわかっている。

それでも、令冥《レイメイ》はいま、みずからを有能な異能者であると思いこませることで、後宮に身をおいている。

臆する心を隠して、令冥《レイメイ》は微笑した。

「御意にございます。かならずや、磋魄《サハク》陛下の御役にたちます」

❖

「私は得心がいきません」

後宮の園林《にわ》を、飾り格子のついた馬車が進む。

見鬼妃への依頼を終え、帰りの馬車に揺られていた陵《リョウ》は憤りをこらえるようにこぶしをかためた。

「なにかをお命じになられるならばともかく、あのような頼りない小姐《こむすめ》に大家がお気を遣われ、依頼などと仰られるなんて」

車窓に頬杖をつき、宵《よる》の園林《にわ》を眺めていた磋魄《サハク》が苦笑する。

「彼女は焉《エン》家の姑娘《むすめ》だよ。皇帝といえども、異能の一族には畏敬の念をもたなければね。百年も時をさかのぼれば、焉《エン》家の異能者は神サマだった――君も知っているはずだよ」

焉《エン》家とは連綿と皇帝に服していながら、同時に皇帝の権をもってしても動かせぬ神威をもつ一族だ。いまだに元老《げんろう》を含め、三公九卿《さんこうきゅうけい》の一部の氏族は焉《エン》家を崇めている。異能の一族を侮り、杜撰《ずさん》な扱いでもしようものならば、この奉において皇帝であり続けることはできない。

事実、異能によって奉を殷盛《いんせい》させ続けてきた焉《エン》家のあり様は、神にも等しかった。

「それは……理解しておりますが」

「令冥《レイメイ》を後宮にいれたのは、異能を欲して、というだけではないよ。異能の信奉者に取られては危険だからだ。信仰とは強大だよ。政を操り、民をも動かす。僕は臆病者だからね。園林《にわ》に虎がいれば、殺すか、捕らえておかないと眠れないんだ」

磋魄《サハク》が青紫の、竜胆《りんどう》が咲いたような双眸を細める。

「彼女は……神に嫁いだ姑娘《むすめ》だからね」

妖魄《あやかし》を想わせる男の姿が、陵《リョウ》の頭のなかをよぎる。

「神喰《カミジキ》、でしたか。あれは異様な霊威を帯びています。大家が危虞《きぐ》されるのも――」

「違うよ。ほんとうに畏れるべきは、あれに愛される令冥《レイメイ》のほうさ」

　陵《リョウ》が明らかに毒気を抜かれた。

「僕はね、あの小姐《こむすめ》こそが、怖いんだ」

　恐怖を語りながら、月影を映す礎魄《サハク》の眸は妙に弾んでいた。あるじの考えが理解できないとばかりに陵《リョウ》は頭《かぶり》を横に振る。

「ああ、ところで例の霊廟《れいびょう》に異常はないかな」

「衛官をつけ、昼夜問わず監視させています。しかしながら、大家はなぜ、あのように母君の骸をばらばらにして葬られたのですか」

「ああ、それか」

　微笑を崩さず、礎魄《サハク》の眼だけがざわりと陰る。彼を日頃から取りまく真綿のようなふんいきが、息がつまるほどに重みを帯びた。

　礎魄《サハク》は何処までも穏やかに尋ねかえす。

「君に教えておく必要が、あるかな？」

「不要です」

　陵《リョウ》は一拍も挿まずに頭をさげた。

　笑顔で威《おど》されて臆したわけではない。それが礎魄《サハク》の意ならば、陵《リョウ》に異論があろうはずがないのだ。

　あれやこれやと、不服を言い連ねてはいても、これという線には絶対の服従を示す。踏み越えてはならない境界線をわきまえている。それが陵《リョウ》という武官の誠心であった。だからこそ磋魄《サハク》は陵《リョウ》を信頼し、腹心として側においている。

磋魄《サハク》は車窓の月に紫の袖をかざす。紫の絹を身に帯びることができるのは皇帝だけだ。風をはらんで拡がる袖で口もとを隠して、磋魄《サハク》は微かにつぶやいた。

「令冥《レイメイ》。貴女ならばいつか、後宮の鬼をも視破れるのかな」

❖

今から約三ヶ月前——令冥《レイメイ》がはじめて皇帝と逢ったとき、ひと晩にして滅んだ焉《エン》家の宮の園林《にわ》で、彼女は母親の首と父親の亡骸を抱いて泣き続けていた。

神喰《カミジキ》は悲嘆に暮れる令冥《レイメイ》に寄りそってくれたが、なにもかもを奪われた絶望は神との婚姻を経てもなお、なかったことには、できなかった。

朝になって、焉《エン》家の敷地に馬車がついた。

馬車に掛けられた緞帳には眼の紋章があった。奉の皇族だけが掲げることのできる紋章だ。だが、まさか奉の皇帝が直々に焉《エン》家の安危《あんき》を確かめにくるとは想像だにしていなかった令冥《レイメイ》は、馬車から降りてきた二人組の男を取りとめもなく眺めていた。白銀の髪に冕《かんむり》を戴《いただ》いた男が令冥《レイメイ》の側にきて、静かに声をかけてきた。

「貴女が、焉《エン》家の唯一の生き残りだね」

その言葉にまたひとつ、涙があふれた。

冕《かんむり》をかぶった男は焉《エン》家を悼むでもなく、こう尋ねてきた。

「それで、貴女はなにが、できるのかな」

令冥《レイメイ》は意表をつかれ、試されているのだと感じた。

宮廷と異能の一族は千年にわたって、利害でつながり続けてきた。宮廷が一族を庇護して富を与えるかわりに、一族は陰ながら皇帝の政を支え、働く――その利害関係を、姑娘《むすめ》ひとりで維持できるのかと、男は言外に尋ねているのだ。

なにができるのか。なにか、できるのか。

落ちこぼれだった令冥《レイメイ》にはわからない。

ただ、いま、令冥《レイメイ》がこたえなければ、すべてが終わると思った。神喰《カミジキ》が「見鬼の眼」と言ったのを想いだして、令冥《レイメイ》はおそるおそる声をしぼりだす。

「鬼が、視えます」

それだけだ。

男の背後にいた武官が失笑する。

「要領を得んな。大家、残念ですが、このような姑娘《むすめ》を宮廷で庇護するのは難しいかと」

だが、冕《かんむり》を戴く男は令冥《レイメイ》の言《げん》に心を動かされたのか、膝をついて目線をあわせてきた。

「鬼、というと、魂魄のことかな。命が絶えて肉は腐り、骨まで崩れた後に残る、ただひとつのもの――それがいかなる鬼か、貴女には視えるということかな」

彼は一考を経て「わかった」と声をあげた。

「貴女を後宮に迎えいれよう」

「こう、きゅう、ですか」

後宮といえば皇帝の懐だ。一族を根絶やしにした首謀者を捜すこともできるかもしれない。令冥《レイメイ》の胸のなかで燃えつきかけていた火が、息を吹きかえす。

銀の髪を風になびかせて、男は微笑んだ。

「後宮というのはね、奉のなかで、最も鬼がいるところだよ」

❖

令冥《レイメイ》の朝は庖房《くりや》からはじまる。

朝餉の支度は彼女の日課だった。これればかりは悪食な家憑《いえつき》にはまかせられない。

かまどに薪《まき》をくべて湯を沸かす。昨晩のうちに竹の葉でつつんでおいた糯米《もちごめ》を蒸籠《せいろ》にいれて蒸し、もうひとつの鍋で食べやすく切ったわらびや大根を茹でる。

焉《エン》家にいた時から、朝も晩も令冥《レイメイ》のご飯なんてものはなかった。だから、人のいない時間帯に庖房《くりや》を借りては調理していた。食材をつかってはあとから叱られるので、捨てられていた大根の葉っぱとか魚のあらとか、お櫃《ひつ》に残ったこげ飯などをつかっていた。後宮にきてからは、食材をまるごとつかって料理ができるので、令冥《レイメイ》はとても幸せだ。

「よし、ちゃんとおいしいですね」

羹《あつもの》の味を確かめてから、令冥《レイメイ》は覚悟をきめたように唇の端をひき結ぶ。

令冥《レイメイ》の愛する神喰《カミジキ》は人に非ざるものだ。睡眠もとらず、食事も不要だ。

なので、これまで食事の支度は令冥《レイメイ》の分だけ、だった。

だが、この朝は違っていた。

お椀をふたつならべて、できたばかりのほかほかの羹《あつもの》をよそった。お箸も二膳、お皿もふたつ、それらを載せる膳もふたつだ。

「ひとくちでも食べていただけたら……いいなぁ」

緊張して朝餉を運ぶ。

ふたつ、むかいあわせに銘々膳《めいめいぜん》をならべれば、神喰《カミジキ》は奇妙そうに首を傾げた。

「はて、客でも参るのかや」

「……その、神喰《カミジキ》もご一緒に食べませんか？」

「俺、か？」

神喰《カミジキ》は虚をつかれたように瞬きを繰りかえす。予想だにしていなかったらしい。

「神喰《カミジキ》が食事を取らずともよいことは知っております。神サマですもの。でも、食べられないとは仰っておられなかったので、その」

喋りながら、頬が熟れた林檎みたいに紅潮するのがわかる。

「夫婦は、一緒にご飯を食べるものかと」

差しでがましいことをして迷惑だっただろうか。

覗《うかが》うように視線をあげれば、神喰《カミジキ》がくつくつと笑っていた。

「おまえは、実《まこと》に俺が想像もつかぬことばかりする。俺とともに飯を喰おうとするものなど、千年むかしにもおらなんだ」

「だ、だめ、でしたか？」

「いいや、おまえの考察どおりだ。俺は人の飯が喰えぬわけではない。おまえがつくってくれたのであれば、きっと旨かろうや」

神喰《カミジキ》は嬉しそうに髪を掻きあげながら箸を取る。

今朝のご飯は細竹《ほそたけ》と椎茸《しいたけ》をいれた蒸し粽《ちまき》と青蕗《あおぶき》の煮物、わらびと大根の羹《あつもの》だ。細《ささ》やかな食卓だが、春の味をふんだんに取りいれた。

粽を結わえていたイ草を解く。

草の香《か》と一緒に温かな湯気がふわりとあがった。蒸された飯の香ばしさが食欲をそそる。ただし食欲をもたない神喰《カミジキ》が食の風味をどう感じるかは、令冥《レイメイ》には想像がつかなかった。

もっちりとした粽をひとかけつまみ、神喰《カミジキ》が口に運ぶ。

令冥《レイメイ》は緊張して握りこぶしをきゅうっと結び、それをみていた。ゆっくりとかみ締めてから飲みこみ、神喰《カミジキ》が首を傾げる。

「はて、妙だな」

「えっ、あ、味が変でしたかっ」

令冥《レイメイ》は慌てて粽の味つけを確かめる。特に変わったところはないが、神喰《カミジキ》の口にはあわなかったのだろうか。神喰《カミジキ》はさらに箸を進めつつ、言葉を捜すように視線を彷徨わせた。

「おまえの味つけが妙なわけではない、はずだ。そうではなく、これは……そう、味が、するのだな？」

なにを尋ねられているのかが理解できず、令冥《レイメイ》がぽかんとなる。

「え、ええっと、それは……そうでございましょう。ちゃんと老抽《ろうちゅう》と甘蔗糖《かんしょとう》とお塩をいれて蒸しておりますので」

「昔に一度だけ、ヒトの喰らっていた飯をつまんだことがある。うまいうまいと喰っておるので、どんなものかと思ったが、ヒトのいうような味というものはしなかった」

神喰《カミジキ》は箸を伸ばして蕗の煮物をつまんだ。

「だが、おまえの料理は……味が、する。そうか、これが味というものか。なるほど、これならば旨いな」

かみ締めるように神喰《カミジキ》は息をついた。

いつだったか、霊鬼《りょうき》は飯を食べられないのだという話を聴いたことがある。だが、故人のことを想ってそなえられた飯だけは、食すことができるのだと。

彼らは、人の想いを食べるからだ。

「よかった……気にいっていただけて」

「して、おまえは一緒に食べぬのかや」

「はい、いただきます」

令冥《レイメイ》は羹《あつもの》の椀から、とろとろに煮えた大根をすくいあげ、頬張る。かむまでもなく、大根はあわ雪のように崩れた。

「わあ、なんておいしいお大根なんでしょうか」

令冥《レイメイ》が至福の笑みをこぼす。

「大根とはそれほど希少なものなのか」

「いえ、ありふれた根菜なのですが、焉《エン》家にいた頃は大根といえば捨てられた葉っぱばかりを食べていたので」

まるごとの大根をみた時は胸がいっぱいになった。歓声をあげて大根に頬ずりをしてしまい、食材を持ってきてくれた宦官に奇異な視線をむけられたくらいだ。

でも、ひとりで食べていたら、これほどまでにはおいしくはなかっただろう。

夫婦ふたりで朝餉をかこむ。

どれほど昏い事件のあいまでも、あるいはだからこそか。他愛のない細やかなことが令《レイ》冥《メイ》はたまらなく幸せだった。そこにある想いを味わい、満たされるのは、命あるものも死者もさして違いはない。

「ヒトは喰わねば、身が衰えて命を落とす。実《まこと》に厄介だとはおもうが、それも命の証であろうや」

それは何処か、神サマには命がないと嘆いているようにも聴こえた。令冥《レイメイ》はたまらなくせつなくなったが、努めて明るい声をだす。

「これからもいろんなことをいたしましょう？　ありふれた幸せを愛でたいのです、ほかでもないあなたさまと一緒に」

だって、と令冥《レイメイ》が微笑んだ。

「わたくしたちは夫婦なんですもの」

❖

杜若《かきつばた》が咲きそろう宮だった。

青く繁る葉のあいだを縫うようにして、錦の鯉《こい》が舞っている。夏になれば睡蓮が綾をなして、万頃瑠璃《ばんけいるり》たる水庭を飾ることであろう。

令冥《レイメイ》は皇帝からの依頼を果たすべく、卯《ウ》妃の宮を訪っていた。

「一昨日の晩からです。歌が聴こえると、息子が言いだしたのは」

卯《ウ》は六歳になったばかりの息子を膝に乗せ、抱きかかえていた。

端午節に失踪する御子はきまって、皐月になった頃から奇妙な歌を聴く。

「ああ、なぜ、歌を聴いたのが私の愛する碧葉《ヘキヨウ》なのでしょうか。後宮には五歳から八歳までの御子がほかにもいるはずですのに。なぜ、彼だけが」

卯《ウ》はおろおろと嘆き、訴える。

浅ましいとわかっていながら、他人に降りかかる禍《わざわい》であればよかったと考えてしまうのは人の業《ごう》だ。

「息子がいなくなったら、私は……どうしたらいいのか。いっそ命を絶ったほうが」

「どうか落ちついてください。碧葉《ヘキヨウ》様を霊鬼《りょうき》に奪われないよう、皇帝陛下の命を享《う》け、見鬼妃たるわたくしが参ったのですからご安心を」

令冥《レイメイ》がなだめようとしたが、卯《ウ》は髪を振り乱してよけいに声を荒らげた。

「だからですよ！　日を跨いだら端午になるというのに……派遣されてきたのが貴女のような幼い姑娘《むすめ》だなんて！　これがっ、落ちついていられますか！　けほっ」

神経が昂《たかぶ》りすぎたのか、卯《ウ》はぜいぜいと息をして咳きこみだす。息子である碧葉《ヘキヨウ》が心配そうに小さな手で母親の痩せた背をさすった。

「卯《ウ》様、だいじょうぶですか、お気を確かに」

「そんなふうに叫ばれては御身に障ります。ささ、薬をどうぞ」

女官に渡された薬をのみ、卯《ウ》がやっと息をついた。

「いかに屈強なる武官であろうとも、霊鬼《りょうき》を退けることはできません。わたくしは剣も握れぬ非力なる姑娘《むすめ》ですが、霊鬼《りょうき》にたいする心得ならば、宮廷の誰よりもあると誇れます」

「ほんとう、ですか？　嘘ではないでしょうね？」

「誓って、碧葉《ヘキヨウ》様の御命をお衛《まも》りいたします」

令冥《レイメイ》の言葉はよどみがなく明瞭で、年端もいかない姑娘《むすめ》の唇から紡がれたものとはとても想えなかった。幾分かは安堵したのか、卯《ウ》が是認する。

「なにがあろうと碧葉《ヘキヨウ》のことを衛ってくださいね。そうでなければ、私は……」

思いつめて、卯《ウ》は強く強く碧葉《ヘキヨウ》を抱き締めた。碧葉《ヘキヨウ》が微かに顔をしかめて「かあさま、いたいです」と訴えたが、卯《ウ》はなおも彼を離そうとはしなかった。

………


先帝の御子は後宮の寶《たから》だ。

先帝は没するまでに約百五十もの御子を儲けた。だが、現在残っているのは三十人程度だ。そのほとんどが二歳から十歳までの幼子である。新たなる皇帝にまだ御子がいないということもあって、先帝の御子は丁重に庇護されていた。御渡りもない後宮がいまでも維持されているのは先帝の御子を育むためでもある。

卯《ウ》は喘息の発作で医官の診察をうけているため、女官たちが碧葉《ヘキヨウ》の側につき、鞠《まり》遊びをさせていた。令冥《レイメイ》は碧葉《ヘキヨウ》に声をかけ、歌について尋ねてみようとしたのだが――

「おばけだ」

碧葉《ヘキヨウ》は神喰《カミジキ》を指さすなり、ささっと女官たちの後ろに隠れてしまった。

「俺はお化けではない」

不服そうに神喰《カミジキ》が呻いた。

だが帳のような髪を垂らして、双眸だけを鈍く光らせた神喰《カミジキ》の風貌は控えめにいっても妖魄《あやかし》か、亡鬼《おに》か。泣きださなかっただけでも、碧葉《ヘキヨウ》は偉かった。

「その……神喰《カミジキ》、申し訳ないのですが、ちょっとだけ離れていていただけますか」

「むう、おまえも俺をお化け扱いするのかや」

神喰《カミジキ》がしょんぼりと退室すると、碧葉《ヘキヨウ》は女官の背から顔を覗かせてくれた。

「こんにちは、碧葉《ヘキヨウ》様」

「……こんにちは」

令冥《レイメイ》がしゃがんで声をかければ、碧葉《ヘキヨウ》も頭をさげた。

碧葉《ヘキヨウ》は虎が刺繍された香包を首に掛けていた。虎は毒のある蛇や蛙を踏みつぶすと伝承されているため、端午節には子の健やかな成長を祈念して虎の香包や布老虎《ぬいぐるみ》が飾られる。

「わたくしは令冥《レイメイ》です。お見知りおきいただければ、嬉しいです。さきほどの彼はお化けではなく、わたくしの旦那様なのですよ」

「ごけっこんなさっているのですか」

意外そうに碧葉《ヘキヨウ》は眼をまるくした。

後宮で育っていながら結婚というしきたりを理解しているとは。それだけでもちゃんとした教養を身につけた利発な子であることがわかる。

「歌を聴かれたとのことですが、どのような歌か、おぼえておられますか？」

「こもりうたかなとおもいました。きいたことのないうただったから、なんとなくだけど……きいていると、ねむたくなってきて、すぐにねてしまいました」

「そうでしたか」

催眠の呪《まじな》いだろうか。

「怖いとか、いやだとかは感じませんでしたか？」

「こわくはなかったです。でも、すごく、かなしそうでした。どうして、あんなにかなしそうだったのでしょうか？」

令冥《レイメイ》は睫をふせ、切なく微笑みながら碧葉《ヘキヨウ》の頭をなでた。

「霊鬼《りょうき》とは一様に哀しきものなのです。哀しいから延々と此岸を彷徨い続け、さみしいから彼岸に誰かを連れていこうとする――」

哀しみにはかならず、いわくがあるものだ。

だとすれば、頸《くび》の折れた女はなぜ、幼子ばかりを連れていこうとするのか。

令冥《レイメイ》は霊鬼《りょうき》の未練に想いを馳せ、こころを寄せる。そこには果たして、いかなる哀しみがあるのだろうかと。

❖

日が落ちて、夜は更け、草木も眠る時刻となった。

令冥《レイメイ》と神喰《カミジキ》は霊鬼《りょうき》がいつ現れてもいいよう、碧葉《ヘキヨウ》の臥室《しんしつ》で見張りを続けていた。卯《ウ》は碧《ヘキ》葉《ヨウ》と一緒の臥牀《しんだい》で寝ていたが、眠れないのか、暗いばかりの窓を睨みつけている。

「……覗かれるって、怖いと思いませんか」

令冥《レイメイ》が声を落として、ぽそりとつぶやいた。

噂によれば、頸《くび》の折れた霊鬼《りょうき》は房室《へや》のなかをそっと覗きこんでから、侵入してくるという。想像するだけでも身の毛がよだつ。

「こう、そろぉとしたかんじが、絶妙にいやなのです」

「ふむ、俺にはよくわからぬが……いつだったか、喧《やかま》しく襲いかかってくるものもいやだと言っておったような」

「もちろん、それもいやです」

どちらもいやなのではないかと神喰《カミジキ》が苦笑した。


……………


結果からいえば、朝になっても霊鬼《りょうき》は現れなかった。

鶏が鳴きだしたのを聴いて令冥《レイメイ》がどれだけ安堵したことか。もっとも端午が終わるまで、警戒を怠るわけにはいかない。

「でも、真っ暗な夜よりはお日さまの差すお昼のほうが、霊鬼《りょうき》が現れてもまだ我慢できます」

「そういうものか」

「そういうものなのです」

朝餉を終えて、碧葉《ヘキヨウ》は卯《ウ》とともに勉強に勤《いそ》しんでいた。

女官たちはこんな日まで勉強させなくとも、といっていたが、碧葉《ヘキヨウ》は嬉しそうに母親と一緒に書物を繙《ひもと》いている。

卯《ウ》はけっきょく一睡もできなかったのか、酷い隈《くま》ができている。だが、薬のおかげか、体調は落ちついたらしかった。

「熱心に励んでおられますね」

妃が退室した時に令冥《レイメイ》が声をかけると、碧葉《ヘキヨウ》は恥ずかしそうにはにかんだ。

「ぼく、ほんとうは、おべんきょうがすきなわけではないんです」

「あら、そうなのですか」

「でも、べんきょうしていると、かあさまがいっしょにいてくれるから。がまんしています。かあさまには、ないしょですよ」

幼《いと》けない言葉が微笑ましくて、令冥《レイメイ》は頬を綻ばせた。

卯《ウ》がまた一段と難解そうな書物を運んできた。科挙試験の勉強なのか、おとなでも頭を抱えるような書物ばかりで六歳の碧葉《ヘキヨウ》には無理があるのではないかと令冥《レイメイ》は思うのだが、碧葉《ヘキヨウ》は母親と一緒に音読してまる暗記を試みている。

碧葉《ヘキヨウ》が母親に褒められ、頭をなでられているのをみて、令冥《レイメイ》はなぜだか、ちくりと胸が痛んだ。令冥《レイメイ》にだって、あんなふうに母親から愛されていた時があった。母親に勉強を教わり、さすがは私の姑娘《むすめ》ですねと褒められて頬をそめていた幼い日が。

だが、異能を授かれなかったあの時を境に、愛はあとかたもなく崩れた。

ああ、そうか、これは妬みだ。

視界に影が落ちてきて視線をあげれば、神喰《カミジキ》が令冥《レイメイ》を覗きこんでいた。

「神喰《カミジキ》、どうかしましたか？」

「おまえが心細げだった」

令冥《レイメイ》は「だいじょうぶですよ」と無理に微笑もうとして、きゅっと唇をひき結ぶ。そうか。彼にだけは強がらずにほんとうのことをいってもいいのだ。

「……碧葉《ヘキヨウ》様がちょっぴり妬ましくて……その、ほんのちょっとだけ、ですよ？」

頑張ったら頑張っただけ、愛してもらえる。

それはあたりまえのことではないのだと令冥《レイメイ》は五歳の時に知ってしまった。

誰からも愛されなくなった頃から、令冥《レイメイ》には唇をかみ締めるくせがついた。喉を焼くような哀しみであっても、そうすれば喀《は》きもどさずに飲みくだせる。

ただひとり、令冥《レイメイ》にやさしかった兄《あに》哥の幻靖《ゲンセイ》は、どんな時でも笑顔でいることを彼女に望んだ。だから、令冥《レイメイ》は唇をかみながら微笑するくせをおぼえた。

「ふむ」

神喰《カミジキ》はなにを想ったのか。令冥《レイメイ》の頭をぽんぽんとなでた。

「よい、よい。好きなだけ妬めばよい。おまえの妬みは愛らしや。嘆いていようが、怒っていようが、恨んでいようが、俺の愛しい妻にかわりはあらぬ」

神喰《カミジキ》はいつだって意気地のない令冥《レイメイ》のきもちを抱き締めてくれる。

嬉しくて、愛しくて、胸がほっと暖かくなった。

「神喰《カミジキ》、どうかどうか、わたくしをひとりにしないでくださいね」

「俺がおまえを捨てるはずがなかろう。離せといわれても、けっして離さぬ」

ほんとうの親はどちらかという政談を聴いたことがある。

母親を名乗るふたりの女が現れ、子の腕を引っ張って取りあうが、子が痛いと訴えたのをみて本物の母親は腕を離し、もうひとりの女に譲ったという。

その話を聴いたとき、令冥《レイメイ》だったら腕がちぎれても離さずにいてくれるほうがいいとおもった。命を奪われるのならばともかく。

腕がなくなっても、愛してくれるような母親だったらどれほど幸せだろうかと。

だが、神喰《カミジキ》ならば、離さずにいてくれるはずだ。

「約束です」

令冥《レイメイ》が小指を差しだす。

「ふむ、これは？」

「ひとは、小指と小指を絡めて、約束をするのですよ」

「そうか。ならば、約束しよう」

神喰《カミジキ》が小指を絡ませてきた。令冥《レイメイ》はお呪《まじな》いの歌を口遊む。

「指と指とで約束しましょ。結んだ約束破らない、百年経っても破らない――わたくしも誓います。あなたさまを独りにはしないと」

❖

昼をすぎても、天《そら》は雲ひとつなく晴れていた。

水鏡にきらきらと映る韶光《しょうこう》に鯉が遊ぶ。垣《かき》になった紫陽花《あじさい》は瑠璃の珠を想わせる莟《つぼみ》をひとつ、またひとつと弾けさせていた。

勉強を終えた碧葉《ヘキヨウ》はふたつの棒を動かして輪鼓《こま》を操り、遊んでいる。鼓《つづみ》に似たかたちの輪鼓《こま》を紐に乗せ、まわしながら渡すのは結構な技巧を要した。令冥《レイメイ》も碧葉《ヘキヨウ》に誘われて遊ばせてもらったが、危うく庭の端《はずれ》にある池に落とすところだった。

卯《ウ》は廊子《えんがわ》に腰かけて、庭で遊ぶ碧葉《ヘキヨウ》の姿を眺めている。

のどかな昼さがりだ。

「穏やかですねぇ」

「春もじきに終わりですからねぇ」

宮の女官たちが順に欠伸《あくび》をする。

「鳥の声も朗らかで……」

黄鶲《キビタキ》だろうか。あるいは画眉鳥《ガビチョウ》か。鈴を転がすような声で貴人を魅了し愛されてきたが、朝から晩まで息をつくこともなく囀《さえず》り続けることから、後宮の姦《かしま》しい妃妾《ひしょう》を連想させるともいわれる。

るらるらと風に乗って、歌が舞う。

「なにか、変です。だってこれ」

魂を惹きこまれるほどにやさしく、穏やかな。

「悲鳴です！」

令冥《レイメイ》が叫んだのがさきか、碧葉《ヘキヨウ》が緩やかに倒れていった。

ぬかるみにどっぷりと沈みこんでいくような倒れかただ。それきり彼は起きあがろうとする様子もなく、まったく動かなくなる。紐から外れた輪鼓《こま》が池へと落ち、鯉の群れが慌てふためいた。

女官たちも眠りの坩堝《るつぼ》に吸いこまれ、次々と気絶する。

卯《ウ》だけが眠けに負けじと抗い愛する碧葉《ヘキヨウ》に駆け寄ろうとしたが、息子の側までたどりつくことはできなかった。杆《てすり》にすがりつきながら、ずるずると崩れるように傾眠する。

令冥《レイメイ》は幼少時から禁眠の試練を経験してきたので、ふらつきながらも動くことができた。

「碧葉様《ヘキヨウ》！」

令冥《レイメイ》が碧葉《ヘキヨウ》を抱き寄せたのと同時に碧葉《ヘキヨウ》の腕をつかんだものがいた。

頭上から差しだされた腕をみて、令冥《レイメイ》が咄嗟に視線をあげる。

「ひっ――――」

女が、身をかがめてこちらを覗きこんでいた。

異様なのは頚《くび》だ。骨は折れ、筋は伸びきって、肩から頭がだらりと垂れさがっている。

赤紫に膨張した顔は熟れすぎてぐずぐずに腐りかけた果実を想わせた。

令冥《レイメイ》は瞬時に理解する。

この女は首を吊って死んだのだと。

変わり果てた姿になっていても視線だけは、強い。

なにかを捜している眼だ。

真昼だったら怖さが半減すると思っていたが、明るかったせいで細部まで見て取れてしまい、令冥《レイメイ》はとても後悔した。

霊鬼《りょうき》の髪が、令冥《レイメイ》と碧葉《ヘキヨウ》の頭上にかぶさってきた。

令冥《レイメイ》は恐怖で魂が抜けかけていたが、霊鬼《りょうき》が碧葉《ヘキヨウ》の腕を引っ張ろうとするのをみて我にかえる。

「碧葉《ヘキヨウ》様を連れていかないでください、どうか！」

令冥《レイメイ》は強く碧葉《ヘキヨウ》を抱き締め、霊鬼《りょうき》にさらわれまいと抵抗した。

縊死《いし》した姿はとても正視にたえなかったが、令冥《レイメイ》は勇気を振りしぼって霊鬼《りょうき》と眼をあわせ、その孤独な魂に語りかける。

「未練が、おありなのですね。わかります。わたくしも一緒ですもの。骨が燃えるような恨みを遺しておられるのでしょう？　だったら、どうか、視せてください。死を選ばずにはいられなかったあなたさまの絶望を」

霊鬼《りょうき》の喉は裂けていた。首を吊ったとき、重さにたえかねて皮膚が破れたのだ。この様子では声帯もちぎれているだろうが、奇妙なことに歌声だけは延々とあふれ続けていた。

伸びきった皮膚に喰いこむ縄に視線をむける。

「ああ……そう、だったのですね」

令冥《レイメイ》はてっきり彼女は自害したのだと思いこんでいた。

だが、この縄の結びかたは、自死ではない。

「……おつらかったでしょうね、絞首刑だなんて」

いたわるように縄に触れた。眼の底で万華鏡がまわる。

見鬼の瞼が、あがった。


(何処にいってしまったの、私の坊や――)

ひとつ、またひとつと木製の階《きざはし》をあがる。

剥きだしの足指は擦りきれていて段を踏むたびに血痕がしみついた。だが、痛みはとうに麻痺している。それは木枷をつけられた腕も同様だ。

《彼女》が項垂れていた視線をあげる。

視界に刑場が拡がった。

妃妾《ひしょう》、女官、宦官が死刑台を取りかこんでなにごとかを叫んでいるが、見鬼の眼には群衆の声までは聴こえてはこなかった。

かわりに側頭部で鈍い痛みが弾ける。敵意に満ちた声が、かたちをともなって飛んできたのかと思った。だが、違った。

群衆が石を投げつけてきたのだ。

侮蔑、好奇、憎悪といった視線が容赦なく《彼女》に突き刺さる。

だが、《彼女》は人の群れを睨みかえすこともなく、魂が抜けたようにぼうとたたずんでいた。頚《くび》に縄をかけられても抵抗ひとつしない。

令冥《レイメイ》にはわかる。《彼女》はすでに心が壊れているのだと。

かつんと、足場が落ちた。

雷に撃たれたのかと疑うほどの衝撃が、頚《くび》に襲いかかる。

呼吸ができない。視神経が燃える。痺れをともなった激痛が頚椎《けいつい》から背骨を通り、腰を砕いた。時間にすれば秒だろうか。だが《彼女》にとっては永遠に続くかと想われるほどの地獄を経て、ついに意識が絶えた。

（愛しい坊や――ああ、声が聴こえる。泣きながら「母様」と呼ぶ声が。何処かでお腹を減らしてはいないだろうか。寒くはないだろうか。かならず、母様が迎えにいくからね。また歌を歌ってあげましょうね、おまえの好きだったあの歌を。だから、どうか泣きやんで、私の愛しい坊や――）


見鬼の眼が、塞がる。

「ぜひゅっ……」

令冥《レイメイ》は喉をおさえて、噎せこんだ。

身を貫く縊死の衝撃に声もあげられない。力が抜ける。その隙に霊鬼《りょうき》は令冥《レイメイ》から碧葉《ヘキヨウ》をひき剥がして連れていこうとした。

「だ……め」

令冥《レイメイ》の背後から神喰《カミジキ》が踏みだす。

神喰《カミジキ》はみずからの影からひと振りの剣を抜きはなち、霊鬼《りょうき》の左腕を斬る。躰《にくたい》をもたない霊鬼《りょうき》の腕は昏い靄《もや》になってちぎれた。だが、痛みは魂魄で感じるものだ。霊鬼《りょうき》は激痛に絶叫して髪を振りみだす。それでもなお彼女は残る右腕で碧葉《ヘキヨウ》を抱き締め、離さなかった。

霊鬼《りょうき》の眼に燃えているのは――母の愛だ。

「如何にする？　あの鬼、喰らいつぶすか、あるいは」

令冥《レイメイ》はこのとき、神喰《カミジキ》に霊鬼《りょうき》を喰らってくださいと叫ぶべきだった。

だが、令冥《レイメイ》はためらった。

彼女がなぜ、死刑に処されたのかはわからない。けれども、彼女は息絶えるその時まで、ひたすらに我が子の身を案じ続けていた。

令冥《レイメイ》は、そんな彼女の恨みに想いを寄せてしまった。

取りかえしのつかないことをしたと気がついた時には遅かった。

霊鬼《りょうき》は碧葉《ヘキヨウ》を連れ、霧《きり》となって散じた。碧葉《ヘキヨウ》を連れさらわれてから、令冥《レイメイ》はみずからの失態を解して青ざめる。

強い風が吹きつけてきた。

晴れ渡っていた空がにわかに掻き曇り、雨が降りだす。

夏をもたらす青嵐《あおあらし》だ。雨はたちまちに強くなる。茎《くき》が傾くほどに莟《つぼみ》をつけていた紫陽花が、雨に弾かれて、折れた。

❖

「申し訳ございません」

令冥《レイメイ》はそう詫びたきり、ひたすらに額を地につけていた。

板張りに垂れた髪は凍てついた冬の柳《やなぎ》を想わせる。そんな令冥《レイメイ》を、倚子に腰かけた磋魄《サハク》は落胆した眼差しでみつめていた。

離舎の客房《きゃくしつ》にはいま、令冥《レイメイ》と磋魄《サハク》がふたりきりだった。神喰《カミジキ》、陵《リョウ》がいては会話の妨げになるので、別室に移されている。

霊鬼《りょうき》の襲撃からまもなくして、昏睡していたものたちは順に意識を取りもどした。卯《ウ》は碧葉《ヘキヨウ》が連れ去られたと知り、酷い咳の発作に見舞われて失神してしまった。

嵐は黄昏を過ぎても続いていた。雨音だけが重く反響する沈黙を経て、磋魄《サハク》が尋ねかけてきた。

「なぜ、貴女がついていながら御子《みこ》を連れ去られてしまったのか。教えてくれるかな」

磋魄《サハク》の声は令冥《レイメイ》を糾弾《きゅうだん》するものではなかった。

それがよけいに令冥《レイメイ》を萎縮させる。異能を授からない令冥《レイメイ》をみて、「私が愚かだった」とだけつぶやいた母親の声と重なったからだ。

いかなる処分が言い渡されるのか。

悪い想像ばかりが、頭のなかで廻《めぐ》る。

「黙っていてもわからないよ」

「……浅ましい言い訳を、皇帝陛下の御耳にいれるわけには、参りません、ので」

令冥《レイメイ》がひきつる喉を震わせた。

磋魄《サハク》はおもむろに倚子から腰をあげ、跪《ひざまず》いている令冥《レイメイ》の側まで歩み寄ってきた。令冥《レイメイ》は身を強張らせたが、磋魄《サハク》は令冥《レイメイ》と視線をあわせるように膝をつく。

「言い訳でも構わないからさ。なにがあったのか、教えてはくれないか」

令冥《レイメイ》は困惑する。皇帝たるものが妃如《ごと》きに跪くなど、あってはならないことだ。

陵《リョウ》がこの場にいたら、血相を変えて諌めたに違いない。

「……霊鬼《りょうき》が哀しそう、だったので……どうしても、滅ぼすことができませんでした」

令冥《レイメイ》が嘘偽りない言葉を紡げば、磋魄《サハク》は意表をつかれたように眼を見張った。

「それだけ？　……鬼を哀れんだ、ということかな」

「めっそうもございません。哀れんでいるわけでは、ないのです。わたくしのようなものにどなたかを哀れむことなど、なぜにできましょうか」

哀れみとは他者の不幸をみて、みずからの幸福を確認することだ。ああ、あれよりは恵まれていると。

令冥《レイメイ》にはそうした思いは露《つゆ》ほどもなかった。

「見鬼の眼に映る彼女の未練は、愛する御子に逢いたいという、ただそれだけでした。なのに、そんな細やかな望みも果たせず、彷徨い続けてきたのだと想ったら……」

一緒に哀しんであげられるのは見鬼の眼を持った令冥《レイメイ》だけだとおもった。傲《おご》りではなく事実として。

だが、いかにつらくとも、他人の御子を奪っていいはずがないのだ。

死者の哀しみを想うのならば、御子を死霊に連れ去られる母親の想いも考えてしかるべきだ。そちらに重きをおくべきだったのに、令冥《レイメイ》は許されざる過ちをおかした。

「お詫びのしようもないことでございます。かならず、碧葉《ヘキヨウ》様を連れ帰ります」

「碧葉《ヘキヨウ》はまだ、殺されていないと？」

磋魄《サハク》は意外だったようだが、令冥《レイメイ》は碧葉《ヘキヨウ》の生存を確信していた。

「霊鬼《りょうき》に殺意はございませんでした。あったのは愛だけです。おそらくは彼女に縁《ゆかり》のあるところに連れていったものと思われます」

霊鬼《りょうき》の素姓が解ければ、失踪した碧葉《ヘキヨウ》を捜しだすこともできるはずだ。

「後宮にて絞首刑が執りおこなわれた事例はございますでしょうか」

「ないはずだよ。奉において絞首刑は奴婢《ぬひ》、賎民にだけ処される刑だ。後宮の妃は士族階級のものばかりだからね。重罪をおかしても斬首か、服毒による賜死《しし》になる」

縊死は清浄な死にかたではない。眼球が剥きだしになって、舌を垂らし、腸のなかみをまき散らすこともある。

「秘書省の宮廷書庫に保管されている記録から捜すのが、確かだけれどね」

「記録を確認するご許可は賜れますでしょうか」

「構わないよ。連絡しておこう」

「御礼申しあげます」

磋魄《サハク》は微かに息を洩らした。微笑んだのか。そんなまさかとふせていた視線をあげれば、白木蓮の綻ぶような微笑がそこにあった。

「鬼であろうと、神であろうと、貴女は等しくこころを寄せるんだね。ほんとうに貴女は僕が想ったとおりの姑娘《ひと》だ」

どういう意味かと尋ねるまでもなく、磋魄《サハク》は紫の裾をひるがえして背をむける。耳飾りが燈火を映して、ちらと瞬いた。

「今度こそ鬼を解いてくれ、令冥《レイメイ》」

❖

酷い嵐だ。

雨が絶えまなく屋頂《やね》の瓦《かわら》を叩いて、隣の房室《へや》にいる令冥《レイメイ》と磋魄《サハク》がなにを話しているのか、神喰《カミジキ》の耳をもってしても聴きわけることができなかった。蝋燭の火は壁から吹きこむ風に乱されて、揺らぎ続けている。そのたびに影がざわりと掻きまわされた。

神喰《カミジキ》は無聊《ぶりょう》をかこって窓の外を眺めていたが、たいする陵《リョウ》は壁にもたれて一瞬たりとも気を緩めず神喰《カミジキ》を睨みつけていた。

神喰《カミジキ》が髪の帳を透かして、嗤いながら陵《リョウ》を一瞥する。

「そう、睨むでなきぞ。怯えた狗《いぬ》でもあるまいに」

挑発じみた言葉に陵《リョウ》は青筋をたて、憤《いきどお》ろしげに鼻を鳴らした。

「貴様が神か妖魄《あやかし》かは知らんが、大家に仇なすならば、斬る」

「俺とて、わが妻を傷つけるものは殺す」

殺意が交錯する。刀光剣影《とうこうけんえい》とはまさにこのことか。互いに睨みあっていたが、神喰《カミジキ》が不意に双眸を細めて「ふむ」と声をあげる。

「そなた、やはり、耳が聴こえぬのか」

陵《リョウ》が息をのみ、反射的に剣を抜きかけた。

「なぜ、わかった」

神喰《カミジキ》はくつくつと喉を低く鳴らす。

「解らぬはずがなかろう。そなたは、俺が喋る時も皇帝が語る時も神経をとがらせ、かならず唇の動きを眼で読んでいる。身についた無意識の動きは隠せぬものよ」

「聴こえずとも支障はない。それに声がするか、しないか、くらいならばわかる」

陵《リョウ》はいつでも斬りかかれる構えをとっていたが、神喰《カミジキ》は争うつもりはないのか、窓に腰をかけたままで動かなかった。

「先程の話だが、そなたは皇帝とやらを愛しているのか」

「不敬な。愛などではなく、私は大家にすべてを捧げているのだ」

「……あれは、そなたに真実を語っておらぬぞ」

「はっ、それが、どうした」

陵《リョウ》が哂《わら》った。剽悍な眼に崇拝の火が燃えたつ。

「大家の御考えあってのことであろう。私は大家が教えてくださったことだけを知り、それを真実とするのみだ」

「妄信じみておるな」

神喰《カミジキ》は頭を振る。

いつぞやか、鹿を指しては馬だと宣い、従わぬものを斬り殺して服従を強いた支配者がいたという。だがみずから望んで黒いものを白と倣い、有難がるような彼の言動は神喰《カミジキ》からすれば実に愚かしく、到底理解できないものだった。

「愛するならば、総てを解《かい》さねばなるまい。なにもかもを受けいれ、あますところなく我がものとする。それが愛であろうや」

「ふん、ではその愛する妻に騙されたらどうする。嘘をつかれたら、裏切られたら。愛などは脆いものだ。すぐに壊れる」

「壊れたからなんだというのだ」

眸を昏く瞬かせて神喰《カミジキ》が髪を掻きあげた。秀麗《しゅうれい》がすぎて凄みすら漂わせた神喰《カミジキ》の素顔が燈火のもとに浮かびあがる。

「裏切ろうが騙されようが、壊れようが、いかにあろうとも離さぬ。地獄までもな」

神喰《カミジキ》が振りかざす愛のその異様さを覗きみて、陵《リョウ》は露骨に頬を強張らせる。あんなに幼い姑娘《むすめ》が、こんなモノからそそがれる異様な愛を、その身と魂に享《う》けているのかと。

「彼女の幸せは、どうでもいいと？」

「俺にはもとより、ニンゲンの幸福などは理解できぬ。幸も不幸も絶えず、移ろうものだ。然《しか》れども、令冥《レイメイ》はひとりはいやだと、俺に訴えた。俺だけが、最後まで令冥《レイメイ》の傍にいてやれる。それが総てだ」

強い風が吹きつけて、壁に掛かっていた織物の帳がちぎれんばかりにはためいた。燈火《とうか》が乱舞するようにまわる。さながら、神サマの魂のうちにある昏い情念を想わせる嵐だ。

「貴様は……憑《と》り殺すような愛しかたをするんだな」

神喰《カミジキ》は意にも介さずに嗤った。

「妙なことを。それこそが愛ではなきか」

❖

時を経た古紙は死の臭いがする。

奉の史籍《しせき》から皇族の系譜、諸々の記録文献等が収蔵された宮廷書庫には窓がなかった。部外者が踏みこむことのできない宮廷の暗部だ。令冥《レイメイ》は皇帝直々に許可をもらい、神喰《カミジキ》とともに書庫を訪れていた。

「なんとなく、怖いところですね……」

「ふむ、書庫たるは腐ることのない死を収めた棺《ひつぎ》よ。怨念がこごるのも無理からぬこと」

記録とは万事終わってから綴られるもので、すでに死んだ言葉の群れである。

偉大なる皇帝も、暗愚なる皇帝も時が経てば、記録者の筆で綴られるばかりだ。書かれている事が真実ともかぎらず、かといってほかの事実を捜すあてもない。

風の唸りは死霊の声を想わせた。史書を編纂《へんさん》するなかで、謂《いわ》れのない罪を着せられた一族もいただろう。死後、誇りを剥ぎとられた英雄もいただろう。令冥《レイメイ》は想像して、身を竦ませた。だが、震えてばかりもいられなかった。

後宮で死亡した者の記録を確かめていく。

昨今、事故死、変死が続いているのは霊にまつわる事件の犠牲者だろうか。死刑に処された者はごく一部だろうと考えていたのだが、令冥《レイメイ》は紙を捲《めく》るほどに困惑を滲ませる。

「こちらをみてください、神喰《カミジキ》。いまから、十五年前の筆録なのですが」

「ふむ、立て続けに妃の死刑が実施されているな。同時期には皇帝の御子の暗殺、毒殺も続いておる。関連がないはずはあるまいて」

一年の間に死刑に処された妃妾《ひしょう》は約百七十五名。命を落とした御子は男女含めて百八名に達した。暗殺に巻きこまれたり獄中で死んだ妃妾《ひしょう》まで含めれば想像を絶する数だ。

賑わっていた後宮が一時期、がらんどうになっていた。

「九子奪嫡《きゅうしだっちゃく》ならぬ百子奪嫡《ひゃくしだっちゃく》かや」

「後継者争いがあった、ということですか？　ですが、名簿をみるかぎりでは、暗殺されているのは幼子《おさなご》ばかりです。先帝が崩御していたのならばまだしもご健在のうちになぜ、このようなことに」

筆録をたどって、令冥《レイメイ》が瞬きをする。

「あら、先帝にも皇后様がおられなかったのですね」

若い磋魄《サハク》ならばともかく、先帝はすでに不惑《ふわく》（四十歳）をすぎていたはずだ。

「皇后のいない後宮か。統制するものがおらぬ鹿の群れのようなものだな。それでは秩序も崩れようというもの」

「でも、暗殺と死刑がこうも続くのは異様です。まるで呪いにでもかかったような……」

言いかけて、令冥《レイメイ》が息をのむ。

奉の後宮は呪われている。あれは比喩ではなく、事実だったのだ。

呪いにはふた通りある。憑き神の懸かった異能者による呪いと、異能者の血筋でなくとも特別な手順を踏むことで神を依りふせ、他者を呪うものだ。

ふたつの違いは規模だ。異能者でなくとも個人を呪うことはできるが、無差別に呪うことはできない。素人の呪いは怨念を因《もと》とするためだ。常人が他人を、殺すほど強く呪えるとすれば、ひとりか、ふたりまでだ。

呪殺の異能をつかえるのは令冥《レイメイ》の母親だけだが、誰が皇后になるか、誰の御子が継承権を握るのかと睨みあっているさなかであれば、嫉妬を増幅させたり錯乱させたりするだけでも惨劇につながるだろう。

「呪われた後宮の呪詛には、異能がかかわっている？　で、でも、皇帝に忠誠を誓っている焉《エン》家が、後宮に仇なすはずがありません」

「ふむ、ヒトが誓う忠誠など、俺から言わせてみれば脆いものだがな」

令冥《レイメイ》はきつく唇をかみ締めた。わからないことばかりだ。胸が酷くざわめいていた。だが、思索に落ちていく令冥《レイメイ》を現実に連れもどすように時の鐘が響きわたる。

「今は、碧葉《ヘキヨウ》様の御身を優先しなければ」

時が経つほどに碧葉《ヘキヨウ》の命は危険にさらされる。霊鬼《りょうき》が碧葉《ヘキヨウ》を害することはないだろうが、死した魂魄に接し続けた命は衰弱する。満足な食を与えることも霊鬼《りょうき》にはできないだろう。

死刑の仔細《しさい》は刑集《けいしゅう》に残っている。こちらは古紙ではなく木簡《もっかん》だった。磋魄《サハク》がいっていたとおり、死刑に処された妃たちは例外なく毒を賜っている。女官には斬首に処されたものもいるが、それもほんの一部だ。

「あったぞ。この御妻《ぎょさい》だけは、絞首刑となっておる」

李芙夭《リフヨウ》という御妻《ぎょさい》だ。絞首、罪状は皇子の暗殺と記録されていた。

「御妻《ぎょさい》といえば、奉においては最も低い階級の妃妾《ひしょう》ですね。確か、きまぐれに御渡りがあった奴婢《ぬひ》に御子ができた時に授けられる身分だったはずです」

「奴婢《ぬひ》か。それでは縊死されるのも頷けるな」

奴婢《ぬひ》とはいわば、奴隷だ。宮廷で最も卑賤な身分である。宦官も奴隷同等の扱いを受けてはいるが、彼らはまだ、科挙試験に及第すれば重要な役職に就いたり昇級したりできる望みがある。

間違いない。芙夭《フヨウ》という御妻《ぎょさい》が、あの頚《くび》の折れた霊鬼《りょうき》だ。

「あれ、記録を修正したような跡がありますね」

「どれどれ、はて、俺にはよくわからぬが」

「木簡をけずって書きなおしたのだと思います。けずった跡はほぼ残っていませんが、墨《すみ》の濃さが違うのです。罪状のところだけ、筆致が新しい……書き損じでしょうか」

秘書の官吏とはいえ、誤ることはあるだろう。

だが、いかなる経緯を経て、彼女は暗殺の罪をおかしてしまったのか。

「御自身の御子を取りたててもらうため、ほかの皇子を殺害しようとした、と考えるのが最も理にかなっていますが」

「ふむ、ありふれた暗殺劇よな」

だが、なぜ、彼女はみずからの御子を捜し続けているのか。

彼女の未練はまだ、緋《あか》の眼に映らず。

令冥《レイメイ》は憶測だけで語るべきではないと思考を絶つ。真実は、彼女の魄のなかにしかないのだから。

❖

嵐は爪痕を残して、通りすぎた。

青葉が散り、廻廊の階段を埋めている。暴風で倒れた木の幹が橋を塞ぎ、宦官たちが撤去を進めていた。

朝になって、令冥《レイメイ》は神喰《カミジキ》とともに後宮の北部にある芙夭《フヨウ》の宮を訪れていた。

奴婢《ぬひ》身分であっても、御妻《ぎょさい》に昇級すると、配属先の妃の宮の敷地に小規模な離舎を建てて、暮らすことが許される。

豪奢な造りの殿舎が建てられた側《かたわ》らに小さな離舎があった。あれが芙夭《フヨウ》の宮だ。質素な、といえば聞こえはいいが、格の違いは明らかである。

どちらも廃宮になってから時が経っているのか、屋頂《やね》の瓦が崩れかけている。園林《にわ》の池泉は落ち葉で埋めつくされ、伸び過ぎた枝が橋にかかっていた。

「ふむ、廃宮になりても、宦官が管理するものではないのか」

神喰《カミジキ》はいつもどおりだが、令冥《レイメイ》は先程からうつむきがちに裙《くん》を握り締めて、ぷるぷると震えていた。

「宦官が避けるのも、致しかたないかと思います……だって、ここは、鬼の現れる廃宮と噂されているんですもの」

「そうなのか？」

「後宮心霊名所百選の筆頭にあがるくらい、有名なのです」

「後宮だけで百選あるのがなかなかにえげつないな」

「呪われた後宮というのは伊達ではないのです」

この廃宮は人が絶えてずいぶんと経っているのに、舎から時々か細い悲鳴が聴こえてくるという。さながら哀しい歌のような絶叫が。

妃妾《ひしょう》はおろか、宦官ですらもが霊鬼《りょうき》の呪いを怖れて近寄らないのだとか。令冥《レイメイ》だって、ほんとうならば踏みこみたくはないが――

「碧葉《ヘキヨウ》様はこの宮に連れてこられているはずです。芙夭《フヨウ》様には一度お逢いしているので、後ろからとつぜん抱きつかれたりしないかぎりは、た、たぶん、気絶したりまではせずに済むかと」

「抱きつかれたら気絶するのか……」

荒れた廻廊を渡って、ふたりは離舎に踏みこむ。

華やかな宮の陰になって日が差さないせいか、噎せそうなほどにかび臭く、廊《ろうか》の壁には苔《こけ》がむしていた。雨洩《あまも》りをしていたのか、床板が腐って抜けているところもある。

居間らしき房室《へや》を覗けば、座卓があり、ねずみにかじられた茶椀がおかれていた。箸は二膳、茶椀もふたつだ。朗らかな食卓の風景がここには確かにあったはずなのに、いまとなってはわびしく埃が舞うばかりだ。

「ううっ、なぜ、廃墟というのはこうも怖いものなのでしょうか」

誰も暮らさなくなった建物は死ぬというがそのとおりだ。令冥《レイメイ》は大きな死骸のなかを探索しているようなきぶんになってきた。

「ゆっくり進みましょうね……きゃあああっ」

令冥《レイメイ》がとんでもない悲鳴をあげた。

「あ、頭に、頭にぃぃ」

「案ずるな。ただの蜘蛛だ」

神喰《カミジキ》は令冥《レイメイ》の頭に落ちてきた蜘蛛をつまみあげる。令冥《レイメイ》は腰が砕けそうになっていたが、蜘蛛だとわかって安堵の息をついた。

気を取りなおして、廊《ろうか》の角をまがる。

「ひゃっ」

人の頭が落ちていた。令冥《レイメイ》は再びに悲鳴をあげ、神喰《カミジキ》に抱きつく。だが、近寄って確かめれば、ただのふるぼけた鞠《まり》だった。

「坊や……の物でしょうか」

男児が遊ぶ蹴鞠《けまり》だ。

もとはあざやかだったはずだが、描かれた虎の絵はすりきれて、すっかりとうす汚れてしまっている。この宮には御子がいたのだという遠い昔の残骸を、令冥《レイメイ》は哀惜するように抱きあげた。

そのとたん、風景が滲んだ。

異能の眼に鞠のもちぬしの未練が映る。

（弟ができてから、母様が歌わなくなった――）

麗らかな春の園林《にわ》が視界に拡がる。

宮がまだ廃されておらず賑やかだった頃——今から十五年ほど昔の映像だろうか。《彼》の側では幼子が壊れた竹蜻蛉《たけとんぼ》を握り締めて、べそを掻いていた。この幼子が《彼》の弟だろうか。壊れた玩具を預かり、《彼》はかわりにヤマモモの実を差しだす。幼子が果実を頬張っているうちに《彼》は竹蜻蛉を修理していく。

（母様は、昔から歌がすきだった。おれを寝かしつけるとき、働いているとき、食事をつくっているとき、いつだって歌っていた。でも、弟ができてから、母様は歌ってくれなくなった。母様は弟のことがきらいなんだ。弟は母様のこどもじゃないから——）

竹蜻蛉が直りかけたところで《彼》は肩をはねさせた。背後で音がしたらしい。《彼》が振りかえると、殿舎の房室《へや》の戸がひらいていた。

なかには奴婢《ぬひ》のようにみすぼらしい服をきた妃妾《ひしょう》がいた。芙夭《フヨウ》だ。彼女は額をつけて詫びていた。芙夭《フヨウ》を責めているのは華やかな妃だ。彼女は唇をまげて嘲笑しながら、芙夭《フヨウ》の頭に茶をぶちまけた。まだ熱いはずの茶をかぶっても、芙夭《フヨウ》は悲鳴もあげずにたえ続けている。芙夭《フヨウ》がどんな失態をおかしたのかはわからないが、熱湯をかけられるほどのことではないはずだ。

女官たちはそれを面白そうに見物している。

令冥《レイメイ》は胸をぎゅっと締めつけられた。

火傷そのものはたいしたことがなくとも暴力を振るわれたり嗤いものにされるほど、心が傷だらけになっていく。傷ついた心は癒えることがない。

（ああ、またた。また母様がいじめられてる。なんで、母様ばっかり、あんなふうにいじめられるんだろう。母様だって皇帝の側室なのに。みんな、きまって、ぬひのくせにっていうんだ。ぬひってなんですかって、母様に尋ねたら、哀しそうな顔をしたから、それいじょうはきけなかったけど――）

妃と女官はずぶ濡れの芙夭《フヨウ》を嗤いながら、何処かにいってしまった。残された芙夭《フヨウ》は髪から雫を垂らして、項垂れ続けている。彼女はやがて頭を動かさずに視線だけをこちらにむけた。

睨んでいるのだ。

《彼》を、ではなく《彼》の背後にいる幼い弟を睨みつけているのだと直感して《彼》はどきりとした。だがそれは、すぐに哀しい理解に変わる。

（眠っているとき、母様がつぶやいてた。「早く弟を殺さないと」「弟がいるかぎり坊《おれ》は幸せになれないんだ」って。母様がそんなことをいうはずがない。夢だとおもいたかった。だけど、ほんとうだったんだ――）

芙夭《フヨウ》は皇帝との御子を産んだとき、これで奴婢《ぬひ》の身から抜けだせると歓喜したに違いない。男児を出産した妃は階級にかかわらず、優遇される。ましてあるじである妃にはまだ、皇帝の御渡りがなかった。事実、しばらくはいじめもなくなっていたのだろうと令冥《レイメイ》は推察する。

だが、まもなくして妃が懐妊《かいにん》した。いじめが再び始まり、芙夭《フヨウ》は失意の底に落ちた。

妃の御子が産まれたあとは、芙夭《フヨウ》の息子はその御守《おも》り役にされた。それがどういうことかは令冥《レイメイ》にだって察しがつく。

これは明確な身分の序列だ。

弟が幼いうちはいい。だが今後、弟が成長すれば、どんどん格差ができていく。そして弟も尊卑の違いを認識するようになるだろう。

(でも、弟はなにもしてない。母様が弟を殺すなんて、いやだ。それに、そんなことをしたら、今度は母様が殺されてしまう。ひとを殺したら、死刑になるんだって昔々に教わった。だったら、おれが母様をまもらないと。それでいつかは、おれが、母様のことを幸せにするんだ——)

見鬼の瞼が重なる。

意識を取りもどした令冥《レイメイ》は鞠を抱き締め、震える息をついた。

死の痛みはなかった。だが、胸が張り裂けるような痛みが、残る。

芙夭《フヨウ》のつらさもわかる。奴婢《ぬひ》として差別され、虐げられてきた芙夭《フヨウ》は、愛する息子が同じように酷遇されることを想像して、たえられなくなったのだ。あるいは妃の御子がいなくなれば、息子が皇帝になれるとでも思ったのか。

「傷つけられたひとは、傷つけかえさなければ幸せにはなれないのだと想いこんでしまうものなのでしょうか」

哀しい強迫観念だ。

令冥《レイメイ》が唇をかみ締めたとき、何処《どこ》からか、微かに声が聴こえてきた。悲鳴を想わせるそれは、裂けた喉から洩れる鬼の歌だ。

哀しい哀しい母の歌だ。

令冥《レイメイ》は声に導かれるように廊《ろうか》を進んでいった。

壊れかけた耳房《こべや》があった。壁はひび割れて崩れ、日差しがまばらに洩れている。腐朽した床には落ち葉が吹きだまっていた。耳房《こべや》に踏みこもうとした令冥《レイメイ》が乾いたものを踏みかける。

「ひっ……こ、これって骨、ですよね」

「ふむ、子等の骨か」

ひとつ、ふたつではなかった。

これだけたくさんのこどもが連れ去られてきたのか。

殺すつもりはなかったはずだ。だが、死んだものに子を育てることはできない。

衰弱死したか、餓死したか。骸骨はいずれも懇《ねんご》ろに横たえられていた。そまつな竹蜻蛉や布老虎を握らされているものもいる。

いつか息を吹きかえすのではないかと果敢ない望みをかけるように。

だが、彼らは芙夭《フヨウ》が捜し続けてきた坊やではない。

ここは埋めあわせの愛の墓場だ。

房室《へや》の端には碧葉《ヘキヨウ》が寝かされていた。

「碧葉《ヘキヨウ》様は」

「よかった、息もあります」

横たわる碧葉《ヘキヨウ》の身には破れてぼろきれのようになった服が寄せあつめられ、掛けてあった。貧しくとも、せめて寒さに凍えることなく眠れるように、という暖かな親心が感じられる。それがよけいに、令冥《レイメイ》を哀しませた。碧葉《ヘキヨウ》を抱きあげようと、ぼろぼろの服に触れたのがさきか。

見鬼の眼に芙夭《フヨウ》の魄が映る。


（私はみじめだ――）

燈火も提げず、夜の園林《にわ》を進む。

月が雲に隠れているのか、あたりは異様なほどに昏かった。

緊張と腹の底から沸きあがる怒りで焦点が定まっていないのか、視線は落ちつきなく揺れ続けている。

（奴婢《ぬひ》に産まれ、物心ついた時から虐げられてきた。餌みたいな食事しか与えられず、些細な失敗をしては棒で敲《たた》かれて――ようやっと幸せをつかんだと思ったのに、もらえたのは風が吹きこむ小屋のような宮に安絹《やすぎぬ》の服だけ。殴られなくなっただけでもよかったと安堵していたら、妃に御子ができてからはまた奴婢《ぬひ》扱いにもどって。掃除をしても埃ひとつ

残っているだけで、髪をつかまれ、蹴られて）

芙夭《フヨウ》は藤棚に身を隠して、燈火の落ちた窓を覗きこむ。

飾りたてられた房室《へや》のなかには臥牀《しんだい》があった。

（いい、私は諦めた。でも、坊やだけは。彼だけは幸せになるべきだ。奴婢《ぬひ》だなんて言わせてなるものか。だから私は、妃の御子を殺すときめた）

ああ、ここが妃の御子の臥室《しんしつ》だ。

芙夭《フヨウ》は窓枠を乗り越えて臥室《しんしつ》に侵入すると、眠っている幼子の顔に濡れた絹布をかぶせた。幼子は息ができずにもがくが、口も塞がれているので助けをもとめることはできない。

（ごめんなさい、でも、坊やのために死んでちょうだい。だってあなたはいつか、かならず、坊やのことを奴婢《ぬひ》扱いするのでしょう？　そう、育てられるのだから――）

どれくらい、経ったのか。暴れていた御子の腕が弛緩《しかん》して、落ちた。

動かなくなったのを確かめてから、子の顔にかぶせていた布を取る。その途端、芙夭《フヨウ》は声にならない悲鳴をあげ、腰を抜かした。

（坊や、なんで――）

息絶えていたのはほかでもなく、芙夭《フヨウ》の愛する坊やだった。

林檎のようだった頰は青紫に変わり、酸素をもとめてぽっかりと開いた口から小さな舌が垂れている。ぐりんと剥かれた眼からこぼれた涙が、眼の縁《ふち》にふたつならんだほくろを濡らす。

（そんなはずはない……だって、坊やはうちで眠っているもの、こんなところにいるはずが。帰って、確かめないと――）

芙夭《フヨウ》は錯乱しながら離舎にひきかえす。

耳房《こべや》で眠っていた幼子の毛布を剥がした。愛する坊やが眠っていますように、という母親の望みは脆くも打ち砕かれる。

健やかに寝息をたてていたのは妃の御子――胎《はら》違いの兄弟が入れかわっていた。

現実を拒絶するように芙夭《フヨウ》は絶叫した。

一方で、令冥《レイメイ》の意識は事態を冷静に推理する。

兄哥《あに》である芙夭《フヨウ》の息子は、母親が弟を暗殺しようとしていたことを知っていた。

だとすれば、予想される結果はこうだ。

母親がいよいよに心を病み、常軌を逸してきたのをみて、兄哥《あに》は耳房《こべや》を抜けだし、臥室《しんしつ》をひと晩だけ交換しないかと弟に持ちかけた。好奇心旺盛な弟は喜んで誘いに乗ったはずだ。

兄哥《あに》は考えていた。弟を殺そうと考える母親をいさめるには、暗殺の現場を押さえるほかにないと。

弟を殺すつもりで忍びこんだ臥室《しんしつ》に愛する息子が眠っていたら、母親は息子に看破されていたことを恥じ、なんておそろしいことを考えていたのかと悔いてくれるのではないか。

母の良心をきっと、取りもどせるはずだと信じた。

最大の不幸は、彼が産まれてはじめてつから暖かい被臥《ふとん》にくるまれて心地よくなり、眠ってしまったことだ。意識を取りもどした時には彼は口を塞がれ、声をあげるどころか、呼吸もできない状況に陥っていた。芙夭《フヨウ》もまた、冷静さを失っていたせいで、一度たりとも確かめるということをしなかった。ふたつの不幸が重なって、酷い悲劇となってしまった。

(違う、違う違う、あれは坊やじゃない。坊やが死んだはずが、私が坊やを殺す、はずが

——ああ、そうか)

魂魄《たましい》の声にざあと砂嵐が混ざる。思考が、壊れていく。

(坊やを捜さないと。きっと、母様を捜しているに違いないもの。愛しい坊や、母様はここにいるわ。かならず、迎えにいくからね——)

見鬼を終えた令冥《レイメイ》は、額からしたたるほどの汗を噴きだして崩れ落ちた。

「ひゅっ……ひっ、ひっ」

吸っても吸っても呼吸ができない。令冥《レイメイ》は心の死を経験して過呼吸に陥っていた。

「ゆっくりと、そう、息を吐きだせ。吸いすぎるでないぞ」

神喰《カミジキ》が令冥《レイメイ》を抱き寄せ、袖をかざして唇を塞ぐ。奇妙なことに、そうされていると徐々にではあるが、呼吸ができるようになってきた。

令冥《レイメイ》が落ちつくのを待ってから、神喰《カミジキ》が尋ねる。

「して、鬼は視えたかや」

「……とても、とても、哀しい鬼でした」

令冥《レイメイ》は息も絶え絶えに言った。

哀しみを持たずして魂魄が鬼になるはずはないが、彼女の鬼はとくに哀しかった。

「芙夭《フヨウ》様は妃の御子を暗殺するはずが、誤って息子さんを窒息死させてしまった。現実を受けいれられなかった芙夭《フヨウ》様は、愛する御子が失踪したものと思いこみ、死後もなお、捜し続けてきた――それがこのたびの経緯です」

「愛していたのならば、なぜ、殺すまでわからなかったのか、俺には理解できぬな」

「芙夭《フヨウ》様は尋常なご様子ではありませんでした。彼女のなかにあったのは怨恨――というよりは、不幸にたいする恐怖心だと思います。恐怖は眼を曇らせ、思考を錆びつかせますもの」

想いかえせば、鶴の舞姫の時も、命婦《みょうぶ》は舞姫に纏足の禁を破ったことを告発されるのではないかという恐怖心にかられた結果、誤って舞姫を殺してしまった。

「後宮にかけられた呪いの正体が、わかりました。ひとの恐怖心を掻きたてる呪詛です」

「さもありなん。恐怖ほど、ヒトを錯乱させるものはあらぬゆえにな。いかに理知があろうとも、本能があるかぎりは恐怖には抗えぬものよ」

焉《エン》家にそうした異能を持つものがいただろうか。想いだそうとするが、そもそも異能者はみずからの異能をみだりには語らない。事実、令冥《レイメイ》は実の兄哥《あに》である幻靖《ゲンセイ》の異能についても知らなかった。

考えているうちに令冥《レイメイ》は酷い胸さわぎをおぼえる。なにか、重大なことから眼を背けているような――だめだ。ひとまず、いまは優先するべきことがある。

「ですが、これでなぜ、霊鬼《りょうき》となった芙夭《フヨウ》様が縁もゆかりもない御子をあれほどまでに愛おしんで連れ去ったのかが理解できました」

横たわる骸骨の群れに視線をむけ、令冥《レイメイ》が続けた。

「彼女は壊れてしまった。ひと度、最愛の息子と他人の御子を間違えてしまったことで、それきりほんとうに見分けがつかなくなってしまったのです。もしくは息子を殺めてなどはいないのだと信じこむため、敢えて、わからなくなったのでしょうか」

いずれにせよ、確かなことはひとつだ。

「彼女は五歳から八歳の御子であれば誰でも、息子さんだと想いこみ、連れていってしまう。霊鬼《りょうき》とは繰りかえすものですもの。死んだ時の絶望を喀《は》き散らしては、また飲みくだす。絶望して絶望して、それでもまだ地獄の底にひとかけらでも希望があるのではないかとすがりつかずにはいられない。未練とは斯様《かよう》なものです」

令冥《レイメイ》にはそれがわかる。

「そがヒトの強さであり、愚かさでもあるか」

神喰《カミジキ》がうらやむように唸り、令冥《レイメイ》の頬に残る涙の跡をなでた。

「ひとつ、見鬼の眼で魂を解き、わかったことがございます。彼女の御子は、実《まこと》は死んでおりません」

神喰《カミジキ》が眉の端をあげた。

「なぜ、わかる」

「息子さんにお逢いしたことがあるからです」

時が経ち、大人になっていたが――ふたつならんだあのほくろには見覚えがあった。

「ふむ。だが、御妻《ぎょさい》の罪は暗殺とあった。暗殺未遂ではない。それはいかに解く？」

「とてもかんたんなことです。書き換えたのです。刑集に書きなおした跡がありましたでしょう？」

妃が産んだ子どもは総じて皇帝の御子だ。母親とはいえども、皇子を殺めようとしたとなれば死刑は免れまい。

「息子さんが成長したあと、死刑に処された奴婢《ぬひ》の母親がいては昇進できないと考え、事実を改ざんしたのではないかと思います。御妻《ぎょさい》の御子はこの時、殺されたことにして、新たな人生を得たのではないかと」

「なれば、それが可能なものは限られているな」

考察はここまでにして、令冥《レイメイ》はひとまず碧葉《ヘキヨウ》を連れて卯《ウ》の宮に帰ることにした。倒壊しかけた離舎をでて、令冥《レイメイ》は最後に振りかえり指を組みかける。だが、祈るにはまだ。

「彼女の未練を絶って差しあげないと」

真に眠るべきは、時が経つことも忘れて彷徨い続けた母親の魂だ。

颪が吹いて、いつ落ちたものかも知れぬ枯葉が舞いあがった。

橋は古くから彼岸と此岸を渡すものだといわれてきた。

見鬼妃たる令冥《レイメイ》は彼岸に身をおいている。それにたいして、黄昏にそまる橋を渡ってきたその男は、確実に此岸を踏むものだった。

令冥《レイメイ》が袖を掲げて低頭すると陵《リョウ》は足をとめ、露骨に眉根を寄せた。

「見鬼妃か。卯《ウ》妃の御子を連れかえってきたそうだな。名誉挽回と言ったところか」

卯《ウ》は意識を取りもどした碧葉《ヘキヨウ》を抱き締めて、随喜の涙をこぼした。令冥《レイメイ》の失態で碧葉《ヘキヨウ》を奪われたというのに、彼女は頭をさげ、感謝の言葉を繰りかえした。愛する息子が生きて帰ってきてくれたことがすべてだと。

「ですが、彼女はまた、碧葉《ヘキヨウ》様を連れていこうとするはずです」

芙夭御妻《フヨウぎょさい》は碧葉《ヘキヨウ》のことを、愛する坊やだと思いこんでいる。取りかえされた程度では諦めるはずがない。

「……彼女、か。貴女は有害な霊鬼《りょうき》を人間扱いするのか？」

まっこうから敵意をむけられて、令冥《レイメイ》は身を竦ませた。

神喰《カミジキ》の袖をつかみかけて、いま、彼は傍にいないのだと想いだす。霊鬼《りょうき》がいつ現れても碧葉《ヘキヨウ》を衛《まも》れるよう、神喰《カミジキ》に見張ってもらっている。

「霊鬼《りょうき》は化生《ばけもの》だ。人ではない。そもそも、すでに死んだものがいつまでも未練を残し、あまつさえ生きているものに害を及ぼすなど烏滸《おこ》がましい」

　彼の言い分はもっともだ。彼岸に渡らず、鬼と転じた魂は不条理の塊である。それでも、令冥《レイメイ》にはひとつ、どうしてもゆずれないことがあった。

「ひとです」

　椿の蕾《つぼみ》のような唇を弾かせて、令冥《レイメイ》は声をあげる。

「だって、そうでございましょう？　ひとであるからこそ、彼女たちは惑い、哀しみ、苦しむのです。いっそ化生《ばけもの》であれば、鬼と転ずることもなかったでしょう」

　令冥《レイメイ》は微かに震えている指を袖に隠して、毅然と振る舞った。

「碧葉《ヘキヨウ》様を連れもどしにいったとき、鬼が視えました。とても、哀しい鬼が」

　風が吹きつけてきた。橋に絡まる藤がざわめきだす。昨晩の嵐で花は散らされ、花の軸だけが風にさらされていた。剥きだしの藤の骨だ。ひとつだけ、すがるように残っている花があるが、晩まで持つか。

「あなたさまのお母様は奴婢《ぬひ》から御妻《ぎょさい》となられた妃妾《ひしょう》ですね。先帝とのあいだに産まれた実の御子を窒息死させ、死刑に処された。ですが、ほんとうは、御子は一命を取りとめていた。そうですよね」

　陵《リョウ》が息を張りつめる。令冥《レイメイ》の推察がただしかったことを、強張った沈黙が雄弁に語っていた。令冥《レイメイ》は畳みかけるように続ける。

「あなたさまは耳が聴こえておられないそうですね。呼吸不全に陥って窒息死しかけると、一命を取りとめても耳が聴こえなくなることがあるのだとか」

「……なにがいいたい」

「端午の女霊鬼《りょうき》は、あなたさまの母親に相違ございません」

残酷な現実を報されて陵《リョウ》が眼を見張り、絶句する。

「まわりから虐げられ、心が壊れたお母様は、あなたの胎違いの弟さんである妃の御子を暗殺しようとした。ですが、あなたさまは母親を罪人にするまいと、弟さんと臥室《しんしつ》を交換したのですよね」

「なぜ、そんなことまでわかる」

「申しあげたはずですよ。鬼を視たと」

透きとおる緋《あか》の眼はさながら、真実だけを映す鏡だ。陵《リョウ》が咄嗟に視線を背けかける。彼の表情からは、年端もいかぬ姑娘《むすめ》にたいする明らかな恐怖が滲んでいた。

「お母様は、愛する息子を殺めてしまった、という後悔と絶望を抱えながら命を落とし、死後も延々とあなたさまを捜し続けています。彼女の未練はあなたなのです」

「……関係ない」

陵《リョウ》は絶ち切るように頭《かぶり》を振った。

「私に母親はいない。大家がそう、仰せになられた」

令冥《レイメイ》は瞬時に理解する。

芙夭《フヨウ》の罪を書き換えたのは皇帝の指示だったのだ。

陵《リョウ》を側におくにあたって、母親が奴婢《ぬひ》であり死刑に処されたという事実は、あってはならない。未遂ではなく殺害したことにすれば、あの時生き残った子はいなくなる。陵《リョウ》が芙夭《フヨウ》の息子だという事実も闇に葬ることができる。

皇帝ならば、宮廷の文書を改ざんするのも難しくはなかったはずだ。

それでも、と令冥《レイメイ》は訴えかける。

「母親もおらず、御子が産まれるでしょうか」

「大家の御言葉がすべての真実だ」

陵《リョウ》は揺るがなかった。

「貴女が語ったことが事実だったとして、私が、母親を恨んでいるとは想わなかったのか？」

令冥《レイメイ》は頬を張られたように言葉をつまらせた。

「私は母親に殺されかけ、重罪人の子になったことで宦官の身にまで落ちた。恨まないはずがないだろう」

「それ、は」

令冥《レイメイ》はいかなる境遇にあっても、親を恨むことはなかった。未練たらしく、すがり続けた。だから、彼の心境までは推しはかれなかったのだ。

「罪人はすべからく地獄に落ちるべきだ。それがしかるべき報いだろう」

陵《リョウ》が吐き捨てた。

最後に残っていた藤の花葩《はなびら》が、はらりと散る。

「ですがあなたさまは、お母様を愛しておられた。幸せにしてあげたかった。お母様が不幸だったことを、知っていたから。ゆえにとめようとした、違いますか」

令冥《レイメイ》はずっと考えていた。彼はなぜ、言葉で諭すことをせず、あのような賭けを選んだのかと。母親に無視されていた令冥《レイメイ》とは違い、話しあう余地があったはずなのに。

でも、徐々に理解できてきた。

母親の神経が、限界まで擦り減っていたからだ。

言葉ひとつで崩れてしまうほどに。

彼女は「坊やのために殺さないと」と壊れたように繰りかえしていた。その想いは嘘ではない。だが、真実でもなかった。

殺意も怨恨も、彼女のためのものだ。

「殺すな」と諭すことは「不幸にたえ続けろ」と強いるに等しかった。息子からそれをいわれたら、母親はそれこそ壊れてしまっていただろう。

「あのとき、とめられなかったことで、最悪の結果になってしまった。あなたさまもまた、お母様の死にたいして、果たせぬ未練を抱き続けているのではありませんか」

廃宮に落ちていた蹴鞠には、幼少期の陵《リョウ》の魄が残っていた。死に絶えずして、ああも強い魄を残すなんてよほどのことだ。

「地獄に落ちるべきだと、仰せでしたね。彼女の魂は、このままでは地獄にむかうこともできないのですよ」

神喰《カミジキ》に喰らってもらえば、再びに後宮の御子がおびやかされることはないが、彼女の魂は永遠に闇を彷徨うことになる。

それは哀しいことだ。

「あなたさまのお母様は罪を重ねてきました。ですが、あなたさまのことを愛していた。あなたさまの幸福を願っていた。あなたさまに逢いたいと捜し続けていた。それもまた、ほんとうです。だから、どうか、忘れないで差しあげて」

陵《リョウ》は瞼を閉じ、息をついた。

「……知るか」

令冥《レイメイ》の訴えに耳を傾けることなく、陵《リョウ》は橋を渡っていく。

振りかえらずに遠ざかっていく武官の背に、幼き日のおもかげは、なかった。

絡まった縁を解き、結びなおすには、時が経ちすぎたのだろうか。令冥《レイメイ》は切ない涙をひとつ、黄昏の風に乗せた。

❖

奉の宮廷では盛大なる宴が催されていた。

朝から晩まで古箏《こそう》や鼓による雅楽が絶えることはなく、贅のかぎりをつくした饗食《きょうしょく》が振る舞われている。端午節から三日にわたって催されるこの宴は奉の息災を祈念するほか、大陸外の要人を招聘し、奉の国威を誇示するものでもあった。政の一環だ。

後宮でいかなる禍《わざわい》があろうとも、後宮とは奉の裏側に過ぎない。

表はあくまでも宮廷と都だ。

皇帝たる磋魄《サハク》は悠然と微笑を湛《たた》えて要人たちと杯《さかずき》をかわしながら、奉に有利な契約を続々と締結していく。

磋魄《サハク》は民のことを考え、政を執る、きわめて優秀な皇帝だ。

彼が皇帝となってから、わずか二年のうちに貧富の差は縮まり、民の暮らしも穏やかになった。先帝は現状を維持するばかりで頑として改革を進めようとはしなかったが、磋魄《サハク》は万事にたいして柔軟だ。磋魄《サハク》皇帝の意のもとに奉は新たなる隆盛期を迎えようとしていた。

だが、磋魄《サハク》は皇帝としては若い。それだけで彼を侮るものはいる。だからこそ、宴に事寄せて皇帝の権威を明示せねばならなかった。

「見鬼妃と逢ったんだね？」

要人たちとともに舞を観覧しながら、磋魄《サハク》が声をださずに唇だけを動かした。

読唇《どくしん》した陵《リョウ》が戸惑ったのをみて、磋魄《サハク》は「やっぱりね」と微笑をこぼした。

「彼女にはね、境界線がないんだよ」

「境界線、ですか」

陵《リョウ》は磋魄《サハク》にだけ聴こえるよう、声を落とした。宴の最中に皇帝が宦官と喋っているのは望ましくない。まわりには勘づかれないように細心の注意を払う。

「人は絶えず、線をひきながら日々を暮らしている。身分や階級という線もそう。だが、最も明確なのは自分と他人を分かつ境界線だ。他人の哀しみを察することはできても、この境界線があるかぎり、みずからの哀しみと同等にはならない。ぜったいにね。だから、他者の不幸を餌に、幸福になろうとするものがいる。そしてそれは、とても健全なことだ」

誰にでも共感し、誰も彼もを理解してしまったら、人は確実に壊れる。

「でも、彼女は違うんだ」

磋魄《サハク》は一度だけ、令冥《レイメイ》が見鬼の異能をつかうところをみた。遺物に触れた令冥《レイメイ》の緋《あか》の眼に曼荼羅を想わせる紋様が浮かび、続けて彼女は声にならない声をあげて崩れ落ちた。

令冥《レイメイ》は他人の死を視ることで、身をもってその死を経験するのだという。

「他人の痛みと、みずからの痛みとをかき混ぜて、互いの絶望を絡めながら、ぐちゃぐちゃにつぶれる。あれはね、そういう異能なんだよ」

「……むごいですね。異能というには些《いささ》か欠陥があるのでは」

「あれは彼女自身の才能でもあると思う。命あるものも、すでに魂魄だけになったものも、人も、神様も、彼女にとっては等しいんだよ。罪に穢《けが》れたものも、無辜《むこ》なるものも、ね」

「そのような考えかたまっとうではないと私は思います」

陵《リョウ》が時々皇帝に異見を唱えるのは、ほかでもない磋魄《サハク》がそれを望むからだ。磋魄《サハク》が欲するのは忠誠をつくす武人であって、みずからの意をもたぬ奴婢《ぬひ》ではない。

「そうだね」

　礎魄《サハク》は睫をふせて、微苦笑した。

「そうだね、彼女はまちがっている。ともすれば、異常だ。それでも、ね。ひとりくらいは彼女のように全部を許して、寄りそうものがいてもいいんじゃないかな」

　重い罪を抱えたものに心を寄せることが、許されることならば。あるいは、許すことができるならば。

「……大家、ひとつだけ、お尋ねしても宜しいでしょうか」

「なにかな」

「私に母は、おりましたか」

　宴の喧騒が一瞬だけ、遠ざかった。

「僕の知るかぎりでは、いないね」

「左様、ですか」

　安堵しているのか、落胆しているのか、陵《リョウ》はみずからの心がわからなかった。細い息を洩らして割りきろうとする。だが一考を経て、礎魄《サハク》は舞台に視線をむけたままで続けた。

「でも、虎にだって燕《つばめ》にだって、母はいるものだ。僕が知らないだけで。君にも、いたのかもしれないね？」

「それは」

「この舞が終われば、宴はひとまず終わりだよ。君も休憩してきたらどうかな」

陵《リョウ》は磋魄《サハク》の意を理解して、腰が折れるほどに頭をさげた。

❖

梟《ふくろう》がやけに騒ぐ晩だった。

令冥《レイメイ》は神喰《カミジキ》とともに、卯《ウ》の宮で碧葉《ヘキヨウ》の警護をしていた。

端午は終わったが、霊鬼《りょうき》が再び碧葉《ヘキヨウ》を連れ去りにきたら神喰《カミジキ》に頼み、今度こそ彼女の魂を滅さねばならない。

時刻は人定《にんじょう》の正刻（午後十時）を過ぎ、碧葉《ヘキヨウ》は寝息をたてているが、妃は眠らずに碧葉《ヘキヨウ》を抱き締めて息をひそめていた。

「春終《はるじま》いの晩は物寂しいですね、神喰《カミジキ》」

令冥《レイメイ》は風の通る窓べに腰かけていた神喰《カミジキ》に声をかけた。

窓を飾っているのは木蓮《もくれん》だ。月光を帯びたそのさまは燐火《りんか》を想わせる。

「なんだ、また、落ちこんでおるのか」

「お母様の想いをお伝えしたのですが、陵《リョウ》様から拒絶されてしまって。わたくしがいたらなかったためだと悔いていています」

「おまえが悔やむことではあるまい」

神喰《カミジキ》は令冥《レイメイ》の頬をなでる。いつだって、神喰《カミジキ》はやさしい。

「それでも、最後に一度でも、お母様を陵《リョウ》様と逢わせて差しあげたかった。あなたの愛する坊やは死んでいないのですよと」

あの後、書庫の筆録を確認したかぎりでは、陵《リョウ》にかばわれた弟はさらなる後宮の争いに巻きこまれて命を落としていた。享年五歳。果敢ない命だ。正確には十五年前に後宮にいた先帝の御子は磋魄《サハク》と陵《リョウ》のふたりを除き、ひとり残らず暗殺されていた。

それにしても兄哥《あに》か。令冥《レイメイ》は幻靖《ゲンセイ》のことを想いだす。哀れみにせよ、令冥《レイメイ》のことを愛してくれたのは彼だけだった。

一族が滅ぼされたあの晩、令冥《レイメイ》は父親の骸と母親の頚《くび》を葬った。だが、幻靖《ゲンセイ》の骸だけは、何処を捜してもなかった。焼け落ちた宮に埋もれて、骨も残らなかっただけかもしれない。だが骸をみるまでは、何処かで生き延びているのではないかと希望を抱いてしまうのは愚かなことだろうか。

「あるいは、これもまた、未練というものかもしれませんね」

「はて、なんのことだ」

神喰《カミジキ》が不可解そうに眉を寄せたところで、微かに歌が聴こえてきた。

るらるら、るら、るら――

きた。

令冥《レイメイ》が碧葉《ヘキヨウ》のもとに駆け寄る。卯《ウ》は横たえていた身を起こして、碧葉《ヘキヨウ》を強く強く抱き寄せた。碧葉《ヘキヨウ》も眠りからさめたのか、母親に抱きつき、離れまいとする。

房室《へや》のなかで禍々《まがまが》しい風が逆巻いた。燈火《とうか》がまわって、飾り棚におかれていた壷や土器の虎が身震いするようにかたかたと鳴る。

異様な寒さを感じた。令冥《レイメイ》が窓を振りかえる。

「っ……ひ」

いびつに壊れた女の後ろ姿がそこにあった。

背を向けているのに、顔だけがこちらを向いている。折れた頸《くび》から背へと逆さまに頭がぶらさがっていた。

霊鬼《りょうき》は口も鼻も眼も逆さまの顔で令冥《レイメイ》を睨みつける。

「ひゃわわっ、……と、とんでもないことに」

「怨鬼《おんき》になりかけておるな」

芙夭《フヨウ》はぐるんと頸《くび》をまわして姿勢をもどすと、窓を乗り越えてきた。令冥《レイメイ》は腰を抜かしかける。卯《ウ》と碧葉《ヘキヨウ》は歌にあてられ、すでに抱きあって昏睡していた。

ふたりを衛《まも》らなければ。令冥《レイメイ》が渾身の気魄《きはく》を振りしぼって踏みだす。

「芙夭《フヨウ》様！　彼はあなたさまの御子ではないのです」

強い魄に捕らわれた芙夭《フヨウ》に果たして、令冥《レイメイ》の言葉が届くかどうか。

わからない。それでも試すほかになかった。これが最期だ。

「どうか、連れていかないでください……愛する御子を喪う哀しみは、あなたさまがいちばん、知っておられるはずです。違いますか――」

令冥《レイメイ》が訴える声を遮って、芙夭《フヨウ》が劈《つんざ》く絶叫をあげる。

「きゃっ」

声から発せられた強い旋風に令冥《レイメイ》は弾きとばされた。壁にたたきつけられそうになった令冥《レイメイ》を、神喰《カミジキ》が片腕で抱きとめる。

「すでに手の施しようがない。諦めるほかになかろう」

残酷な現実を突きつけられて、令冥《レイメイ》が項垂れる。

「……わかりました」

諦めかけたそのときだ。

「母様！」

房室《へや》に乗りこんできたものがいた。无陵《ムリョウ》だ。

宮にいる女官から宦官までもが眠りに落ちていたが、陵《リョウ》は耳が聴こえないため、歌に操られることもなかった。令冥《レイメイ》は希望に瞳を輝かせたが、またすぐに神経を張りつめる。まだ、なにひとつ、事態が好転したわけではない。

芙夭《フヨウ》がひきつれたような動きで振りかえる。

陵《リョウ》は息をのみ、絶句した。

縊死《いし》を経て変貌した霊鬼《りょうき》の様相は、彼の愛していた母親の姿からはかけ離れている。醜い化生《ばけもの》だ。それでも、彼はためらわずに声を張りあげた。

「母様、俺はここだ！　死んでない、あんたは殺してなかったんだ！　だから罪を重ねるのはやめてくれ」

霊鬼《りょうき》は動かなかった。

碧葉《ヘキヨウ》の袖をつかみ、胡乱に陵《リョウ》を睨み続けるばかりだ。

死した魂は、時という概念から弾きだされる。だから、彼女は十五年の時が経っても変わらず、息子を捜して幼い男子をさらい続けた。

おとなになった彼のことが、わかるかどうか。

果敢ない望みに賭け、令冥《レイメイ》は沈黙が破れる時を俟《ま》った。だが、黙《しじま》の帳をほどいたのは声では、なかった。

涙だ。

芙夭《フヨウ》の白濁した眼から、紅の涙があふれた。

絶えまなく続いていた歌がやむ。芙夭《フヨウ》は碧葉《ヘキヨウ》の袖を放して、ふらつきながら陵《リョウ》のもとに歩み寄っていった。確かめるように陵《リョウ》の頬に触れてから、彼女は唇を微かに動かす。

霊は言葉を紡ぐ声を持たないが、陵《リョウ》は読唇を修得している。

母親の唇を読解して、彼は双眸をゆがませた。

「……不幸だった。きまってるだろう。母親が死刑になった庶子に待ち受けるのは地獄だけだ。宮刑《きゅうけい》に処されて、どれほど苦難を強いられてきたことか」

芙夭《フヨウ》が悔恨《かいこん》の涙を流す。

「だが、……ちゃんと幸せだった」

ともすれば、酷い矛盾だ。だが、彼はよどみなく続けた。

「幸か不幸か、ふたつにひとつだと考えるから、道を踏みはずす。そうじゃないのか」

幸福とは不幸のなかにもあるものだ。

幸福で不幸。それが人生ではないかと、彼は不幸に縛られてきた母親に訴えた。

「だから、もう、いいんだよ」

人は死んでも、終われない。

怨恨も、苦痛も、悲嘆も、延々と続く。未練を絶ち、終わらせないかぎり。

「俺は、未練を絶つ。もう恨まない。母様のことも俺のことも——母様もこれいじょうは恨まないでくれ、恨み続けるのはたぶん」

つらいことだからと。

芙夭《フヨウ》はためらいながら腕を伸ばして、母親の背をとうに越えてしまった坊やを抱き締めた。「連れていきたい」という想いが一瞬だけ、母親の眼のなかに燈るのを令冥《レイメイ》は感じる。

だが、芙夭《フヨウ》は未練を振りきるように腕をほどき、なにごとかを囁いてから背をむけた。踏みだす足もとから、劫火がごうと噴きあがった。

紅蓮《ぐれん》が咲き誇るように火焔《かえん》は乱舞する。

幻か。現《うつつ》か。わかるのはただひとつ。

そのさきにあるのが地獄だということだ。

陵《リョウ》は母を呼びとめようとする。だが、彼女は息子を制するように微笑して、破れた袖を振った。

いかにあろうと、彼女は罪をおかしたのだ。悪意はなくとも、無辜なる幼子の命を奪い続けた。だからこれは、しかるべき報いだと。

芙夭《フヨウ》は地獄にむかいながら、歌いだす。愛する息子が幼い頃から好きだった歌を。何処までも暖かく穏やかな調べが響きわたる。

燃えあがる背を眺めていた令冥《レイメイ》が涙をこぼす。

「どうか、ご冥福を」

いつかは、彼女の地獄が終わることを祈って。

❖

母を、恨んでいた――

罪人の母親をもったことで陵《リョウ》は皇子という身分を剥奪され、宮刑に処された。宮刑とは男の物を切除して宦官とする刑だ。罪人に去勢を施すための蚕室《さんしつ》から解放されたとき、空が異様に晴れていたのを、彼は死ぬまで忘れないだろう。

耳も聴こえない宦官がどう扱われるかなど、きまっている。

ほかの宦官に殴られ、蹴られて、男娼《だんしょう》めいたことを強要されたこともある。奴婢《ぬひ》と大差のない扱いを受け、彼は次第に母親を恨むようになった。

この身の不幸はすべて、母様のせいだと。

蒸し暑い夏の晩だった。彼はついに暴力にたえかねて、彼を虐げていた宦官たちを殴りかえした。

彼は十八歳を過ぎて、大人の宦官たちと渡りあえるほどに成長していた。加えて彼には武勇の才能があった。宦官をひとり残らず倒してから陵《リョウ》は我にかえり、これで俺も死刑かと自嘲して嗤った。嗤わずにはいられなかった。

そのときだ。夏椿《しゃら》の陰から十五歳ほどの少年が現れた。

白銀の髪を風に遊ばせたその姿は現実のものとは想えず、陵《リョウ》は魂を奪われたようにそれを眺めていた。神様がいるのならば、こんな姿をしているに違いないと。

少年は宦官たちが血だらけで死んでいるのをみて、臆するどころか、嬉しそうに瞳を輝かせると、唯一息をしている陵《リョウ》に声をかけてきた。

陵《リョウ》には彼の声は聴こえなかったが、微笑みかけられたことに虚をつかれた。

母が処刑されてからは怒られるか、嘲られるかで、こんなふうにやさしい微笑をむけられたことはなかったからだ。想いだすかぎり、最後に微笑んでくれたのは弟だったか。弟はけっきょく六歳になれず、妃と一緒に毒殺された。その事実を知ったとき、陵《リョウ》は幸せを諦めた、はずだった。だが真に絶望していたのならば、宦官たちを殴りかえすこともなかったのだ。

聴こえていないと察したのか、少年は懐から紙を取りだして筆談を試みてきた。

「——生き延びてくれてありがとう」

書かれていたのはそれだけだった。

なぜ、彼が礼を言うのか。なぜ、こんなに親しげなのか。なにひとつ理解できないのに、死にかけていた魂がその瞬間に息を吹きかえした。

許されたとおもった。

地を這いながら、喰らいつくように息をしてきた。きたないこともした。死んでたまるかと呪っていた。

その全部が、むだではなかったのだと肯定された。

再度、紙が差しだされる。

「君が欲しい」

陵《リョウ》は矢も盾もたまらず、幼き皇子に跪き、頭を垂れた。

あの晩、彼は祇磋魄《ギサハク》という神を得た。

剣の腕をみがき、読唇を身につけて、陵《リョウ》は磋魄《サハク》の腹心となるにふさわしい功績をあげ続けた。一切の出自を捨て磋魄《サハク》から无《ム》という姓を賜ることで、彼は武官として産まれなおしたのだ。敬愛するものに認められ、役にたち、努力が報われる――ああ、これが幸せというものかと震えた。充ちたりていた。

だが、母親にたいする怨恨は残り続けた。

「あなたさまもまた、お母様の死にたいして、果たせぬ未練を抱き続けているのではありませんか――」

見鬼妃はそれを、未練と言った。

それを聴いて、陵《リョウ》は想いだした。そうか、俺は幸せになりたかったのではなく、母親を幸せにしたかったのだと。

哀れなひとだった。奴婢《ぬひ》としてまわりから虐げられ、妃妾《ひしょう》になってからも青あざが絶えなかった。妃から頬を張られ、踏みにじられ、女官からの執拗ないやがらせもあって、母親は壊れかけていた。あげく罪をおかし、絞首に処された。

鬼となった母親に逢ったとき、その惨たらしく崩れたさまをみて、彼女の不幸が死後も続いていたことに胸を抉られた。

苦しかっただろう。辛かっただろう、恨めしかっただろう。だが、母親はその身の憂さを訴えることもなく、ただ、尋ねかけてきたのだ。

「坊や、あなたは、ちゃんと幸せになれましたか？」

ああ、そうか。陵《リョウ》は崩れるように理解した。この人は、それを確かめるためだけに鬼となったのだ。苦しく、哀しい鬼に。

いつだったか。後宮の子たちと遊ぶとき、陵《リョウ》だけが蹴鞠をもっておらず、まわりから馬鹿にされたことがあった。華やかな細工が施された後宮の鞠は絹の帯とおなじくらいに値が張る。母親は御妻《ぎょさい》になってやっと皇帝から絹の襦《じゅ》と裙《くん》、帯をひとそろい、もらったばかりだった。

幼かった陵《リョウ》はべそをかいて、帰った。

陵《リョウ》はそのことを母親には黙っていたのにどこから聞きつけたのか、後日「お土産よ」といって鞠をくれた。陵《リョウ》は歓声をあげて喜んだ。だが、あとから、後宮にきた商人に絹帯と鞠とを交換してもらったのだと知った。

母は、そんなひとだった。

ひと度、想い起こせば、暖かな追憶があふれてきた。

母親はいろんな歌を教えてくれた。楽しい歌、ちょっとばかり哀しい歌、眠たくなる歌。

たおやかなその歌声は春の鳥みたいで、陵《リョウ》は「歌って歌って」と何度もせがんでは、母親をこまらせた。

母親と一緒ならば、雑穀《ざっこく》ばかりの粥《かゆ》でも腹が満ちた。一緒にかくれんぼをしたこともある。友だちのいなかった陵《リョウ》につきあって、落ちていた棒で剣戟ごっこもしてくれた。

惨めな時もあった。つらいこともあった。それでも、愛された日々は幸せだった。細やかな幸福がいつまでも続けば、それだけで彼はよかったのだ。

「不幸だった。きまってるだろう」

愛されていたのだ。

ならば、彼は、その愛に報いたいとおもった。

「だが、……ちゃんと幸せだった。幸か不幸か、ふたつにひとつだと考えるから、道を踏みはずす。そうじゃないのか」

息子の訴えに母は声もなく、唇を動かす。

「想いだした。あなたが産まれたとき、私は、とてもとても幸せだった。皇帝の御子だからではなくて、この小さな命が私の坊やなんだと想って、愛しくて、たまらなかったのよ。かならず、幸せにしようとおもった。……想いださせてくれて、ありがとう」

ためらいがちに抱き締めてきた母親の腕は、幼い時とは違って細く、頼りなく、それでも懐かしいぬくみを感じた。

「母様はいつまでも、あなたの幸せだけを想っています」

それが、母親の最後の言葉だった。

彼女は穏やかに歌いながら、地獄に落ちた。

人はまず、声から忘れていくという。

だが、声を聴くことができなくなった陵《リョウ》の耳には、幼い時に聴いた母親の声がまだ残っていた。だから、その歌声もまた、あざやかに想いだすことができた。

ひと筋こぼれた涙を袖で拭い、振りかえれば、見鬼妃がしとどに瞳を濡らしていた。

鬼となった他人の哀しみにこれほど強く想いを寄せるなんて、愚かだ。だが、ほかの者には、できない。彼女だけ。

(大家がなぜ、彼女を特別視するのかが、俺にもやっと理解できた)

彼女のいびつなやさしさは、命あるうちに救われなかった魂を、救う。これからも救い続けるだろうと。

❖

端午の事件はこうして、幕を降ろした。

今後、先帝の御子が失踪することはない。後宮の母親たちも心穏やかに端午節を祝えるだろう。

養花天《ようかてん》に揚げ雲雀《ひばり》の声がのどかに響いた。


…………


「……なんだ、まだ眠っておらなかったのか」

神喰《カミジキ》に声をかけられ、令冥《レイメイ》が瞼をあげた。神喰《カミジキ》は物音をたてないので、いつのまに臥室《しんしつ》にきたのか、わからなかった。

燈火の絶えた臥室《しんしつ》には、月の微かな光だけが静かに満ちている。

とうに鶏鳴《けいめい》の正刻（午前二時）はすぎて、東の異境では丑三《うしみ》つ時といわれる時間帯だ。

見鬼妃としての御役を終え、離宮に帰ってきた令冥《レイメイ》は桶の湯で身を清めてから臥牀《とこ》に就いた。昨晩も睡眠をとっておらず、心身ともに疲れているはずなのに、なかなか眠りに身をゆだねることができず、今にいたる。

「ヒトは眠らねば、死んでしまうものであろう。喰わねば死に、眠らずば死に、ヒトたるは不便なものよな」

「ふふ、そうですね」

令冥《レイメイ》はちからなく微笑をこぼした。

「眠らないといけないとはおもうのですが、眠るのが怖くて」

「なにゆえだ」

「夢をみるのです。とてもおそろしい夢を」

夢のなかで、令冥《レイメイ》は骸が折り重なる荒野を彷徨っている。

頚《くび》が折れ、絶命しているもの。腸を掻きだされたもの。ばらばらに斬り裂かれているもの。地獄を想わせる風景のなかで令冥《レイメイ》は母親を呼び、父親を捜し、兄哥《あに》をもとめるが、何処をみても死んでいるものばかりで声が返ってくることはない。絶望に泣きだしたとき、やっと母親の姿をみつける。

「母様」と抱きつこうとすれば、彼女は緩やかに振りかえる。

だが、振りむいたのがさきか、母親の首がぽとりと落ちる。悲鳴もあげられず、へなりとすわりこんだ令冥《レイメイ》に母親の首が呪詛するのだ。

「なぜ、おまえだけが生き延びたのですか。許しませんよ、おまえが幸せになるなんて許さない――」

夢はそこで、終わる。

だが、そんな夢を繰りかえしているうちに眠るのが怖くなってしまった。

「……おまえがうなされているのは知っておった」

天蓋がついた臥牀《しんだい》の端に神喰《カミジキ》が腰かける。

「俺は眠るということがない。おまえの起きておらぬ時間は、長く感じる。夜もすがら側に寄りそい、眠っているところをみておった」

「ね、寝顔を、ずっとですか？」

令冥《レイメイ》が頬を紅潮させる。被臥《ふとん》をきゅっと引っ張って顔を隠した。

「へ、変な顔をしておりませんでしたか？」

「愛らしかったぞ。いついかなる時でも、おまえは愛らしく、思わず抱き締めとうなる。だが、起こしてはならぬとおもうて、触れたりはせずにただ眺めておった」

褒められれば褒められるで恥ずかしい。令冥《レイメイ》は今度こそ被臥《ふとん》を頭までかぶりたくなった。

「ヒトが眠っているさまは死んでいるのとよう似ている。ゆえに息をしているのか、脈はあるのか、確かめずにはいられぬのだ。許せよ」

眠らない神サマからすれば、眠りとは小さな死かもしれない。

「そういえば、幼いとき、日が暮れる度にお陽さまは死んでいるんじゃないかと考えたことがありました。夕焼けが赤いのは、お陽さまが血を流しているせいではないかと」

朝になるとお陽さまは息を吹きかえすが、新たに昇った太陽は昨日とは違うものなのではないかと想像して、怖かったこともある。

「不安にさせていたのですね。すみません」

「いや、俺が懸念しすぎているのだ。おまえが愛しゅうて、つい、な。されど、夢か。おまえはうなされては涙をこぼしていた。髪をなでているうちに落ちつくのだが」

不眠の神サマにとっては、夢をみることそのものが奇妙に感じられるだろうかと令冥《レイメイ》は思ったのだが、神喰《カミジキ》は意外にもつらつらと語りだす。

「夢は鏡だ。さまざまなものが映る。とくに鬼は、夢鏡《ゆめかがみ》にまざと映るもの。死した魂が視せる夢もあらば、胸に抱きたる怖れの魄が夢に映ることもあろう。俺はほかの鬼の侵入を許したおぼえはなきゆえ、おそらくは」

母様が恨んでいるに違いないと考える令冥《レイメイ》の想いが、悪夢を繰りかえさせているのか。

「俺を喚《よ》べ」

神喰《カミジキ》が身を乗りだし、囁きかける。さらさらと落ちた髪が令冥《レイメイ》の身を愛のなかに捕らえ、いかなる嵐からもその魂を衛《まも》る篭になる。

「夢のうちであろうとも、おまえが喚《よ》ぶならば、かならず参ろう」

「きて、くださるのですか」

「ああ、懸念せず、ゆるりと眠るがよい」

令冥《レイメイ》の頬に散るみずからの髪をはらって、神喰《カミジキ》が微笑む。薄絹の帳をかぶった彼は夢をも統べる昏《こん》の神にみえる。

「ひとつだけ、おねがいがあるのです。ご迷惑でなければ、その。手を、つないでいてはくださいませんか。わたくしが眠りについたら、離してくださっても構いませんから」

令冥《レイメイ》はおずおずと手を伸ばした。

「つないでいても、よいのか？」

迷惑がるどころか、神喰《カミジキ》は嬉しそうに令冥《レイメイ》の手に触れる。

神喰《カミジキ》の手は令冥《レイメイ》とは比べようもないほどに大きい。令冥《レイメイ》が頑張って指を拡げても、彼のてのひらに収まるほどしかなかった。指は筋張ってはいるが、武官のような厚みはなく、とてもしなやかだ。肌に温かみがないせいか、凍てついた柳《やなぎ》の枝を想わせる。令冥《レイメイ》の輪郭を確かめるように神喰《カミジキ》は指を絡めてきた。

強張っていた心がゆるゆるとほどける。彼と一緒ならば、惨たらしい夢の底に落ちてもきっと、だいじょうぶだ。

「……おやすみなさい」

「ああ、おやすみ、わが愛しき妻よ」

神喰《カミジキ》は髪を掻きあげながら身をかがめ、まるみを帯びた額に接吻を落とす。令冥《レイメイ》は神サマの愛を感じながら、幸福のうちに眠りについた。

…………

夢はみた。だが、いつもみたいにうなされることはなかった。

微かに睫をほどいて側を覗《うかが》えば、眠った時と同じように神喰《カミジキ》がいて手をつないでくれていた。神喰《カミジキ》の髪が朝日を透かし、微かに瞬いている。光の残滓を乗せた睫に縁どられた眸は何処か遠くにむけられ、底なしに昏かった。

永遠に眠れぬ神サマの眸。

不意に視線が動き、黒曜石の睛眸《せいぼう》が令冥《レイメイ》を映した。

睛《め》がふわり、穏やかな光を帯びる。唇の端がやわらかく綻ぶ。

ほんの一瞬のことだ。些細な移りかわり。だが、令冥《レイメイ》はこれいじょうないほどに強く、神喰《カミジキ》からの愛を感じた。

「令冥《レイメイ》、おはよう、昨晩は眠れたか」

「とても、心地よく眠れましたよ。夢のなかまで、神喰《カミジキ》がきてくださったので」

死屍累々の地獄にあっても、彼がいれば心細くはなかった。園林《にわ》を散歩するように寄りそいながら荒野を進み、母親に逢うこともなく夢から抜けだせた。

「ご迷惑でなければ、これからも眠る時に一緒にいてはいただけませんか」

「おまえがよいのならば」

令冥《レイメイ》はずうっと、ひとりぼっちだった。

起きた時も、眠る時も、挨拶ひとつ、かわしてくれるひとはいなかった。それは神喰《カミジキ》も一緒だ。ふたりはまったく同じ孤独にさいなまれてきたのだから。

「頬が濡れているようだが、やはりうなされたのか」

「いいえ、なんだか嬉しくて」

いちにちが愛するひとの声と微笑みで終わって、また始まるなんて、これほどの幸福があっていいのだろうか。

身を起こした令冥《レイメイ》は背伸びをして、神喰《カミジキ》の額に接吻《くちづけ》する。

「おはようございます」

細やかな挨拶こそが、最大の愛の言葉であるかのように微笑んで。

❖

後宮の端《はずれ》には陵墓《りょうぼ》がある。

後宮にきたばかりの時は後宮に墓があるなんて奇妙だと想っていたが、今頃になってそのわけがわかった。

後宮のなかで死んだものが多すぎるのだ。

死刑に処された妃妾《ひしょう》から暗殺された皇子たちまで。いずれも遺骨のひき取りを希望するものがなく、後宮に埋めることになったのだろう。

令冥《レイメイ》は神喰《カミジキ》と一緒に花を抱きかかえて、墓参りにきていた。

「縁《ゆかり》のあるものなどおらぬであろうに。なぜ、参るのかや」

「霊鬼《りょうき》に連れ去られて命を落とした子らの骨が埋葬されたとお聴きいたしました。せめてご冥福を祈りたいと思いまして」

陵墓には瑞香錦《じんちょうげ》が咲き残っていた。令冥《レイメイ》は陵墓の隅に建てられた真新しい墓碑に花をたむける。

彼らの魂が死後、健やかでありますように――

哀悼を捧げ、振りかえれば磋魄《サハク》がきたところだった。背後には陵《リョウ》を連れだっている。

令冥《レイメイ》が瞳をまるくしたせいか、磋魄《サハク》は微かに笑った。

「意外だったかな。皇帝が墓参りに訪れるなんて」

磋魄《サハク》は墓碑にむかって拝礼する。冕《かんむり》から垂れた白銀の髪が風にそよいだ。

「霊鬼《りょうき》に連れ去られて命を落とした子等は僕の弟たちだ。葬ってやることができて、ほんとうによかったよ。貴女のお陰だ。ありがとう、見鬼妃」

感謝の言葉なんて、これまで神喰《カミジキ》からしか掛けられたことがなかった令冥《レイメイ》は頰をそめ、頭をさげた。

「めっそうもないことでございます。たいへんな失態をおかしたにもかかわらず、陛下が再度機会をくださったからです。そうでなければ、碧葉《ヘキヨウ》様を助けることもできませんでした。あとは彼らの魂が穏やかに眠りにつくことを祈るばかりです」

風が渡って、幼い子等が笑うように花々がさざめいた。

不意に令冥《レイメイ》は刺すような視線を感じた。陵《リョウ》が物言いたげにこちらを睨みつけている。ひえっと令冥《レイメイ》は縮みあがって、慌てて神喰《カミジキ》の後ろに隠れた。

「な、なにか、ございましたでしょうか……そ、そんなに睨まれては、身がきゅっとなってしまいます」

「もとから、こういう眼つきだ」

「そ、それは、失礼いたしました」

だが、陵《リョウ》はなおも視線を逸らさない。

「も、もし？」

「……見鬼妃」

「はっ、はい？」

「これまでの非礼を詫びたい」

陵《リョウ》が袖を掲げて、頭《こうべ》を垂れた。

想ってもいなかった言葉に令冥《レイメイ》はただ、ぼう然と瞬きを繰りかえす。

「私は貴女を見誤っていた。貴女が鬼の素姓を解いてくれなければ、私は母のことを死ぬまで恨み続けたはずだ。私も、母も、貴女に救われた」

「……いいえ」

令冥《レイメイ》が睫をほどいて、緋《あか》の眼を鏡のように澄ませた。

「わたくしにはどなたかの魂を救うことなんてできません。救われるも、救われないも、その御方が選ぶことですもの。わたくしはただ鬼を視て、魂を解くだけ。解けた縁をひき寄せ、抱き締めてくださったのはあなたさまです」

だから、ありがとうございますと、彼女は揖礼《ゆうれい》をする。

「お母様に逢いにきてくださって。お越しにならないものと思っていたので、あなたさまの御声が聴こえたとき、どれほどに嬉しかったことでしょうか」

想いだして、令冥《レイメイ》はうっすらと瞳を濡らした。

磋魄《サハク》がそれをみていて、ひそかに感嘆の息を洩らす。

「そうだった。見鬼妃についてきてもらいたいところがあるんだ。もうひとつ、花をたむけたいところがあってね。できれば、貴女の神サマと一緒ではなく。いいかな？」

令冥《レイメイ》は戸惑ったが、皇帝の頼みということもあって、神喰《カミジキ》と陵《リョウ》をその場に残して磋魄《サハク》の後をついていく。

墓地といっても一帯には花が咲き群れて、園林《にわ》と大差のない趣《おもむ》きだった。白い満天星《どうだんつつじ》の花が鈴なりになって揺れている。さながら死者の旅路を誘う燈火《ともしび》だ。赤い花がひとつも植えられていないのは彼らの魂が地獄に落ちることのないようにか。

若草を踏み、坂をあがる。何処にいくのかと思っていたが、丘をのぼり終えた令冥《レイメイ》は納得して息をついた。

噴水のなかに石積みの陵墓がある。清らかな水が循環するその様子は魂の輪廻を連想させる。つぎに産まれかわる時は幸せであれ、という祈りが感じられた。

令冥《レイメイ》は墓碑にむかって頭をさげ、敬意を表す。

「貴女はこれが誰の墓か、知らずとも祈ってくれるんだね」

磋魄《サハク》が穏やかに眥《まなじり》を緩める。

「ここに眠っているのは百八の骸だ。彼らは兄哥《あに》で、弟で、姉で、妹だった。全員が十五年前に命を落とした。貴女は知っているよね？」

「後宮の乱、ですか」

「そう、あの時から奉の後宮は呪われたんだ」

殺し、殺され、呪い、呪われて。

「生き残ったのは僕だけだった。陵《リョウ》は先帝の御子としてはすでに死んでいるからね。わかるかな。皇帝の倚子《いす》とは絶えず、骸の塚の頂上《いただき》にあるものなんだよ」

磋魄《サハク》の眸は昏かった。彼はこの墓に参るたび、龍倚《ぎょくざ》がいかなる犠牲のもとに築かれたものかを確かめているのだろうか。

「ねえ、令冥《レイメイ》」

磋魄《サハク》が不意に腕を伸ばしてきた。

令冥《レイメイ》は無意識に身を強張らせる。神喰《カミジキ》でも幻靖《ゲンセイ》でもない他人が令冥《レイメイ》に触れるのは、きまって痛いことをする時だったからだ。磋魄《サハク》は令冥《レイメイ》の様子をみて、触れようとするのをやめ、かわりに目線をあわせて緋《あか》の眼を覗きこんできた。

「あの、……どうか、なさいましたか？」

「……先帝は皇后を迎えず、妃ばかりを後宮にいれた。そのせいで乱が起きた。僕は皇后も妃も迎えないつもりだ。でも、貴女だったら」

磋魄《サハク》が最後まで言葉にすることはできなかった。

後ろから抱き寄せられて、令冥《レイメイ》がよろめく。神喰《カミジキ》が昏く燃える双眸をぎらつかせて、磋《サ》魄《ハク》を睨みつけていた。

「神のものを欲するとは身分違いにもほどがあろう、ヒトの帝《みかど》」

神喰《カミジキ》は誰にも渡さぬとばかりに令冥《レイメイ》のことを強く抱き締めた。

神喰《カミジキ》を追いかけてきた陵《リョウ》は、彼が磋魄《サハク》に敵意をむけているのをみて、ためらわずに剣を抜く。

「か、神喰《カミジキ》……陛下の御前《おんまえ》ですので」

「皇帝であろうと、奴婢《ぬひ》であろうと、俺にとってはなべてヒトよ。脆く、欲深く、愚かしき魂だ。違いはあらぬ」

「へえ、さすがは神サマだね。でも、そうか」

磋魄《サハク》は唇《くち》の端《は》をあげ、彼らしくない棘のある微笑をうかべた。

「貴女の神サマは、妬む神なんだね」

睨みあう磋魄《サハク》と神喰《カミジキ》に挿まれて、令冥《レイメイ》はうろたえる。剣を構えたままの陵《リョウ》も同様だ。

旋風《つむじかぜ》が散り残っていた瑞香錦《じんちょうげ》を散らす。白い花葩《はなびら》たちが水鏡に落ちた。強い香《こう》を道連れにして。

❖

莫春《ぼしゅん》の黄昏は菫《すみれ》が綻ぶような紫を帯びている。

令冥《レイメイ》と神喰《カミジキ》は芍薬《しゃくやく》が咲く園林《にわ》を渡っていた。あたりには暮れの紗《うすぎぬ》がかかっている。互いに掛けるべき言葉を捜すようにふたりして黙り続けていた。

橋を渡ろうとしたところで、華やかな妃妾《ひしょう》たちがこちらにむかってきた。

妃妾《ひしょう》らは賑やかに談笑していたが、見鬼妃と神喰《カミジキ》に視線をむけ、ざわりと声をひそめる。

「いやだわ、見鬼妃よ」

「呪われているんだとか」

「なんで、そんな姑娘《むすめ》が妃になれたのかしら」

悪意の眼差しが突き刺さって、令冥《レイメイ》は身を硬くする。だが、微かに震えはじめた指の先端に神喰《カミジキ》の袖が、ちょんと触れた。

ただ、それだけで、嘘みたいに強張りがほどけた。

令冥《レイメイ》には神喰《カミジキ》がいる。彼女のことを愛し、受けいれてくれるものが傍にいる。だから縁もゆかりもない他人に疎まれても、怖がることはないのだと。

そんなふうに想えるようになれた。

これまでならば気後れして、妃たちが通り過ぎるまで端に避けて立ちどまったかもしれない。だが、令冥《レイメイ》は臆することなく胸を張って踏みだす。

その時だ。まっすぐ、令冥《レイメイ》にむかってきた妃がいた。

卯《ウ》だ。よくみれば、後ろには女官に抱かれた碧葉《ヘキヨウ》もいる。

卯《ウ》はそそと進みでると、高らかに袖を掲げて頭を垂れた。

「焉令冥《エンレイメイ》妃に拝礼いたします」

卯《ウ》は微笑んで、令冥《レイメイ》に最大の敬意を表する。拝礼などされたことのない令冥《レイメイ》は戸惑ったが、まわりの妃妾《ひしょう》たちの困惑振りは尋常ではなかった。

「あの、卯《ウ》妃、どうかそのような」

令冥《レイメイ》がおそるおそる声をかければ、卯《ウ》は顔をあげずに言った。

「この後宮には皇后はおりません。ですが、皇后が後宮を鎮《ちん》ずる妃であるならば、それにふさわしいのは貴女様です、令冥《レイメイ》妃。私もまた、令冥《レイメイ》妃にひとかたならぬ御恩も賜りました。このように貴き妃にたいして、しかるべき礼節をもって接することができぬようでは後宮の恥ですわ」

卯《ウ》の言葉を聴いて下級妃妾《ひしょう》たちは慌てて低頭して、不揃いな拝揖《はいゆう》をした。その表情は羞恥でゆがんでいる。ここまで言われて令冥《レイメイ》が拝礼を受けなければ、卯《ウ》に恥をかかせることになる。

令冥《レイメイ》は凛とした振る舞いで辞儀《じぎ》をすると、緩やかな足取りで橋を渡った。

卯《ウ》たちが遠くなってから、連れそって歩き続けていた神喰《カミジキ》が不意にとまる。何歩か先に進んだところで令冥《レイメイ》が気づいて振りかえれば、神喰《カミジキ》はうつむきがちにつぶやいた。

「俺には、おまえがいれば、よい」

「神喰《カミジキ》?」

わたくしも一緒ですよと言いかけて、令冥《レイメイ》は言葉をのむ。これは言葉だけの問題ではない。家族のために復讐を望むかぎり、易く誓ってはならないことだ。どれだけ神喰《カミジキ》を愛していても。

「ヒトたるは縁がなければならぬのであろう。家族も然りだ。俺は、おまえのすべてを愛している。鬼を愛おしみ、傷《いた》ましいほどにその身をけずるところも、家族とやらのために報復を諦めきれないところも、あますところなく」

風が神喰《カミジキ》の髪をなびかせ、ほの昏い眸が覗いた。

「おまえがなにを愛そうとも、誰から愛されようとも、構わぬ。だが、さみしさだけは、ほかのものにはやるな」

すがるような声で訴えられて、令冥《レイメイ》はたまらず彼を抱き締めた。

磋魄《サハク》は彼を妬む神だと言ったが、神サマの妬みは人の魄《かんじょう》とは違うものだ。令冥《レイメイ》だけがそれを知っている。

「お約束いたします」

桜が綻ぶように令冥《レイメイ》は微笑みかけた。

「だってあなたさまがいなければ、ほかに誰がおられても、どれだけのひとにかこまれていても、わたくしはひとりぼっちですもの」

かわりのないもの。ただひとつ。

それが捧げるということだ。

令冥《レイメイ》もまた、彼のさみしさをもらった。

だから、いま、ふたりはそれぞれ、ひとりぼっちではなくなったのだ。

黄昏が褪せてきた。まもなく宵の帳が落ちる。昼と夜の境にたたずんで、令冥《レイメイ》は永遠がここにあると感じていた。

このときまでは。

❖

石造の室《むろ》のなかは真昼でも日が差さない。

篝火《かがりび》が絶えず燃やされているにもかかわらず、骨から底冷えするような寒さが漂っていた。

ここは宮廷の北東にある皇族の霊廟だ。

遺骸が葬られてから二年は経つが、花を捧げるものはおろか、追悼に訪れるものもいない。だが、見張りの衛官だけは棺を監視するように常時相当数の人員が配置されている。副葬されている物も宝飾品くらいで、国宝級の貴重品が納められているわけでもない。墓荒らしを警戒しているにしては大仰すぎる。衛官たちは声を落として、囁きあった。我々はいったい、何を見張っているのだろうかと。

だが、やがて彼らはひとりの男の侵入によって、その身をもって知ることになる。

ひと言で表すのならば、混沌だった。

あるものは突然壁にむかって剣を振るいはじめ、またあるものは気がふれてしまったように笑い転げた。怯えきって頭を抱えながらぶるぶると震え続けているものもいた。屈強な衛官たちの奇行は異能に操られ、錯乱しているためだった。

すでに警護の役割など果たせるはずもない衛官たちのあいだを、長袍《チャンパオ》を着た男が悠々と進んでいく。

彼は棺に施されていた呪《まじな》いの札を剥がした。

「さあ、祟りの妃を連れだそうか」

棺をあばき、彼は頭蓋骨を取りだす。納められていたのは首ひとつだった。

「東は腕、西は脚で南は胴。まさか、宮廷に最も近い霊廟に首をおいているなんてね」

髑髏《どくろ》がかたかたと震えだす。

事もあろうに髑髏は男の腕を離れて、ひとりでに舞いあがった。

「さあ、復讐を始めようか、俺の愛しい令冥《レイメイ》」

# 第四章　怨む鬼は救われない

旧来から五月のことを、毒月《どくづき》と称する。

夏にむかって日増しに暑くなり蛇を含めた毒のある蟲たちが動きだすこの時期は、怨念が禍を振りまくと考えられていた。よって、端午節を盛大に催して邪を遠ざけ、疫鬼《えきき》を祓うのだ。都では竜を模った舟を競漕させ、賭けごとをする。民の賑わいが禍を追いだす最たる薬だといわれているためだ。そんな賑やかな祭りもつつがなく終わり、奉の都はやっと落ちつきを取りもどしてきていた。

そんな穏やかな昼さがりのことだ。

にわかに都の中天《なかぞら》が掻き曇った。

雨が降りだすでもなく、風が吹くでもなかった。腸《はらわた》を彷彿とさせる赤い雲がだらりと垂れて日を遠ざける。真昼とは想えないほどにあたりが昏くなり、都の民が一様に天を仰げば、電《いなずま》をまとった異様なモノが飛んでいた。

凧《たこ》か。はたまた怪鳥か。いや、あれは――

民は震撼した。

それは白髪《はくはつ》を振り乱した女の首だった。

女の首は嗤い声をあげながら民家の屋頂《やね》をなめるように下降して、大通りをいく民の頭上を飛びまわった。

その形相は凄まじく、眼をぎらつかせて鼻に皺を寄せ、尋常ならざる怨嗟を漲《みなぎ》らせている。切断された首からは、血潮に濡れた腸があふれだしていた。

都は一転して恐慌の坩堝となった。

現場には腰を抜かして失禁するもの、泡を吹いて気絶するものまでいたという。だが、首は人々を襲うでもなく、雲が晴れると同時にこつぜんと姿を晦ませた。

現実か、白昼夢か。いいや、都の民がそろいもそろって同じ夢をみるわけもあるまいと民は口々に語りあったが、その素姓は杳《よう》として知れず、けっきょくは誰もが首を捻《ひね》るばかりだった。

確かなことはひとつ。

その日から、都では疫《えやみ》が蔓延した。

❖

雨の季節がきた。未明から降りだした雨はやむことなく昼まで続いていた。

万緑の雨は栃《とち》の枝に残っていた紅白の花房《はなぶさ》を散らして、紫陽花の莟《つぼみ》を膨らませていく。春から夏へと枝葉も衣替えの時期だ。

こんな雨の日は、令冥《レイメイ》にとって絶好の掃除日和だった。

「令冥《レイメイ》、ここにおったのか」

令冥《レイメイ》が竹箒《たけぼうき》をもって掃除に励んでいたところ、神喰《カミジキ》が寄ってきた。口振りを察するに令《レイ》冥《メイ》のことを捜してくれていたらしい。

「して、なにをしておるのかや」

「お掃除です。晴れて乾いている時だと埃が舞ってしまいますので。離宮は掃除のしがいがあって、嬉しいです」

「だが、そのようなところにあがっては、危ないのではないか？」

令冥《レイメイ》は梯子をかけ、廻廊のはりの埃を掃《はら》っていたのだが、神喰《カミジキ》は落ちたらどうすると眉を曇らせた。

「焉《エン》家にいた時からお掃除だけはやらせていただいていたので、だいじょうぶですよ」

「……おまえの手指が荒れておったのはそのせいか」

日頃から無視されていても、掃除をいいつけられる時だけは喋りかけてもらえるので、令冥《レイメイ》は嬉しかった。

「家憑《いえつき》にやらせればよかろう」

「家憑《いえつき》はじゅうぶんにやってくれていますよ？」

雑巾の掛かった桶をかかえて、女官に扮した家憑《いえつき》がやってきた。家憑《いえつき》は神喰《カミジキ》をみて、手旗信号のような動きでなにごとかを訴えかける。令冥《レイメイ》にはよくわからないのだが、神喰《カミジキ》には解読できたらしい。

「ふむ、そやつは『あるじに危険な掃除をさせるわけにはいかないので、旦那様からも説得してください』といっているが」

令冥《レイメイ》はがびぃんとなる。

「そ、そんな！　昔はよく屋頂《やね》にのぼって、瓦のお掃除などもしておりましたのに」

「想像するだけで肝が冷えるな……」

「でも、お掃除は楽しいのですよ？」

令冥《レイメイ》がぱちぱちと瞬きをするのをみて、神喰《カミジキ》はため息をついた。令冥《レイメイ》をひょいと抱きあげ、肩に乗せる。

「これならば、危うくはなかろう。おまえが楽しいのならば、やめさせるのも気がひける。それに俺もおまえとともにやってみとうなった」

俺たちは夫婦ゆえにな、と神喰《カミジキ》は唇の端を綻ばせる。嬉しくなって、令冥《レイメイ》は神喰《カミジキ》の額に頬を寄せた。

離宮は令冥《レイメイ》が後宮にあがるまではほとんどつかわれていなかったのか、房室《へや》の清掃はそれなりにされていても細部には埃がたまっていて、とくに頭上には蜘蛛の巣まで張っていた。依頼がない時に隅から隅まで掃除をしたいと思っていたので、ちょうどよかった。

積年の埃を掃《はら》い、吊り燈篭をみがき、終わるころにはすっかりと黄昏時になっていた。

「ふう、頑張りましたね。でも、とってもきれいになりました」

令冥《レイメイ》は廊子《えんがわ》に腰かけ、神喰《カミジキ》にひざ枕をしながら、さわやかな黄雀風《こうじゃくふう》に憩っていた。

「おまえが言っていたことがわかった。穢れを掃うというのは心地よきものなのだな。なにもかもが凝るところ《ここ》にいたゆえに忘れていた」

「ふふふ、お掃除はくせになりますよ」

日頃から振り仰いでばかりいる神喰《カミジキ》をこうして見おろせるのが嬉しくて、令冥《レイメイ》はついつい類が緩んでしまう。

「食事も掃除も、ほんとうに細やかなことですが、おろそかにはしたくないのです。神喰《カミジキ》と一緒に暮らせるのですから」

「ふむ、時に今晩の夕餉はなんだ？」

神喰《カミジキ》はなにげなく尋ねたのだろうが、令冥《レイメイ》は息をのんだ。食事をとることも知らず、味というものがどんなものかもわからなかった神サマが毎日の食卓を楽しみにしてくれている。それがどれほどのことか。

髪を掻きあげるふりをして、令冥《レイメイ》はこぼれそうになった涙をぬぐった。

「七草の粥を、つくろうと思っています。あとは鶏とお大根を煮たものもありますよ」

「ふむ、あれはうまいな」

他愛のないことがなによりの幸福だなんて。

愛をもらうまでは、知らなかった。

だが、ふたりの穏やかな時はそう長くは続かない。ここが陰謀の渦まく後宮であり、令《レイ》冥《メイ》が鬼を視る妃であるかぎり。

凶報を乗せて、皇帝の馬車がついた。

❖

「都にて、疫病ですか」

肩を濡らしながら令冥《レイメイ》のもとに訪れた磋魄《サハク》皇帝は、口を開くなり「非常事態だ」と言った。武官であり、信頼する補佐でもある无陵《ムリョウ》を連れだっていないのはめずらしく、それだけ大事になっているのだろうと令冥《レイメイ》は推察した。

「事の発端は雲だった」

「雲、ですか」

「ああ、五日前になるかな。異様な赤い雲が都に押し寄せてから、相ついで民が奇妙な病にかかり命を落としている」

「その雲でしたら、後宮からもみえました。禍々しい雲だとは思っていたのですが、ほんとうに凶禍《きょうか》をもたらすものだったなんて」

雲をみてただならぬ予感に震えていた令冥《レイメイ》を抱き締めて、神喰《カミジキ》は「いかなる嵐が参ろうとも懸念は要らぬ」と宥めてくれたが、裏をかえせば、彼はあの時すでに都が禍《わざわい》に見舞われると予測していたのだろう。

「わたくしのもとに御越しになられたということは、都を覆う病禍が霊鬼《りょうき》によるものだとお考えなのですね？」

「察しがよくて助かるよ、見鬼妃」

「恐縮です。……古今《ここん》問わず、鬼は疫《えやみ》をもたらすものですもの」

都一帯に病を振りまくほどの霊鬼《りょうき》がいかに残酷な死を遂げ、いかなる恨みを抱えているのか。想像するだけでも、令冥《レイメイ》は腹の底が冷えた。

「医官たちはとうに匙を投げてしまった。だが、見鬼妃ならば、霊鬼の魂を解いてくれるのではないかと思ってね」

霊絡みならば、令冥《レイメイ》の異能なくしては解くことは難しいだろう。

「承りました」

「ただ、この度は後宮ではなく、都で調査をすることになる」

「まあ、都ですか……」

令冥《レイメイ》は産まれてこのかた、都に赴《おもむ》いたことがなかった。

兄哥《あに》である幻靖《ゲンセイ》は有能だったため、度々都にいっては務めを果たし、令冥《レイメイ》に土産物をもってきてくれた。彼いわく、蟻《あり》の行進みたいに人が群れていて、真夏の蝉より騒々しいところだとか。

令冥《レイメイ》は緊張して、神喰《カミジキ》の袖を握り締める。知らないところにいくのは心許ないが、神喰《カミジキ》がいてくれるのならば、頑張れるはずだ。

「残念だけれど、貴女の神サマは都には連れてはいけないんだよ」

心を読んだように磋魄《サハク》は頭を振る。

「なっ、なぜです？　神喰《カミジキ》がおられないと、わたくしは……」

「意地悪をしているわけではないんだ。けれど彼は神で、宮廷には異能の神をおそれるものもいる。都があのような有様だから、よけいにね。理解してもらえるかな」

神喰《カミジキ》は奉に天変地異をもたらし、都に疫《えやみ》を振りまいた祟り神だと伝承される。祟り神を封じるためにおかれていた焉《エン》家が滅び、異能の姑娘《むすめ》がその神を連れだしてきた――宮廷が何処まで把握しているかはわからないが、陵《リョウ》が神喰《カミジキ》を人に非ざるものだと認識していたことからして、神喰《カミジキ》の素姓を知るものもいると考えるべきだ。

　つまりはこの度の都の疫《えやみ》の原因として神喰《カミジキ》が疑われているのだと理解し、令冥《レイメイ》はさっと青ざめた。

「そんな。神喰《カミジキ》は無辜なる民に害をなしたりはいたしません！」

　神喰《カミジキ》がとても危ういものであることは確かだ。

　だが、令冥《レイメイ》が望まぬかぎり、不条理に死を振りまくことはない。……そのはずだ。

「ならば、よけいに貴女がこの事件を解かなければならないね」

　神喰《カミジキ》の祟りではないことを証明できるのは令冥《レイメイ》だけなのだから。磋魄《サハク》はそう、言外に示《し》唆《さ》する。

　令冥《レイメイ》は神喰《カミジキ》を振りかえった。

　神喰《カミジキ》は反論するでもなく、ひとつ、ため息をついた。

　否認したところで詮のないことだと神喰《カミジキ》は理解している。そもそも神喰《カミジキ》にとっては、他者が彼をいかに捉えているかなどは些事であり、息まいて異を唱えるほどのことではないのだろう。

「務めならば、致しかたなし。俺は後宮で令冥《レイメイ》の帰りを俟《ま》とう。だが、俺の妻に傷ひとつでもつけてみやれ。都どころか、奉ごと滅ぼしてやろうぞ」

「ふふ、神サマの寛大さには頭がさがるね」

こうなってしまっては、あとは令冥《レイメイ》が腹を据えるほかにない。

「承知いたしました、都の調査をして参ります」

「よかった。貴女ならば、そういってくれるだろうと思っていたよ。明朝、晴れていたら迎えにくるからね。ああ、そうそう、都の視察には僕も一緒にいくつもりだから、よろしくね」

思いもしなかったことに令冥《レイメイ》は瞬きをする。神喰《カミジキ》が黙ってむっと眉根を寄せた。

「民の様子をこの眼で確認するのも皇帝の役割だからね」

磋魄《サハク》はそれだけ言うと背をむけ、客房《きゃくま》を後にした。令冥《レイメイ》も磋魄《サハク》のあとに続いて、廊《ろうか》にでる。女官に扮した家憑《いえつき》が提燈を掲げ、先導した。廻廊に進んでいき、間もなく園林《にわ》というところで磋魄《サハク》が振りかえる。

「濡れてしまってはいけないから見送りはここまでで――」

なびいた髪に絡まったのか、磋魄《サハク》の耳飾りが外れて、落ちた。

家憑《いえつき》の眼が瞬時にきらんと輝いた。家憑《いえつき》は貪欲で、とくに人が落とした物を喰らう悪癖がある。ぽんっと猫に似た姿にもどって、家憑《いえつき》は大口をあけ、耳飾りに飛びついた。

「だっ、だめ」

令冥《レイメイ》が大慌てで、家憑《いえつき》を押しのけて耳飾りを拾いあげる。

なんとか間にあった。

「陛下、落とし物です」

言いかけたところで視界がまわった。見鬼だ。

令冥《レイメイ》は万華鏡の底に吸いこまれるようにして、磋魄《サハク》の未練のなかに落ちていった。


（――――――）


言葉はなく、ただ映像だけが拡がる。

宮廷の祭殿だろうか。

龍の彫刻が施された棺にすがりつき、盛大に泣き崩れる女がいた。白銀の髪に挿している琅玕《ろうかん》の歩揺《ほよう》、指を飾る指輪、身にまとった錦の孝服からして貴《たか》い身分の妃であろうことがわかる。

葬儀に参列する士族、廷官、妃嬪《ひひん》は一様に跪いて袖を掲げていた。

先帝が崩御した時だろうかと令冥《レイメイ》は推察する。

磋魄《サハク》のものであろう視線は参列者を順にみて、先帝の死を嘆いているもの、哀しんでいる振りだけで腹のなかでは喜んでいるものを確かめていく。心から哀惜しているものは三割ほどか。だがそれも先帝のためなのか、崩御によってみずからの利権がなくなるのではないかと危ぶんでいるのかは微妙なところだ。

皇帝とは、かくも孤独なものか。令冥《レイメイ》は胸を締めつけられた。

磋魄《サハク》は先帝の亡骸にしがみついて哀哭《あいこく》している妃の側《かたわ》らに進む。先帝には皇后がいなかったという。震える背に垂れた銀糸の髪をみて、令冥《レイメイ》はこの方は磋魄《サハク》の母親に違いないと推察する。つまりは皇太妃だ。

磋魄《サハク》が皇太妃の側に跪いて、母親の顔を覗う。

磋魄《サハク》の眼に映る皇太妃は、ひと雫《つぶ》の涙もこぼしてはいなかった。彼女は泣き崩れてなどいない。むしろ、嗤っていた。

人が腹を抱えて嗤っている姿は号泣するさまに似る。

皇太妃はゆらりと視線をあげた。

彼女の視線は傍にいる磋魄《サハク》を素通りして、遠くにむけられていた。磋魄《サハク》が皇太妃の視線をたどる。

令冥《レイメイ》が息をのむ。

そこにいたのは焉弥玲《エンミレイ》、他でもない令冥《レイメイ》の母親だったからだ。

最後にひとつ、磋魄《サハク》の声が落ちてきた。

諦めを滲ませた決意の声だ。

（――――僕が、終わらせないと）

緋《あか》の眼が現実を映す。

五秒か、十秒か。正確にはわからないが、時が停まったように緋《あか》の眼を見張り、硬直していた令冥《レイメイ》をみて、磋魄《サハク》が尋ねてくる。

「なにか、視えたのかな、見鬼妃」

「あ、いえ、その……なんでもございません。す、素敵な耳飾りですね。素敵すぎて、ちょっとばかり、ぼうっとしてしまって……失礼いたしました」

令冥《レイメイ》は理解する。あれは視えてはいけない鬼だと。

「そうか……拾ってくれて、ありがとう」

蒼魄《サハク》も追及はせず、耳飾りを耳につけなおす。

眼を象った奉の紋章が彫られた紫珠《むらさきひすい》の耳飾りだ。

「これはね、僕が二歳になった時に母親から渡されたものなんだ。かならずや皇帝となって、これを身につけなさいといってね。この紋章は皇帝と皇后、皇太妃だけが身につけることのできるものだから」

たいせつなものなのですねと、あたり障りのない言葉を選びかけて令冥《レイメイ》は違うと感じた。だって、錦珠が紡ぐ「母親」という響きはひたすらに。

「重い――耳飾りなのですね」

「……ああ、呪いみたいにね」

期待とは重さをともなうものだ。

望まれるほどに重く絡みついて、魂を呪縛する。だが、それはたやすく失われる重さだ。後に残るのはただ、その重みをなくしては何処にもいけない空虚な魂だけ。

「雨が降っているから、ここまでで構わないよ。おやすみ、令冥《レイメイ》」

房飾りのついた傘を拡げて、礎魄《サハク》は濡れた石段を降りていった。

餌にありつけなかった家憑《いえつき》は項垂れてしょんぼりしていたが、再度礎魄《サハク》に気づかれないよう、女官の姿に転じて馬車まで彼を導いていった。

燈火が遠ざかってから、令冥《レイメイ》はあらためて異能の眼に映ったものについて考察する。

礎魄《サハク》の記憶になぜ、令冥《レイメイ》の母親がいたのか。もちろん、皇帝の葬斂《そうれん》ともなれば、焉《エン》家の当主が参列してもおかしくはない。だが、欲望を滾らせたようなあの眼差しは令冥《レイメイ》の胸をざわつかせた。

「母様はいったい、なにを望んでおられたのでしょうか」

母親の心は姑娘《むすめ》に視えない。鬼を視る眼でも、映らないものは、ある。

❖

噎せかえるような腥臭《せいしゅう》が、鼻を刺す。

皇帝に命じられて皇太妃の霊廟の調査に訪れた陵《リョウ》は、酸鼻を極める光景に肝を潰した。

「これはいったい、どうなっている」

太常《たいじょう》の衛官たちが死んでいた。殺されているのならば、まだ理解もできた。

だが、彼らは一様にみずからの腹を断って、腸《はらわた》をつかみだし、幸せそうに笑いながら絶命している。乾いた腸《ちょう》が石室にこびりつき、異臭を放っていた。

陵《リョウ》の部下である武官たちがたまらず嘔吐する。陵《リョウ》も放心しかけたが、みずからを律して廟に踏みこんでいく。まずは棺を確かめなければ。

　棺の蓋がはずされていた。

　いやな予感がして覗きこめば、棺のなかに納められているはずの遺骸がなくなっていた。副葬された髪飾りや耳飾りは残っている。墓荒らしではないことは明らかだ。

　ついてきた武官が怯えた声をあげ、頭を抱える。

「や、やっぱり、霊鬼《りょうき》の祟りですよ！　皇太妃様の怨念が……」

「情けない声をだすな。皇太妃殿下が祟るはずがないだろう。横死《おうし》したならばともかく、皇太妃殿下は肺を患われて薨去《こうきょ》されたのだぞ」

　陵《リョウ》が叱咤する。だが武官はなおも喰いさがった。

「だったらなんで、皇帝陛下は御自身の母親の亡骸をばらばらになさったんですか。なにか、いわくがあるに違いありませんよ」

「大家には俺たちのような宦官には想像もつかぬほどに深いお考えがある。邪推して語るなど不敬きわまりないことだ」

「で、ですが、ご覧になられたでしょう？　衛官たちがいっせいに腹を裂いて、命を絶つなんて尋常ではありません。霊鬼《りょうき》によるものだとしか」

「後宮で霊鬼《りょうき》にまつわる事件が続いているからといって毒されるな。腹を斬り、殺害してから剣を握らせれば、自害に見せかけることは可能だ。思いこみに振りまわされては」

「――――ご報告いたします！」

息を乱して駆けてきた武官が話に割りこむ。そうとうに慌てている様子だ。

「ほかの霊廟でも、衛官たちが残らず縊死《いし》、もしくはみずからの喉を突いて息絶え、皇太妃様のご遺骨が棺から紛失しております！」

陵《リョウ》が今度こそ絶句した。

衛官全員を自害させる。そのようなことが可能だとすれば――

陵《リョウ》の脳裏に異能という言葉がよぎる。

礎魄《サハク》は都で疫病ありと報されるなり、腹心である陵《リョウ》を都の最寄りにある霊廟に派遣した。礎魄《サハク》はすでに霊廟から骸を持ちだした首謀者にも予想がついているのではないだろうか。

もっとも礎魄《サハク》が語らないかぎりは陵《リョウ》から尋ねることもまた、ない。すべての真実が陵《リョウ》に知らされるとはかぎらず、それは彼にとっては構わないことだった。

しかし、霊鬼《りょうき》か、異能者か。理解の範疇を超えたものと対峙するとき、果たして私は、大家をお衛《まも》りできるのだろうか――陵《リョウ》は地獄のような有様を睨みながら、剣を強く握り締めた。

❖

離宮の燈火《あかり》が、ほつりと落ちた。

かわりに紫煙《もんこう》があがって香のかおりが漂いだす。

神喰《カミジキ》が聞香を好むとわかったのは、端午節が終わり香包《こうづつみ》をかたづける時だった。神喰《カミジキ》が

「よき香であったのに」と惜しんでいたので、令冥《レイメイ》は宮に備えつけられていた香炉をつかってみようと思い立った。

幻靖《ゲンセイ》が日頃から香を焚いていたので、おおよそのやりかたはわかっている。香篆《こうてん》という型に抹香《まっこう》を落として、ならしながら固めるのだ。静かに香篆をはずせば、桜をかたどった紋様があらわれた。その端に火をつけると細煙《ほそけむり》があがり、白檀香がたちのぼる。

神喰《カミジキ》はたいそう喜んだ。

それからというもの、臥牀《しんだい》の側に香炉をおいて一緒に香を嗜《たしな》むようになった。

令冥《レイメイ》が眠れないと言ったあの晩から、神喰《カミジキ》は臥牀《しんだい》に腰かけ、朝まで側にいてくれるようになった。だが、令冥《レイメイ》はそれだけでは段々と満たされなくなってきていた。強欲だとわかってはいる。有態《ありてい》にいえば、神喰《カミジキ》にもっと、もっと、くっつきたいわけだ。

「か、神喰《カミジキ》、朝まですわっていては、その……つらくはありませんか？」

「いいや？　おまえの愛らしき寝顔をみていれば、時などは疾《と》く経つ」

「そ、そうですか」

これではだめだ。いつまで経っても一緒に眠ることはできそうにない。令冥《レイメイ》は勇気を振りしぼって被臥《ふとん》を持ちあげながら、神喰《カミジキ》に誘いかけた。

「あの、横にきて一緒に眠りませんか？」

頬が紅潮する。暗くてよかったと安堵しかけて、神喰《カミジキ》は暗視ができるのだと想いだし、さらに顔が燃えた。

「ふむ、構わぬが……俺が一緒では狭いのではないか？」

「へいきです。この臥牀《しんだい》は広すぎます。もうちょっと狭いほうが嬉しいのです。明日は朝から神喰《カミジキ》と離れなければならないので、いまのうちにいっぱい触れあっておきたくて……だめ、ですか？」

神喰《カミジキ》がくすりと笑いをこぼした。

「わ、わわ……ごめんなさい、あまえすぎ、ですよね」

「いいや、俺の妻は実《まこと》に愛らしやとおもうてな」

神喰《カミジキ》は令冥《レイメイ》をつぶさないよう、気遣いながら身をかがめ、被臥《ふとん》に入ってきた。令冥《レイメイ》は神喰《カミジキ》の腕にちょんと頭を乗せる。

「眠りづらくはないか」

「ふふふ、いいえ、とっても幸せです」

被臥《ふとん》のなかで身を寄せながら、幸せをかみ締める。

いつだったか、こんなことがあったような、と令冥《レイメイ》は想いだす。

「昔の話をしても、いいですか」

「おまえのことならば、なんであろうと聴きたや」

「試練で酷いけがをしたことがあって、園林《にわ》でちからつきて倒れていたら、兄哥様《あに》が臥室《しんしつ》に運んで一緒に眠ってくださったのです。その時のことを、想いだしました」

「その兄哥《あに》とやらは、おまえにもやさしかったのか」

「ええ、とても」

兄哥《あに》である幻靖《ゲンセイ》のことを想いかえせば、令冥《レイメイ》に微笑みかけてくれる顔ばかりが浮かんできた。柔らかな春の風を想わせるひとだった。

「わたくしが落ちこぼれとなってからも兄哥《あに》様だけは変わらず、家族として接してくださいました。頑張っているねと褒めてくださったり、都のお土産をいただいたり」

だが、想い出を語る令冥《レイメイ》の声は何処までも静かで、言葉ほど嬉しそうではなかった。神《カミ》喰《ジキ》もそれを感じたのか、微かな困惑を息に滲ませた。

「……兄哥《あに》様はたぶん、哀れんでおられたのだと思います。落ちこぼれの妹を」

哀れみとは愛からは最も遠いものだ。哀れみという細い縁《よすが》を握り締め、すがりながらも令冥《レイメイ》はそれを理解していた。

「さみしかったのだな」

神喰《カミジキ》が強く強く、抱き締めてきた。

強い、といっても令冥《レイメイ》を傷つけるようなことがないよう、こらえているのがわかる。壊れものを扱う身振りで脚を絡ませ、身を寄せて、幼《いとけな》い頬をその手で包みこむ。

「俺が、おまえのがらんどうを埋めてやりたや」

「いいえ、神喰《カミジキ》」

昏がりに咲き誇るように令冥《レイメイ》は、微笑んだ。

「埋めあわせなんかは要らないのです。あなたさまの愛は替えのないものなのですから。

損なわれたなにかの代わりにあてがうようなことはできません」

神喰《カミジキ》の額とみずからの額とを重ねあわせる。

どれほど身を寄せあっても、ふたつがひとつにはなれないとしても。ひとつになってしまったら、またひとりぼっちになる。

ふたりはふたつだから、幸いだ。

神喰《カミジキ》の胸に身を預け、令冥《レイメイ》は喋っているうちに眠りに吸いこまれていく。

今晩はきっと、夢をみないと思った。

❖

朝になると、昨晩の雨が嘘のように晴れ渡っていた。

宮廷からの馬車がつき、すでに身支度を終えていた令冥《レイメイ》が石段をくだる。都に赴くということもあって、動きやすい服を選んだ。

神喰《カミジキ》もなかばまでついてきた。

離宮につながる石段を挿みこむようにして、唐紅の華表《かひょう》がならんでいる。華表とは参道に建てる柱で境界を表すものだが、これは結界だ。令冥《レイメイ》とともにでなければ、神喰《カミジキ》が後宮を出歩けないように張られた。もっとも神喰《カミジキ》はさして強い呪縛ではあらぬなと鼻さきで嗤っていた。

「神喰《カミジキ》が都に疫《えやみ》をもたらしたなんてとんでもないです。疑いを晴らすためにも、しっかりと調査して参りますね」

令冥《レイメイ》が張りきっていると神喰《カミジキ》が微苦笑した。

「頼もしいな。然《しか》れども無理はするでなきぞ。誰に疑われていようとも、俺にとってはどうでもよいことだ。しょせん、神などはそういうものであるがゆえに。俺はおまえがつつがなく帰ってきてくれれば、それでよい」

その言葉には、ずしんとした重みがあった。

令冥《レイメイ》は想う。彼には神サマの孤独がある。それは令冥《レイメイ》では埋められるものではなく、令《レイ》冥《メイ》が埋めあわせていいものではないのだ。

令冥《レイメイ》は石段をふたつ、ひきかえして、神喰《カミジキ》の鼻さきに接吻《くちづ》けた。

「いってきますの接吻《くちづけ》です」

真っ赤になった頬を紛らわすように令冥《レイメイ》はいっきに石段をくだり、馬車に乗りこむ。

華表に蔓《つる》を絡ませた鉄線蓮《テッセンレン》の花葩《はなびら》が風に乗って、舞いあがる。神喰《カミジキ》は微かに双眸を緩めながら、馬車がみえなくなるまで石段の最下段にたたずんでいた。

❖

奉の都は大帝都と称される。

奉は大陸を統一するだけあって、都にはさまざまな民族があふれていた。商隊と想われる幌《ほろ》馬車がすれ違い、町を埋めつくすほどの人が休みなく動き続けている。

馬車の窓から身を乗りだして令冥《レイメイ》が眼をまるくした。

「なんて賑やかなのでしょうか！　何処をみても人がいて、働いておられたり遊んでおられたり……慌ただしくて眼がまわりそうです」

磋魄《サハク》はお忍びということもあって、冕《かんむり》はせずに黒く染髪した髪を背に垂らし、麻織の質素な服に袖を通していた。雅やかな風貌のせいか、それでもまだやんごとなき身分の貴公子か、男装した小姐様《おじょうさま》にみえる。

昨晩とは違い、磋魄《サハク》は陵《リョウ》を連れだっていた。彼は磋魄《サハク》の護衛を務めながら馭者《ぎょしゃ》の役割を担っている。無論身を隠して、遠くから皇帝の警護をしているものが他にもいるはずだ。

磋魄《サハク》は都を眺めて眉を曇らせた。

「想像どおり、閑散としているね」

「ええっ、これで、なのですか？」

令冥《レイメイ》が思わず声をあげた。

「まさかとはおもうけれど、貴女は都にきたことがないのかな」

「恥ずかしながら。焉《エン》家から後宮へと向かう際に通りがかった時には、窓に緞帳が掛けられておりましたので」

「そうか。だったら、ちょうどいいね。陵《リョウ》、ちょっといいかな」

磋魄《サハク》が声をかけると、馬の手綱を操っていた陵《リョウ》が振りかえった。彼は耳が聴こえないはずだが、大家《あるじ》の声にだけはかならず、こたえる。声の微かな振動でも感じているのだろうか。

「朱雀南路《すざくなんじ》に寄ってくれないか」

「承知いたしました。なにか御用ですか」

優秀な馬なのだろう。陵《リョウ》がいちいち指示せずとも、きちんと道路にそって進んでいる。

「箱入りの小姐《こむすめ》様に都見物を、と思ってね」

想像だにしていなかった提案に令冥《レイメイ》が慌てる。

「そんなっ、おいそがしい陛下のお時間を奪うわけには参りません！」

「大家の御心遣いは理解できますが、現在は疫病が蔓延している最中《さなか》です。馬車から降りるとなれば、大家の御身が懸念されます」

「これは霊鬼《りょうき》による疫《えやみ》だよ。感染するにしても感冒とは経路が違うだろう。それにいまさらだ。僕は日頃から様々な者と接見している。都からの要人ともね」

こういう時の磋魄《サハク》は意地でも考えを変えないとわかっているためか、陵《リョウ》は諦めたふうにため息をついて、通りをまがった。


…………


馬車から降りた令冥《レイメイ》は都の賑々しさに眩暈を感じた。

ここは朱雀南路。大帝都で最も殷賑《いんしん》な通りだという。馬車が侵入できない舗道を挿みこむように建ちならぶのは布屋、飯屋、宝飾屋と店舗ばかりだ。石畳が敷かれた道端では敷物を敷いて品物を販売する露天商が客寄せの声を張りあげている。人であふれかえる町角を見渡して、令冥《レイメイ》は浪《なみ》だつ海にのまれるような――といっても彼女は海をみたことはないが、そう譬《たと》えずにはいられない心細さに見舞われた。

「怖がることはないよ、ほら」

令冥《レイメイ》が動けずにいるのをみて、礎魄《サハク》はさりげなく手を差しだしてきた。

「わわっ、いけません、陛下がこのような！」

令冥《レイメイ》は慌てて身を退こうとしたが、微笑む礎魄《サハク》に指を絡められ、ひき寄せられる。

「だめだよ、礎魄《サハク》といってくれないと、ね？　お忍びなんだから」

「さ、礎魄《サハク》様」

「様、か。……ふふ、まあ、いいかな」

礎魄《サハク》は令冥《レイメイ》を連れて、人の群れを避けつつ、通りを進んでいく。

陵《リョウ》はやや離れて、後ろをついてきていた。礎魄《サハク》のお忍びの妨げにならないほどには距離を取っているが、有事の際はすぐに駆けつけ、礎魄《サハク》をかばい助けられるよう、構えている。

落ちついて町を眺めれば、なにもかもがめずらしく、令冥《レイメイ》はいっきに心を奪われた。

包子《パオズ》を販売している屋台に土産物を陳列している露天商、飲茶の餐館《さんかん》があれば、簪や耳飾りなどを取り扱っている店舗もある。順番に覗きながら令冥《レイメイ》は歓声をあげる。

「まあ、こちらは布屋さんなのですね。むかいが服屋さんです。どう違うのでしょうか？」

「布屋では反物から好きな絹を選んで、職人に服をあつらえてもらうんだ。すでに服になっているものを扱っているのが服屋だよ。ほとんどの民は後者で服をそろえるが、婚礼などの特別な時は布屋に依頼するんだ」

「確か、おかねというものが必要なのですよね？」

「ほんとに、はじめてなんだね」

「す、すみません、なにも知らなくて」

教育の一環として教えられたため、令冥《レイメイ》にはひと通りの教養はある。だが、知識として備えているのと実際に経験するのとは別だ。

令冥《レイメイ》は恥ずかしくおもったが、磋魄《サハク》はそれを笑わなかった。

「……なつかしいな、僕も都にきた時はそうだったよ。皇帝になるまでは後宮からでたこともなかったからね」

磋魄《サハク》には磋魄《サハク》の重ねてきた経緯があるのだ。

「磋魄《サハク》様は頻繁に都にいらしているのですか」

「宮廷にいては、民の声は聴こえないからね。市場に赴いて物価の推移をみれば、民の暮らしにどんな異変があるのかが把握できるし、どう対処するべきかもわかる」

統轄する領地が広遠になるほど、皇帝は三公九卿《さんこうきゅうけい》、諸侯、地方の士族の問題に振りまわされ、庶民にまでは意識を払えなくなるものだ。まして奉は大陸を統一する帝国だ。それを統制するのは尋常ならざることだと令冥《レイメイ》は察した。

「感服いたしました。仁徳あふれる御方だと思ってはいましたが、これほどまでとは」

「はは、嬉しいけれど、まだまだ、だよ。僕の眼は地方の小都《しょうと》までは届かないからね。地方では役人たちの収奪が酷いとか。だが、まずは帝都から改革を進める。そのあとは地方にも波及していくよう、働きかけるつもりだ」

令冥《レイメイ》は政《まつりごと》を考えたことはない。

政治理論、政治思想などの勉強はひと通り修めたが、彼女のそれは文献のなかのものであって、現実に命ある民にたいするものではなかった。

「固い話をしてしまったね。さあ、都見物を続けようか」

賑やかな通りを進んでいくと、広場にでた。曲芸師が壺まわしを披露しており、観客が歓声をあげて取りかこんでいる。令冥《レイメイ》も礎魄《サハク》と一緒に雑技《ざつぎ》を眺めていたが、別のものに心惹かれて、そちらにふらふらとひき寄せられてしまった。

「なんて、きれいなのでしょうか……」

令冥《レイメイ》を魅了したのは華やかな細工が施された飴だ。

熱せられて透きとおる砂糖の塊を伸ばしてから、握り鋏《ばさみ》で金魚や芍薬、猫などを作っていくさまは職人技というほかにない。

「変わった眼をした小姐《おじょう》ちゃんだな。飴が気にいったのかい？」

飴職人の男が声をかけてきた。

「とても。だって、方術《ほうじゅつ》をかけているみたいですもの」

「方術ときたか、そりゃ嬉しいな！　ほら、可愛い小姐《おじょう》ちゃん、これをあげよう。その綺麗な眼とおそろいだよ」

「ほんとうですか！」

棒つきの金魚の飴を渡された令冥《レイメイ》は梅が綻ぶように頬を染めたが、あることを想いだして、またすぐにしぼんでしまった。

「……あの、いま、持ちあわせがなくて」

「ははっ、ただでやるよ。ちっちゃな小姐《おじょう》ちゃんが大人に気を遣うなって」

「わ……、ありがとうございます」

令冥《レイメイ》はこれまで他人から親切にされた経験がなかった。かかわっても疎まれるか、侮られるか、あるいは畏れられるか、だ。

遠くからみていた磋魄《サハク》のもとに駆け寄って、令冥《レイメイ》は飴をかざす。

「こちら、いただきました」

「ふふふ、よかったね」

「とてもよかったです。大事にとっておきます」

令冥《レイメイ》は嬉々として透きとおる金魚を、晴れた空に透かす。

「はやめに食べちゃったほうがいいよ、春だというのに夏みたいに暑いからね。とけてしまっては、それこそもったいないよ」

「そ、そんな……とけてしまわれるのですか、金魚さん」

「飴だからねぇ」

えいっと飴を頬張れば、素朴な甘みが拡がった。令冥《レイメイ》は辛いものが好きだが、甘いものもなんだか幸せなきもちになる。

「お小遣いを渡しておけばよかった。気がつかなくて、ごめんね。欲しいものがあったら、僕に教えて。そうだね、髪飾りなんかはどうかな」

「わわわっ、そんな！　とんでもないです」

磋魄《サハク》がなぜ、こうもよくしてくれるのかがわからず、令冥《レイメイ》はひたすらに申し訳ないきもちになる。だが、磋魄《サハク》に「みてごらん、ほら」とうながされて、露天商に連れていかれた。

そこにならべられていたあるものに視線が吸い寄せられる。

紫の外掛紐《はおり》だ。黒曜石の飾りがついている。

「それは男物だよ」

そこまで言いかけて、磋魄《サハク》は察しがついたらしかった。

「ああ、僕と一緒にいる時でも、貴女は神サマのことが忘れられないのか」

磋魄《サハク》は悔しげにつぶやいたが、すぐに苦笑して、男物の外掛紐《はおり》を購入してくれた。令冥《レイメイ》は強請《ねだ》ったつもりではなかったので慌てたが「はい、これね」と外掛紐《はおり》を渡される。

「令冥《レイメイ》、都にはたくさんの人たちがいるだろう？」

磋魄《サハク》が声を落として、視線を遠くにむけた。

荷車を押す商人の男がいる。赤ん坊を抱えた母親がいる。異境の民族たちがいる。田舎からきたと想われる農民がいる。いかにも豊かそうな富豪の男がいる。娼妓《しょうぎ》がいる。物乞いがいる。

「彼らすべてが奉の民だよ。老いも若きも、富めるも貧しきも等しく、ね。それぞれに家族がいて、暮らしがあって働いている。産まれ、いつかは死んで逝くものたちだ。皇帝というものは彼らの命を預かっている」

「だからこそ、皇帝とは磋魄《サハク》様のような御方でなければならないのですね」

令冥《レイメイ》が想ったことを飾らず言葉にすると、磋魄《サハク》は相好《そうごう》を崩した。

皇帝ともなれば、誰もが磋魄《サハク》を褒めたたえておもねるが、嘘や利害のない言葉は一割あるかどうかだ。

「僕は、正しい選択をし続けなければならないんだよ。なにを犠牲にしてもね」

その言葉は、重かった。

彼は果たして、これまでいかなる犠牲を払ってきたのか。

皇帝が崩御したとき、磋魄《サハク》が胸のうちで誓った言葉を、令冥《レイメイ》は想いかえしていた。僕が終わらせないと――その誓いは磋魄《サハク》の未練として耳飾りに遺っていた。それこそ、死後の未練に等しいほどの強さで。

つまりは終わらせることが、できなかった。あるいはまだ、できていないということだ。

彼はいったい、なにを終わらせたかったのか。

「ねえ、令冥《レイメイ》」

終始遠くを眺めるばかりだった磋魄《サハク》の眼差しが、令冥《レイメイ》へとそそがれた。

「僕は、妻を娶《めと》らない。後宮もゆくゆくは取りつぶすつもりだ」

いつだったか、墓陵で伝えようとしていた言葉を、磋魄《サハク》はあらためて紡ぐ。

「でも、貴女だけは……皇后として迎えたいと想っている」

ふたりのあいだに風が吹き渡る。都の喧騒が一瞬だけ、まったく聴こえなくなった。

「僕は真剣だよ。だから、考えておいてくれないかな」

だが一考するまでもなく、令冥《レイメイ》のこたえはもとからきまっていた。

「その命《めい》だけは、承れません」

令冥《レイメイ》は袖を掲げ、低く頭を垂れる。

「わたくしには愛する旦那様がおりますもの。それは磋魄《サハク》様もご了承くださっていたはずです」

「わかっている。でも、貴女たちのあいだには、神と人という境界線がある。その境界線を視て視ぬ振りして、永遠の愛を信じ続けるのはあまりにも……酷《こく》だよ。貴女にとっても、神サマにとってもね」

磋魄《サハク》の言わんとしていることが理解できず、令冥《レイメイ》は首を傾げた。

神と人。違いはあれども、ふたりは想いを通わせている。それでよいではないかと。

令冥《レイメイ》の思考を破るように町角がにわかに騒がしくなった。磋魄《サハク》は声が聴こえるほうに視線をむけて、神経を張りつめる。

「危険かもしれません。私が確かめて参ります」

後ろに控えていた陵《リョウ》が先頭をきって、進む。

騒ぎのもとは喧嘩ではなかった。担架で担がれて、男たちが運ばれていく。急患だ。患者たちはそろって、咳きこんでは夥しい血の塊を喀《は》き散らしている。

「またか。今朝も一家全員が運ばれていったのをみたぞ。どうなっているんだ」

「どうせ、助からないさ。院についてみたら死んでた、なんてのもしょっちゅうだそうだ。墓に運んだほうが手間が省けていいんじゃないのか」

「しっ、不謹慎だよ」

「霊鬼《りょうき》の祟りだ、そうに違いない。なんでも嵐のとき、都の上空を、腸《はらわた》をぶらさげた女の首が飛んでたっていうじゃねぇか」

「そう、それだ――俺、見ちまったんだよ」

髭をたくわえた男がおもむろに声をあげた。身震いをしてから、彼はおそるおそる話しだす。

「俺はその昔、宮廷に勤めてたことがある。だから間違えるはずがねぇんだ。都を舞ってたのは皇太妃様の首だった――」

「なんだって」

場は不穏な騒ぎとなる。

皇太妃といえば皓魄《サハク》の母親のことだ。令冥《レイメイ》は思わず、皓魄《サハク》を振りかえる。だが、皓魄《サハク》は凍りついたように表情ひとつ、変えてはいなかった。

「非礼なことを！　あれは皇族にたいする侮辱です。事実無根な噂をたてるなと、私が注意して参ります」

陵《リョウ》は憤慨して息巻いていたが、磋魄《サハク》は彼を制する。

「その必要はないよ」

「過敏になると、噂がよけいに拡がるとお考えですか？」

「いいや」

喧騒が遠ざかる。

「……あれは、事実だろうからね」

視線をふせた磋魄《サハク》は恨むような、殺伐《さつばつ》たる眼をしていた。

❖

時をおなじくして、離宮では神喰《カミジキ》が令冥《レイメイ》の帰りを俟《ま》ち続けていた。

先程から、令冥《レイメイ》が帰ってきたのではないかと石段までいってはまた帰ってきて、廊子《えんがわ》で項垂れるのを繰りかえしている。

昼頃まではよかったのだ。

令冥《レイメイ》がしょっちゅう掃除をしていたのを想いだし、竹箒を取ってきて、しばらくは掃除に勤しんでいた。だが、日頃からこまめに清掃しているのもあって、すぐに何処もかしこも綺麗になってしまった。

そこからはうろうろと、宮のなかをいったりきたり。

「いま、令冥《レイメイ》の声が聴こえたような」

廊子《えんがわ》から腰をあげ、またも石段にむかおうとするので、女官に扮する家憑《いえつき》がぱたぱたと袖を振って「石段まで確かめにいかれてから、まだぜんぜん経っておられませんよ」と訴えた。「先程もまだだったと仰せだったではありませんか」と続ければ、神喰《カミジキ》はふうむと唸りつつ「だが、いまは帰ってきているかもしれぬ」と言いだす。

これは重症だなと、家憑《いえつき》は重いため息をついた。

神は、妻を愛しすぎている。

だが愛さずにいられないいきもちは、家憑《いえつき》にも理解できる。

令冥《あるじ》はやさしい。昏いところに捨てられたものたちに手を差し延べ、こころを寄せて、言葉をかけてくれる。

令冥《レイメイ》は忘れているだろうが、この家憑《いえつき》もまた、令冥《レイメイ》に拾われた身だった。

ヒトに化けるのがへたで、仲間から落ちこぼれとして喰われかけていたところを、令冥《レイメイ》に助けられたのだ。箒を握り締めて、群がるほかの家憑《いえつき》を追い払ってくれた令冥《レイメイ》の姿は今でも忘れられない。

あの時はつい逃げだしてしまったが、いつかはかならず、令冥《レイメイ》に恩をかえそうと思っていた。だから令冥《レイメイ》が後宮に連れていかれたとき、ひそかに憑いてきたのだ。

いまはこうして、離宮の女官として側においてもらえて、とても幸せだ。

家憑《いえつき》は神サマを気遣って、茶を差しだす。

神喰《カミジキ》がどんよりとしてもどってきた。さながら塩をかけられたなめくじだ。

「まだ、帰ってきてはおらなんだ」

「俺に、か？」

神喰《カミジキ》が味を感じないのは知っているが、令冥《レイメイ》の好きな茶を飲めば、ちょっとは落ちつくのではないかと思った。

「ふむ、どうせならば、おまえも飲んだらどうだ」

家憑《いえつき》は垂れ布の裏で眼をぱちくりとさせた。

下等な神である家憑《いえつき》は飢え続けている。なにを食べても満たされることはない。神喰《カミジキ》はもちろん、そのことを知っているはずだ。そもそも神喰《カミジキ》は彼の霊威の残滓である家憑《いえつき》をこころよく思っていなかった。

令冥《レイメイ》の愛が神喰《カミジキ》を変えたのか。

なぜだか嬉しくなって、家憑《いえつき》はいそいそと茶を淹れてきた。垂れ布をほどいて茶杯ごとかみ砕く。神喰《カミジキ》が「盛大だな」とあきれていた。

「はやく、あるじが帰ってきてくだされば、よいですね――」

身振りでそういえば、神喰《カミジキ》は微かに笑いをこぼした。

神は強く敏く万能なものだと考えられがちだが、ほんとうはそうではない。神とは誰かに想われ、必要とされてはじめてに息吹くものだ。

令冥《レイメイ》は知らないだろう。

神サマがどれほど令冥《レイメイ》に救われているか。

令冥《レイメイ》がおらずとも、神喰《カミジキ》が滅びるようなことはないが、あり様《よう》は崩れる。それは神喰《カミジキ》の残滓たる家憑《いえつき》もしかりだ。令冥《レイメイ》がいなくてさみしいのもまた。

雲ひとつない青空を眺めながら、神喰《カミジキ》はまたひとつ、ため息をついた。

❖

令冥《レイメイ》と磋魄《サハク》は都見物を終えて馬車に揺られていた。

あれから、磋魄《サハク》は霊鬼《りょうき》の話に触れることなく、令冥《レイメイ》も言葉にだすことがはばかられて、黙り続けていた。

車窓から饐えた臭いが吹きこむ。

馬車は賑やかな大通りを通り過ぎ、いまは入り組んだ路地を進んでいる。日の差さない裏通りでは、襤褸《ぼろ》を身につけた貧民たちが崩れかけた塀にもたれて、項垂れていた。一様に濡れた咳をしては口から血をぼたぼたと垂らして、いまにも息絶えそうな有様だ。

「酷い……あの御方たちは」

「医院にかかれないほどに貧しいものたちだろうね」

「助けられないのですか」

「残念だが、医師に診てもらえたとしても彼らは助からないよ。霊鬼《りょうき》をなんとかできなければ、じきに都一帯がこのような有様になるだろう。それだけは避けなければならない」

神喰《カミジキ》の疑いを晴らすのみならず、都の命運が見鬼妃たる令冥《レイメイ》に託されているのだ。

令冥《レイメイ》はそれを実感して、微かに身震いをした。磋魄《サハク》が令冥《レイメイ》に都を見物させたのは令冥《レイメイ》を喜ばせたかったというばかりではなく、都に暮らす民の姿をみせることで使命の重みを感じてほしかったのだろう。

令冥《レイメイ》は意を決して、磋魄《サハク》に尋ねかけた。

「磋魄《サハク》様はご存じだったのですか？　霊鬼《りょうき》の素姓を」

磋魄《サハク》が袖を振り、指を動かす。陵《リョウ》が速やかに視線を逸らした。あれはおそらく読唇を禁ずるという命令だ。

「いまから十五年前、百子奪嫡《ひゃくしだっちゃく》ともいえる後宮の乱があった」

磋魄《サハク》がぽつぽつと語りだした。

「あのとき、妃たちの嫡子争いをあおったのが、皇太妃だったんだよ」

令冥《レイメイ》が息をのむ。

だってあれは異能によるものだ――そこまで考えて、令冥《レイメイ》は思いなおす。焉《エン》家は皇帝の勅命にだけ順《したが》う。妃であろうと、皇帝の許しもなく焉《エン》家に依頼をすることはできない。だが、その掟《おきて》が破られていたとしたら。

「彼女は競争心や嫉妬心、恐怖心などを巧妙に操って、妃たちが互いの御子を暗殺するように唆《そそのか》したんだ。先帝がご存命だった時は、後宮も今とは比べようもないほどに賑やかでね。妃たちは誰が先帝の寵愛を得るのか、皇后に選ばれるのかと張りつめていた。限界まで張られた糸が弾けるのは一瞬だったよ」

　礎魄《サハク》は五歳の頃から、百子奪嫡の惨劇をみてきたのか。どれほど怖ろしかったことだろうか。哀しかったことだろうか。

　礎魄《サハク》の胸中を想像すると心が痛み、令冥《レイメイ》は裙《くん》の裾をぎゅっと握る。

「陵《リョウ》様は知っておられるのですか？　皇太妃様のことを」

　それが事実ならば、陵《リョウ》の母親もまた、皇太妃の思惑に操られて暴挙に及んだことになる。陵《リョウ》の母親に非がなかったとまでは言わないが、唆《そそのか》したものがいたのだとすれば、彼も納得できるのではないだろうか。

「いいや、彼には知らせていないよ」

「なぜですか。真実をお知りになられても、陵《リョウ》様が礎魄《サハク》様を恨まれることはないと思います。陵《リョウ》様は礎魄《サハク》様を敬愛されておりますもの」

「だが、母を壊した女の息子に忠誠を誓っているのだと、みずからを責めるかもしれない。彼は根からまじめな男だからね。覆水盆にかえらずだよ。今頃になってから陵《リョウ》に真実を報せたところで、なにが変わるわけでもない」

「それは、陵《リョウ》様を傷つけたくないということでしょうか」

　礎魄《サハク》は毒気を抜かれたように微苦笑した。

「貴女はいつだって、人が傷つくかどうかに重きをおくんだね。……そうだよ。真実とは人を傷つけるものだ。知らなければ、幸せでいられることはたくさんあるから」

陵《リョウ》はこちらを振りかえらず、手綱を取っている。

「皇太妃は犠牲者の怨念に祟られるように肺を患い、僕が皇帝となる前の晩に儚くなられた。そうはいっても、ここは陰謀渦まく後宮だからね、ほんとうに病死なのかはさだかではないけれど」

「それでは皇太妃様が、冕《かんむり》を戴かれた磋魄《サハク》様のお姿をご覧になられることはついになかったのですね。数多の犠牲を積みあげてでも、磋魄《サハク》様を皇帝にしたいと望まれていたのに」

皇太妃が鬼になったとすれば、それが未練だったのだろうか。

「……だからね、皇帝の倚子は錆びついているんだよ」

磋魄《サハク》らしからぬ暗晦《あんかい》な低い声が、細い喉から洩れた。

「血の轍《わだち》をたどり、敷きつめられた骨を踏みしだいて皇帝となった僕を、貴女は軽蔑するかな。それとも、霊鬼《りょうき》にたいする慈愛をもって、許してくれるのかな」

奈落の底から助けをもとめて振り仰ぐような眼差しをむけられ、令冥《レイメイ》は戸惑った。燃えるような渇望の眼。なぜ彼がそんな眼をするのか。

「だとしても、磋魄《サハク》様が望んで、ご兄弟を害されたわけではないはずです」

「結果は一緒だ。彼らは僕が皇帝になるために死んだといってもいい」

ああ、彼は罪に憑りつかれているのだ。

「許すとすれば、わたくしではなく」

「いいや、貴女だ」

磋魄《サハク》は彼女の腕をつかみ、組みふせるように身を寄せてきた。

「ほかでもない貴女にだけ、その権利があるんだよ、令冥《レイメイ》」

絡みつく指は強かった。熱かった。神喰《カミジキ》とは違って、熱のある指。だが、肌に感じる熱とは裏腹に、令冥《レイメイ》は頭がしんと冷えていくのを感じた。

「それは、わたくしが見鬼の眼をもっているから、ですか？」

異能の眼は痛みを映す。他人の死を受けいれ、ともに絶望を感じる。だから、彼は令冥《レイメイ》を望むのだろうか。

「でも、あなたは鬼ではない。鬼では、ないでしょう？」

「――僕は」

車輪が軋んで、かくんと揺さぶられた。

「大家、医院につきました」


……………


磋魄《サハク》、陵《リョウ》は馬車に残り、令冥《レイメイ》だけが敷地に降りたつ。

医院というのは死者の未練が溜まりやすいところだ。ここならば、患者の強い魄が残っているに違いない。

令冥《レイメイ》の異能による調査とは、患者の死を経験することだった。

　霊鬼《りょうき》とは絶命したその時の姿を取るものだ。そしてみずからが死に絶えた時の苦痛を再現しようとする。

　水死ならば、水の底にひきずりこみ、事故死ならば事故を招く。

　私はこんなふうに死に絶えたのよ。痛かったの、つらかったの、ほら、その身をもって理解して――そんなふうに。

　この疫《えやみ》もしかりだ。

　皇太妃は肺を患って薨去《こうきょ》されたといっていた。

　死にかたがわかれば、解決の端緒もつかめるかもしれない。

「宮廷より、疫《えやみ》の調査に参りました」

　医師たちは令冥《レイメイ》の幼さをみて怪訝そうに眉根を寄せたが、官吏の身分証を提示すると病《びょう》房《しつ》に通してくれた。

　なかでは患者たちが息も絶え絶えに阿《あ》鼻《び》叫《きょう》喚《かん》の声をあげ続けていた。通りがかった病房にはいましがた担架で運ばれた男たちが寝かされていた。だが、ふたりはすでに事切れており、残りのふたりも明朝まで持つかどうか。

「患者は血を喀《は》き続け、末期になると臓物の塊のようなものまで喀《は》いて息絶えるのです。助かった患者はおりません。薬も効かず、手の施しようがないのです」

　医師は沈痛な面持ちで空室になった病房《びょうしつ》を指す。

「船乗りだという患者様が、昨晩まではこちらにおられました。ずいぶんと遠くから都にこられた方らしく、言葉も通じず、ご遺族に連絡を取ることもできなかったので、都の合葬墓に葬られることになりました。荷物だけは残してあるのですが……」

令冥《レイメイ》は渡された荷を解いた。荷のなかには財布、水筒、手帳などがある。手帳に書かれていたのは異境の言語だった。宮廷に持ちかえれば、解読できる文官がいるだろうか。

「あら？」

全て取りだしたはずが、底になにかが残っていた。銀製の鈴だ。血の痕がついている。

拾いあげた令冥《レイメイ》の視界が暗転した。

見鬼の眼に死が映る。


（故郷に帰りたかった――）

腸《はらわた》を、喰われているかと思った。

燃えるような激痛が異能の眼を通して、令冥《レイメイ》に襲いかかってきた。腹のなかに蟲《むし》がいて、臓物を喰い破られているような灼熱感。

《彼》は臥牀《しんだい》に横たわり、枕を掻きむしっていた。医院に担ぎこまれてきた後だろうか。

《彼》は喉にせりあがってきた物を喀《は》きだす。

血潮かと思った。だが、違った。夥しい蟲の群れだ。

蜈蚣、蜂、蜚《ごきぶり》に蠍が敷布にまき散らされる。それらは体外に喀《は》きだされると、どろりと血の塊になった。

《彼》は絶叫しようとした。だが、口腔に蟲が喰らいついて、まともに声はでなかった。呼吸ができない。喉に指を突っこんでつまみだせば、男の親指ほどはある蛾がぼたりと落ちた。

ああ、もう、助からないんだな――

諦めた《彼》は最後の力を振りしぼって、鞄をたぐり寄せた。財布を放り投げ、手帳を押しのけて、さきほどの鈴を取りだす。

《彼》の意識を通して令冥《レイメイ》が理解する。

ああ、これは、《彼》の故郷の護符《おまもり》だ。

（おふくろ、かならず帰ると約束したのに。飲んだくれて海に落ちた親父のぶんまで、俺がちゃんと働いて、楽をさせてやるって――）

見鬼の眼が塞がる。

令冥《レイメイ》は患者の死をかぶり、その場に崩れた。

「ど、どうなさったのですか」

医師が慌てて声をかけてきたが、声をだしたら吐きそうで、身振りだけで「だいじょうぶです、お構いなく」と伝える。

だが、これで真実がひとつ、明らかになった。皇太妃は肺病で死んだわけではない。

「なんでも、ございませんので、どうか……お気になさいませんように。こちらをお預かりしても宜しいでしょうか」

　ようやく落ちついてきた令冥《レイメイ》は、動揺する医師たちを振りきって鈴と手帳を預かる。せめて、この鈴を故郷の海に還してあげたかった。宮廷ならば彼の国の文字を解読できるものもいるはずだ。不思議なもので、見鬼の眼では理解できた彼の言語も、いまとなってはなにひとつわからなかった。医師は遺品を持てあましていたのもあり、快諾してくれた。

　馬車に帰ってきた令冥《レイメイ》がひどくふらついていたのをみて、磋魄《サハク》は彼女が異能をつかったのだと察し、すぐさま腕を差しだしてくれた。令冥《レイメイ》は彼の心遣いに頭をさげ、席についてから結論を報せる。

「都に蔓延しているのは病ではありません。毒でございます」

　磋魄《サハク》は微かに眉の端をあげた。令冥《レイメイ》は続ける。

「それも呪詛による毒かと」

「呪詛の毒というのはどういうものかな」

「呪毒《じゅどく》ともいいます。呪いを施して造りあげた毒を飲ませることで、証拠を残さずに暗殺ができるのです。呪毒《じゅどく》にはその場で命を奪うものと、緩やかに時をかけて殺すものとがありますが、蟲《むし》に腸を喰いつぶされるあの死にかたを考えれば、速効の蠱毒《こどく》かと思いました」

　陵《リョウ》が「惨《むご》い死にかただな」と顔を顰《しか》めた。

「異能とはまた、違うものなのか」

「異能の一族がそうした知識を有していることは事実ですが、呪毒《じゅどく》は異能者の血筋でなくとも手順を踏めば、造ることができます」

蠱毒ならば甕《かめ》に夥《おびただ》しい毒の蟲をいれて喰いあわせ、最後に残った蟲をつかって調毒《ちょうどく》する。

「もうひとつ、気に掛かることがございます。霊鬼《りょうき》はかならず死んだ時の姿で現れます。それが魂魄の理《ことわり》です。それなのに、毒殺された皇太妃様がなぜ、首だけで舞っていたのでしょうか」

磋魄《サハク》は嘘をつかないが、重要なことを語らない。彼にはまだ、皇太妃について隠していることがあると、令冥《レイメイ》は直観していた。

磋魄《サハク》は再度、陵《リョウ》に読唇を禁じてから喋りだす。

「皇太妃は後宮の最たる鬼だった。だから死後、彼女の魂が奉に祟りをもたらすことがないよう、遺骸を東西南北に分けて埋葬したんだよ。焉《エン》家の智慧《ちえ》を借りてね」

「なんということでしょう」

落ちこぼれとはいえども、令冥《レイメイ》とて異能の姑娘《むすめ》だ。呪《まじな》いについての知識はある。

「それは魂魄を縛《ばく》する呪いです。霊鬼《りょうき》となっても動けぬよう、ばらばらにして葬る。ですが、これは鎮魂ではなく招魂《しょうこん》の呪いなのです」

「そのふたつはどう違うのかな」

「鎮魂とは死者の魂魄が天地に還り、静かな眠りにつけるようになぐさめ、導くものです。ですが、招魂は魂魄を呪縛して輪廻の環を絶つもの。焉《エン》家はそのことを、磋魄《サハク》様にお教えしていなかったのですね？」

「……いや、知らなかったな」

「まあ、ひどい。これはほんとうならば、敵の皇帝、武将、あるいは家族の仇を殺したあとに施すものでご家族につかっていい呪詛ではないのです」

磋魄《サハク》は陵《リョウ》の肩先に触れ、読唇の許可をだす。

「だが、皇太妃の霊廟すべてが何者かによってあばかれた。陵《リョウ》が確認してきてくれたが、四カ所とも酷い有様だったそうだ。だよね、陵《リョウ》」

「左様です。衛官たちは残らず、みずからの腹を裂き、息絶えていました。検死の結果では自害に間違いないとのことです。棺からは皇太妃殿下の遺骨だけが取りだされていました――見鬼妃、貴女はこれをどう視る？」

異能、だろうか。だが、奉の異能の一族はすでに滅んだ。

墓をあばいた者まではわからないが、呪いを施された骸が盗みだされたという事実に令冥《レイメイ》は戦慄した。緊張に唇をひき結んでから、推測を語りだす。

「遺骸とともにばらばらにされていた魂魄がそろい、呪いが解かれたのであれば、鬼となることは避けられません。ですが、現れたのが首だけというのは妙です。胴、腕、脚も続けて、あるいはひとつになって現れるはず。どうかお気をつけくださいまし」

呪い、呪われ、邪《よこしま》な螺旋《らせん》の根底にあるのが異能の一族たる焉《エン》家であるならば。

焉《エン》家が滅ぼされたのもまた、その報いなのではないか。

そこまで考え、令冥《レイメイ》はぞっと総毛だつ。

咄嗟に指を動かすが、すがりたい袖は、ここにはいない。

唇をかみ締めて、令冥《レイメイ》は項垂れる。そのさまは頚《くび》が落ちるまぎわの椿を想わせ、酷く傷ましかった。

❖

後宮に帰ってきた時には、すでに黄昏時となっていた。

馬車を降りた令冥《レイメイ》はひとり、石段をあがる。神喰《カミジキ》ならば、令冥《レイメイ》のことを迎えにきてくれるのではないかと思っていたのだが、意外にも石段をあがりきっても彼の姿はみえなかった。

闇にたたずむ離宮は静かで、廃墟を想わせる。賑やかな都にいたせいか、寒々しいばかりの静けさに令冥《レイメイ》は微かに肩を窄《すぼ》めた。

「ただいま、帰りました」

廊《ろう》を進みながら、令冥《レイメイ》は声をかける。

だが、こたえる声はいつまで経ってもかえってこなかった。心細さに胸がつぶれて、令冥《レイメイ》は神喰《カミジキ》を呼びながら宮のなかを捜しまわる。

愛する家族を殺された時のことが頭によぎり、涙がこみあげてきたその時だ。

廊《ろうか》の角から、女官が顔を覗かせた。

口が頬骨のあたりまで裂けた女官だ。

「ひっ――」

令冥《レイメイ》は腰を抜かしかけたが、女官は嬉しそうに頭をさげてきた。

「い、家憑《いえつき》……でしたか」

女官は首を傾げて、なぜ怖がらせてしまったのかと考えこんでいたが、あっと想いだしたように布を取りだす。

令冥《レイメイ》と一緒にきた家憑《いえつき》は人に化けるのが得意ではなく、どれだけ頑張っても口が裂けてしまうのだった。客人を迎えるのに、それではいけないということで、いつもは額から布を垂らしていた。

家憑《いえつき》は怖がらせてしまったことを詫びるように何度も頭をさげた。

「こちらこそ、びっくりしてしまってごめんなさい。そっ、その、御口も愛嬌《あいきょう》があって、可愛らしいですよ。がまぐちのお財布みたいで」

令冥《レイメイ》が頑張って、褒めようと試みる。ほんとうはとても怖いが、一族の落ちこぼれだった令冥《レイメイ》としては、彼女のことを責めたり馬鹿にしたくはなかった。

双喜紋《そうきもん》の垂れ布をつけなおして、家憑《いえつき》は袖をぱたぱたと振ってから、えっへんと胸を張る。令冥《レイメイ》は家憑《いえつき》とはいまひとつ意思の疎通ができていないのだが、この垂れ布をたいそう気にいっているといっているように感じた。

「それはよかったです。またいろんな模様を刺繍して、縫って差しあげますね。……ところで、神喰《カミジキ》はどちらにおられますか？」

家憑《いえつき》は手振りで廊子《えんがわ》のある房室《へや》だと教えてくれた。「旦那様はちょっとお疲れでして」

と伝えようとしていたような気もする。

令冥《レイメイ》は沓《くつ》を鳴らして、殿舎の最も奥にある房室《へや》にむかった。

「神喰《カミジキ》！」

西日に満ちた房室《へや》はがらんと静まりかえっていた。

廊子《えんがわ》から差す斜日が、影を端に端にと追いやっている。令冥《レイメイ》は瞬きをひとつしてから、房室《へや》の角まで進んでしゃがみこみ、そっと声をかけた。

「神喰《カミジキ》？　そのような隅っこで縮まって、どうかなさったのですか？」

神喰《カミジキ》がいた。背をむけ、膝をかかえている。

後ろ姿はすっかりと暗がりに紛れていて、令冥《レイメイ》でなければ気づかず素通りしただろう。令冥《レイメイ》が声をかけても神喰《カミジキ》は振りかえらない。

ただ、ぽつりとつぶやいた。

「……寂しゅうてたまらなかった」

板張りの床に波紋のように拡がる髪のすきまから、ちらりと令冥《レイメイ》を覗いながら、神サマは途方に暮れた眼をする。

「俺は永遠に等しい時を、孤独であったというのに。たった五刻ほどおまえと離れておるだけでこうもつらいとは考えもつかなんだ」

青いため息をついて、神喰《カミジキ》は尋ねてくる。

「このような俺では、いとわしきかや？」

ああ、この神サマは——

令冥《レイメイ》はたまらないきもちになった。

「——そんなはず、ございません！」

あふれる想いをぶつけるようにして、令冥《レイメイ》は思いきり神喰《カミジキ》の背に抱きついた。

「わたくしだって、さみしかった。とても、とても……とても、さみしかったのですもの。心細くて、かなしくて、あなたさまの袖ばかり捜していたのですよ？」

さみしいなんて駄々をこねては笑われてしまうに違いないと思っていた。だが、違ったのだ。彼も一緒だった。

幸福感で胸がいっぱいになって、弾けてしまいそうだ。

抱き締めきれないとわかっていながら、令冥《レイメイ》は懸命に腕をまわして最愛の神サマにしがみついた。

「なんて嬉しいのでしょうか。でも、そうですよね……あなたは」

令冥《レイメイ》は睫を濡らして、微笑む。

「さみしがりやの神サマですもの。わたくしは、そんなあなたを、好きになったのですもの」

神喰《カミジキ》が振りかえって、強く強く令冥《レイメイ》を抱きかえしてきた。

波うちながら滝のように落ちてきた髪が、姑娘《むすめ》を神のふところに捕らえる。

「もはや、かたときとも離れとうはない。幾百幾千にわたる孤独より、おまえが傍におらぬ一朝一夕のほうがはるかに堪《た》えがたい」

互いを抱き締め、確かめあった。

かたわれのようなさみしさを寄せあわせ、ひとつにするような抱擁がしばらく続き、ようやく落ちついて、どちらからともなくそっと腕をほどく。

「あ、そうでした、忘れていました。神喰《カミジキ》にお土産があるのです」

荷から取りだした包み紙を差しだそうとした令冥《レイメイ》は、自身の指が酷く強張っていることに戸惑った。なぜだろうか――ああ、想いだした。

幼い頃に母親の誕生日に野で摘んだ花を渡したことがあったのだ。母が好きな紫の花ばかりを寄せて紫の組紐をかけた。だが、母親である弥玲《ミレイ》はそれをみて、いたく怒った。

「こんなつまらないもの、よくも私に渡そうと思いましたね」

令冥《レイメイ》の腕から払い落として、弥玲《ミレイ》はそれを踏みにじった。

「ごみは片づけておきなさい」

そう吐き捨てた背の遠さを、いまだにおぼえている。

つまらないものを渡して落胆させてしまった。苦い経験がよみがえって、手が震えだす。

だが神喰《カミジキ》は母親とは違う。

「っ……えっと」

勇気を振りしぼって、令冥《レイメイ》は神喰《カミジキ》にお土産を渡す。

「贈り物を選ぶなんてはじめてだったので……その、気にいっていただけるかどうか」

「おまえが俺のために選んだものを気にいらぬはずがなかろう」

神喰《カミジキ》が笑った。

言葉だけではなく、慌ただしく紙のつつみを破る神喰《カミジキ》の手振りからは贈り物に胸を弾ませる子どものような、幼《いとけな》い喜びが透けていた。

「おおっ、よき飾りだ」

神喰《カミジキ》は身につける物などには頓着しないはずだが、紫の組紐をみて、瞳を輝かせた。

「つかうのはもったいないが、結わえてもよいか」

「もちろんです」

ああ、よかった。喜んでもらえた。令冥《レイメイ》は胸をなでおろす。

神喰《カミジキ》はいそいそと紐を外掛《はおり》に結ぶ。紫の紐は夜の帳で織られたような外掛《はおり》によくあっていた。

「永遠にたいせつにしよう」

「ふふふ、そういっていただけるのは嬉しいですが、絹ですもの。いつかは、ほどけてしまいます」

「ふむ……そうなのか」

残念そうにする神喰《カミジキ》をみて、今度は胸を締めつけられるような想いになった。百年後でも千年後でも、ほどけることなく残り続ける絹紐があれば、どれほどいいか。

だがそんなものは、ありはしないのだ。

「して、都ではなにがあった」

神喰《カミジキ》にうながされ、令冥《レイメイ》は感傷を振り払って、本題に移る。

都の上空を舞った皇太妃の首、後宮の乱の首謀者、疫病に侵された民の有様、その死を経験することで明かされた呪毒《じゅどく》。見鬼の眼に映ったことまで、残らず情報を共有した。

「後宮の乱の発端は呪詛です。おそらくは皇太妃様が掟を破り、焉《エン》家に呪詛の依頼をしたのだと考えられます。この呪詛は恐怖心を増幅させるもので、十五年経ったいまでも後宮に残り続けています」

奉の後宮は霊鬼《りょうき》がいるから呪われているのではない。順序違いだ。呪われていることで異様な殺人事件が相つぎ、結果、霊鬼《りょうき》が生ずるのだ。

神喰《カミジキ》の眼がすうと、細められた。

「解せぬな。なにゆえにそろいもそろって殺人を選んだ？　漠然と恐怖をあおる呪詛にしては妙ではなきか」

「それ、は」

胸がざわりと掻きみだされた。

考えてはいけないと声がする。考えたく、ないと。

「恐怖にかられ、みずからにとって危険だと感じたものを排除せねばならぬと、急きたてられるものはいる。誤って致死させてしまうこともしかりだ。だが、逃げだそうとするものもいるはずだ。錯乱して、みずから死を選ぶものもまた」

「記録に残っていないだけかもしれません」

「いや、後宮にて死した妃や後宮から逃げて失踪した妃がいれば、筆録に残る。俺が確かめたかぎりでは、隠遁したものもいなければ自死を選んだものもおらず、ひたすらに殺め、殺められ、死刑になることを繰りかえしていた――して、令冥《レイメイ》よ」

神喰《カミジキ》の声が低くなった。

「おまえの母親は、呪殺の異能をもっていたのではなかったか」

令冥《レイメイ》が一瞬だけ、言葉を失くす。細かな震えがせりあがってきた。

「さ、左様です。母様が焉《エン》家のあるじとなれたのは、ひとえに呪殺という異能の強さによるものだと……やはり、そう、なのですか？」

うすうす感じてはいたのだ。

だが、そんなはずはないと、令冥《レイメイ》は真実から眼を背けてきた。

「母様が、後宮に呪いをかけたと――神喰《カミジキ》もそうお考えなのですね？」

「ほかには考えられぬ」

令冥《レイメイ》は重い息をつき、瞼をとじて、現実をのみこむ。

呪殺といっても、やりかたは多様にある。気を減殺させて緩やかに衰弱死させる呪いもあれば、自死にむかわせる呪いもあった。恐怖をあおり思考を縛って、殺人にかりたてるのもまた、呪殺の一種と言えよう。

令冥《レイメイ》は弥玲《ミレイ》の呪殺がどのようなものかは知らなかったが――

「そう、だったのですね。母様が……」

皇帝が崩御したとき、弥玲《ミレイ》と皇太妃が意味ありげに視線を絡ませていたのには、そうしたつながりがあったのか。

皇太妃は礎魄《サハク》を皇帝にしたかった。

だから、焉《エン》家の呪殺の異能を欲した。

「でも、母様はいったいなぜ、皇帝を裏切り、妃からの依頼を請けたのでしょうか」

焉《エン》家は皇帝だけに忠誠を誓っている、はずだった。さもなければ、宮廷の秩序は崩壊するからだ。

掟を破るからには破るなりのわけがあったはず。

令冥《レイメイ》が、ゆらりと緋《あか》の眼をあげた。

「――わたくしは、真実を知らねばなりません」

戸惑いは、ある。震えだってまだ、とまってはいない。それでも令冥《レイメイ》は惑いを断ちきり、強い眼差しで語る。

「後宮を取りまく呪いの真実を導きだせば、焉《エン》家がなぜ、誰の命で、根絶やしにされたのかがわかる――そう、強く感じるのです」

「ふむ、絶望にとどまらぬとは。おまえらしいな」

神喰《カミジキ》が微笑む。

「後宮の乱、呪毒《じゅどく》による疫《えやみ》、あるいは先帝の崩御にも――焉《エン》家がかかわっているのだとすれば、真実を解く鍵は宮廷ではなく、焉《エン》家の宮にこそ、あるのではないかと」

なぜ、焉《エン》家を奇襲したものたちは最後に宮を焼きはらったのか。落ちついて考えれば、答えはかんたんだ。

証拠隠滅だ。

だが、証文《しょうもん》の類は燃えても、剣は残る。香炉も残る。金製の簪も銀製の笄《こうがい》も、残る。

鬼は物に宿って、遺る。

「この異能の眼ならば、鬼を視ることができます」

しかしながら、令冥《レイメイ》は皇帝の許可なく後宮からでることはできない。

かといって、磋魄《サハク》には頼めなかった。焉《エン》家が掟を破り、百子《ひゃくし》奪嫡《だっちゃく》の呪いをかけたのだと知られたら、磋魄《サハク》は確実に令冥《レイメイ》を危険視するだろう。令冥《レイメイ》が一族の責を被《こうむ》り、死刑に処されることも考えられる。

「神喰《カミジキ》、後宮からわたくしを連れだすことはできますか」

神喰《カミジキ》が口の端を綻ばせた。

「易きことよ」

❖

約三ヶ月の時が経っても、焉《エン》家の宮の一帯には焼けこげた臭いが漂っていた。

家屋の燃えた臭いではなかった。人が焼けた臭いだ。葬られることもなく野に晒された骨をみて、令冥《レイメイ》は唇をかみ締めた。

「つらいか?」

「そう、ではないのです。ただ、恨みはつきないものだと」

令冥《レイメイ》は落ちていた骨をひとつ、拾いあげた。だがそれは抱き締めるまでもなく、崩れてしまった。さらさらと指からこぼれていく一族の骨を、令冥《レイメイ》は悼む。

「冬が終わり、春が逝ってもまだ、あの夜のことは昨晩のことのように想いだせるのです。未練もまた、募るばかりで」

愛されたかった。ただ、愛してほしかっただけだ。

傷ついた心は、死にかけた雀がさえずるようにか細い声をあげた。取りかえしのつかない残骸にすがりつきながら――だから、これは未練なのだ。

瞳を瞑って息をつき、令冥《レイメイ》は踏みだす。感傷に浸っている暇は、ない。

焼けた廃墟は皮膚が焼けただれ、骨が剝きだしになった骸を想わせる。いつ崩壊するかもわからない殿舎のなかで、令冥《レイメイ》は魄の遺る遺物を捜す。

折れた剣。壊れた鏡。燃え残った銀の櫛《くし》。それぞれに強い未練が遺っていた。

愛する男と結ばれなかったものがいた。妻と喧嘩したものがいた。親に夢を託されたものがいた。誰もがなぜ一族の宮が奇襲されたのか、理解できないうちに命を奪われていた。なかには昔から令冥《レイメイ》を虐げてきたものもいた。

だが、彼女らの魂魄には令冥《レイメイ》のことなど、ひとかけらも残っていなかった。

日頃から抱えている憂さを晴らすのに落ちこぼれの令冥《レイメイ》をいじめるのが都合よかっただ

け。その場かぎりでわすれてしまうほど、どうでもいい遊びだ。いじめられた令冥《レイメイ》の心にはいまでもたくさんの傷が残っているというのに。

「なんだか」

「悔しいのか」

「……さみしいものですね」

悔しいとはおもわなかった。ただ、寒々しい風が胸のなかを吹き抜けるだけだ。

「俺は悔しくてならぬ。俺がいればこのようなつまらぬ魂、すぐに喰い破ってやったのに」

あのとき、神喰《カミジキ》が傍にいてくれたら違ったのだろうか。令冥《レイメイ》は想像しかけて、やめる。詮《せん》のないことだ。

「進みましょう」

見鬼の異能をつかうほどに令冥《レイメイ》は他人の死を繰りかえす。死んで、殺されて、また死んで、彼女は徐々に息も絶え絶えになっていた。神喰《カミジキ》は令冥《レイメイ》を案じていたが、令冥《レイメイ》は「まだいけます」と異能をつかい続ける。

だが、妙なことがひとつあった。

「これだけの御方が未練を残して命を絶たれているのに、なぜ霊鬼《りょうき》がおられないのでしょうか……」

あれだけのことがあったのだ。

焉家《エンケ》の宮は霊鬼《りょうき》の巣窟《そうくつ》になっていることだろうと令冥《レイメイ》は推測していた。

霊鬼《りょうき》に遭うのは怖かったが、何処かで期待を寄せていたのも事実だ。母親、あるいは父親の霊鬼《りょうき》に逢えるのではないかと。それを、希望というのはおぞましいことだと重々理解していながら、望まずにはいられなかった。

だが、宮は異様なほどに静まりかえっていた。

かわりに家憑《いえつき》の大群が壁で犇めいている。一族が殺された時は衰弱し、離散していたのに、いまは異様なほどの霊威を漲らせていた。神喰《カミジキ》を畏れて近寄ってはこないが、令冥《レイメイ》だけだったら牙を剝いてきたに違いない。

「家憑《いえつき》たるは俺の霊威の残滓が怨念や欲望と結びつき、神となったもの。穢れし下等な神よ。ゆえに奴らは絶えず飢えておる。ここまで言えば察しがつくであろう」

「一族の魂魄は霊鬼《りょうき》になるまでもなく、家憑《いえつき》に喰われてしまった、ということですか」

魂を喰らえるのは神喰《カミジキ》の特権だとばかり想っていた。

「もっとも、奴らは俺のようになにもかもを喰いつぶせるわけではあらぬ。契約者の魂のみ、喰らうことができる」

「そ、それでは母様たちの魂も……」

「いや、あれほど強い異能者であれば、そうそう喰われることはなかろうや」

令冥《レイメイ》は安堵して、ほっと息をついた。

「まもなく朝になる。そろそろ帰らねば」

これだけ捜索したというのに、謎を解く緒《いとぐち》はいまだにつかめていない。

「ま、あともうちょっとだけ」

令冥《レイメイ》があせりながら、廊《ろう》に踏《か》みだす。

「っ——令冥《レイメイ》、そちらにいってはならぬ！」

「え」

神喰《カミジキ》の声に振りかえりかけたのがさきか、令冥《レイメイ》を喰らうように足場が崩れた。

「ひっ、きゃあああっ」

令冥《レイメイ》はまっさかさまに落ちていく。

神喰《カミジキ》がすかさず腕を伸ばしてくれたが、視えない壁に弾かれて神喰《カミジキ》の手につかまることができなかった。奈落の底に吸いこまれるように令冥《レイメイ》は何処までも、何処までも落ちる。

死を予感して、令冥《レイメイ》は身を強張らせる。

だが、落下の衝撃は思いのほかに軽かった。令冥《レイメイ》はころころと地を転がる。

「いたた……神喰《カミジキ》！　聴こえますか⁉」

声を張りあげるが、神喰《カミジキ》からはなにもかえってこなかった。

頭上のはるか遠くにある穴からは細く光が洩れているだけだ。令冥《レイメイ》が落ちたせいか、さらに崩れてほとんど塞がってしまっている。

「あわわわっ、ど、どうしましょ、こんなことになるなんて。神喰《カミジキ》が助けにきてくださらなかったら……い、いえ、神喰《カミジキ》だったら、きてくださいます。な、泣いたら、だめです、頑張らないと！」

あたりはとても暗かったが、持参してきた燧石《ひうちいし》をつかい手燭に火を燈す。

「ここは……母様のお房室《へや》でしょうか」

地下室のせいか、物品はわずかに燃え残っている。母親の魂魄が遺っているかもしれないと考えて、令冥《レイメイ》は神経を張りつめた。

怖くないといえば、嘘になる。

母親の魂魄に触れることは強い恐怖をともなう。だが、令冥《レイメイ》は真実を知らなければならなかった。

笄《こうがい》や綬帯《じゅたい》といった装身具から始まり、弥玲《ミレイ》が執務でつかっていた硯《すずり》や印章にも触れて確かめる。いずれにも魂魄は遺っていなかった。

焦燥と微かな安堵に心を揺らしながら、令冥《レイメイ》は倒れた書棚に視線をむけた。紙の文献や書物が床に雪崩れてあふれかえっているが、さすがにどれも燃え滓《かす》になっている。掻きわけていくと燃え残った木簡がひとつ、煤《すす》に埋もれていた。一部ならば読めるだろうか。

触れたのがさきか、異能の瞼があがった。


（――ああ、なにもかもが呪わしい）

弥玲《ミレイ》の声が聴こえる。令冥《レイメイ》が愛し、令冥《レイメイ》を愛さなかった母親の声だ。

その声を聴くだけで、令冥《レイメイ》の胸の底からは恋しさと恐怖とがこみあげてきた。

弥玲《ミレイ》は慌ただしく階段を降りていた。階段の中程には息絶えた一族の骸がある。ああ、これは焉《エン》家の宮が奇襲されたあの晩だ。

(なぜ、異能も持たぬ無能なやからに一族が滅ぼされなければならないの)

弥玲《ミレイ》は私室に駆けこみ、書棚の裏に隠された抽斗《ひきだし》から木簡を取りだした。

証文だ。全部で三通あった。

令冥《レイメイ》は弥玲《ミレイ》の眼を通して、証文を読み解く。

ひとつは後宮を呪うかわりに焉《エン》家の異能者を官職につかせるというものだ。もうひとつは皇帝に盛る呪毒《じゅどく》の調毒を依頼するもので、完遂後に三公九卿《さんこうきゅうけい》の階級を約束する、と書かれていた。どちらにも皇太妃の落款《らっかん》が捺《お》されている。

こんな、ことで……?

令冥《レイメイ》がぼう然となる。

母親は聡明なひとだった。そんな彼女が、権力欲ごときで連綿と続いてきた掟を破ったのか。

だが、令冥《レイメイ》が戸惑っているあいだにも弥玲《ミレイ》の声は続く。

(皇太妃は約束を破った。私は契約どおり、後宮の呪殺を成就させ、呪毒《じゅどく》も渡したというのに。それほどまでに異能者を宮廷にいれるのはいやなのか。私たちを化生《ばけもの》だとでもおもっているのだろう、屈辱だ——)

違う。これは単なる欲望ではなく、根ぶかい恨みつらみだ。

異能の眼から強い魄が侵蝕してきて、頭が割れそうになる。

(焉《エン》家は宮廷の陰だ。そう、陰にすぎない。この奉が大陸を統一できたのも、いまもなお栄華をきわめているのも、すべては焉《エン》家の異能あっての賜物だ。なのに、我々は表舞台にあがることもできず、都からほど遠い僻境《へききょう》で息をひそめて、いないものとして扱われている——)

弥玲《ミレイ》は宮廷を、皇帝を恨んでいた。魂がぐずりと腐るほどに。

(あんな無能どもに侮られて)

異能者は畏怖され、白眼視されて忌まれてきた。後宮における見鬼妃と同様だ。だが弥玲《ミレイ》もまた異能をもたないものたちを侮り、蔑んでいた。

この怨恨はそれゆえだ。

(異能も持たぬ無能な皇帝ではなく、私こそが、この奉を統べるにふさわしいのに——)

積年の怨嗟が、野心となって燃えたぎっていた。

皇帝に隷従しなければならないことそのものが、彼女にとっては最大の屈辱であり、恨むに値することとだったのだ。

怨念めいた母親の瞋恚《しんい》を視て、令冥《レイメイ》は身を竦ませた。

弥玲《ミレイ》はふたつの証文を破り捨てる。

(彼もまた私を騙して、不要になったらすぐにこうして刺客を差しむけてきた。最後まで私を馬鹿にして……ああ、なにもかもが恨めしくてならぬ——)

最後の証文を握り締め、弥玲《ミレイ》はそれを持ちだそうとした。だが突如として戸が破られ、刺客が押しかけてきた。

弥玲《ミレイ》は証文を奪われまいと書棚の裏に隠す。

彼女の異能は呪殺だが、敵を即死させるものではなく、時間をかけて手順を踏み、呪うものだ。窮した弥玲《ミレイ》は短剣を抜いて敵に斬りかかったが、刺客に易々と組みふせられる。

(想いかえせば、そうだった。あの姑娘《むすめ》を産んだ時から、すべてが崩れたのだ)

髪をつかまれ、項《うなじ》に剣をあてられた。

(あれきり、私は御子を望めぬ身となった。宗家を継承する姑娘《むすめ》を、産むことはついにできなかった。それならば、神咒《しんじゅ》と契約を結び、永遠の命を得るつもりだったのに、儀式のなかばでこんな。すべてはあの姑娘《むすめ》のせいだ――私が、こんな死にかたをしていいはずがないのに)

首を落とされる。

視界が絶たれ、荒浪のように痛みが押し寄せた。意識が散り散りになっていくなか、怨嗟の声だけが、遺る。

(こんなことならば、令冥《むすめ》なんて、産むんじゃなかった――)

異能の瞼が落ちたと同時に令冥《レイメイ》は地に崩れた。

「母様は、そこまでわたくしを……」

おまえなど、産まなければよかった。

幼い時から繰りかえされてきた。聴きなれていたはずの言葉が、いまになって胸を抉り、諦めきれなかった果敢ない望みをうち砕く。

「……憎んで、おられたのですか？」

愛されていない、なんてものではなかった。

「命を落とすその時にまで、後悔するほどに……わたくしは要らない姑娘《こ》だったのですか？　それほどまでにわたくしは、母様のことを、不幸にしてきたのですか？」

ぼろぼろと、涙があふれてきた。

「愛されたいと想い続けることすら」

許されないことだったのだろうか――

首を落とされた痛みなどは、もはや感じなかった。痛みをはるかに凌ぐ絶望が、令冥《レイメイ》の魂魄を蝕む。

「令冥《レイメイ》」

後ろから声をかけられた。

神喰《カミジキ》、ではない。だが、令冥《レイメイ》はこの声を知っていた。忘れるはずがない。

「兄哥様《あに》……？」

手燭をかざして、振りかえる。

死んだものと思っていた幻靖《ゲンセイ》が、そこにたたずんでいた。

❖

「令冥《レイメイ》、どれほど逢いたかったことか」

雅やかな風情を漂わせた男が穏やかに微笑みかけてきた。端麗な風姿をしていたが、眼もとだけは令冥《レイメイ》に似ている。それもそのはずだ。

彼は、令冥《レイメイ》の実の兄哥《あに》なのだから。

令冥《レイメイ》はまぼろしではないかと疑いながらも、思慕の想いに惹かれ、ひとつ、またひとつと幻靖《ゲンセイ》のもとに近寄っていった。

「ほんとうに兄哥《あに》様なのですか？」

「ずいぶんとさみしがらせてしまったね。ごめんよ。ほら、おいで」

令冥《レイメイ》はたまらず、その胸にとびこんでいった。懐かしい家族の腕に抱きとめられて、令冥《レイメイ》は喜びをかみ締める。

「よかった。またお逢いできるなんて、兄哥《あに》様……夢のようです」

哀れみにすぎなかったとしても、地獄のようだった焉《エン》家のなかで幻靖《ゲンセイ》だけが令冥《レイメイ》にやさしかった。その声で「令冥《レイメイ》」と呼びかけられるだけでも涙があふれそうになる。

「後宮にいたんだね」

「ご存じだったのですか！」

「おまえが皇帝の馬車に乗せられて、宮廷にむかうところをみたんだ。逢いにいけなくてごめんね。せめて死んでいないことを伝えられたらよかったんだけど。あんなことがあって、さぞや心細かっただろう。これからは俺がいるから、だいじょうぶだよ」

幻靖《ゲンセイ》はひとしきり令冥《レイメイ》を抱き締めてから、真剣な眼差しで語りかけてきた。

「令冥《レイメイ》、おまえに報せなければならないことがあるんだ」

「なんでしょう」

ただならぬ様子に令冥《レイメイ》が瞬きをする。

「焉《エン》家に刺客を差しむけたのはね」

ドクン――――鼓動が、跳ねた。聴いてはいけないような、奇妙な胸さわぎがする。だが幻靖《ゲンセイ》は、残酷な真実を告げた。

「磋魄《サハク》皇帝だ」

耳を疑った。

「そ、それはまこと、なの、ですか」

磋魄《サハク》は仁愛をもって民を想う皇帝だ。

令冥《レイメイ》にたいしても差別なく接し、ありがとうと感謝の言葉までかけてくれたのだ。そんな彼が令冥《レイメイ》の家族を虐殺したなんて、信じたくはなかった。

「磋魄《サハク》皇帝は一族の異能をつかうだけつかって、棄てたんだよ。おまえが握り締めている木簡が、その証だ」

母親の魄に触れ、絶望しているうちに証文のことをすっかりと忘れていた。令冥《レイメイ》は慌てて木簡を確かめる。焼けこげていて読めるのは落款だけだ。だが、それは皇太妃のものではなかった。

「祇《ギ》磋魄《サハク》――磋魄《サハク》様？」

これがいつのものなのか。なにを依頼したものかは、わからない。

確かなことはひとつ、弥玲《ミレイ》がこれを持ちだそうとしていたということだ。それはこの証文を証拠として握っているかぎり、まだ磋魄《サハク》と渡りあえると考えていたからにほかならない。

弥玲《ミレイ》は「彼もまた私を騙した」と呪っていたが、あれは磋魄《サハク》が呪殺の依頼をしたあと、証拠隠滅のために宮を滅ぼしたということだったのか。

「磋魄《サハク》皇帝に助けられ、後宮でも親切にしてもらったんだね。でも、それはぜんぶ、嘘だったんだよ。可哀想な令冥《レイメイ》。おまえは騙されていたんだ」

「騙され、て……」

がらがらと信頼が崩れていく。

それればかりか、磋魄《サハク》の兄弟たちを奪ったのがみずからの母親である、という良心の呵責《かしゃく》まで、壊れていった。

だって、ひどいではないか。

焉《エン》家を根絶やしにされたとも知らず「磋魄《サハク》様は素晴らしい皇帝だ」とのんきに敬愛の念を抱いていた令冥《レイメイ》をみて、磋魄《サハク》は嘲笑《あざわら》っていたのだろうか。愚かな姑娘《むすめ》だと。

「後宮の呪いを解いたら、磋魄《サハク》様はわたくしのことも処分するつもりだったのですか？」

碓魄《サハク》にまで捨てられるところだったのか――

緋《あか》の眼のなかで昏い火が、ゆらりと燃えたつ。許せるものか。

「兄哥様《あに》と一緒においで、令冥《レイメイ》」

幻靖《ゲンセイ》は腕を差しだし、誘いかける。

「宮廷にいるであろう首謀者を捜すため、後宮に潜入していたんだろう？　おまえは敏くて家族想いのやさしい姑娘《むすめ》だもの。父様や母様が殺されて、さぞや恨んだはずだ」

ああ、そうだ、恨み続けてきた。骨がぢりぢりと燃えるほどに。

「おまえが一族の恨みを晴らしてくれることを、母様や父様だって望んでいるよ。俺とともに一族の復讐を果たそう」

令冥《レイメイ》の眼が、愛に濁る。

「復讐を果たせたら、褒めて、もらえるでしょうか」

「ああ、かならずね」

そうしたら、そうしたら。

母様は令冥《レイメイ》を産んでよかったと想ってくれるだろうか。

これは未練だ。息の根がとまるほどに絶望しても、まだ、浅ましくも希望を捜そうとする。こなごなに砕けて壊れた玻璃《ガラス》のかけらを、素手で掻きあつめる愚かさ。とがった破片が指に刺さり、血潮があふれても、まだすがりつく。

令冥《レイメイ》は幼少期から、そんなことを繰りかえしてきた。そうしなければ生きてはこられなかったから。

幻靖《ゲンセイ》の手を取りかけて、令冥《レイメイ》は踏みとどまる。

「兄哥様《あに》、ひとつ、教えてくださいますか？　皇太妃の霊廟から骸を取りだして、都に疫《えやみ》を振りまいたのは……兄哥様《あに》ですか？」

話によれば、霊廟の衛官は不可解な死を遂げていたという。令冥《レイメイ》はその時から異能者によるものではないかと推察していた。幻靖《ゲンセイ》が死んでいなかったのならば、あのようなことができるものは、彼を除いて、いない。

幻靖《ゲンセイ》は「なんだそんなことか」と微笑した。

「おまえには、まだ教えていなかったね。俺の異能は幻呪《げんじゅ》といって、幻視や幻聴で恐怖を掻きたて人を操ることができるんだよ。母様の異能とも似ているが、呪殺に特化したものではないから、あとはやりかた次第かな。霊廟の衛官を錯乱させるのは易かったよ。自害させて、怨念にまみれた骸を棺から解きはなった」

「なんでそのようなことを」

「復讐の一環だよ。都に禍《わざわい》が振りまかれては皇帝がこまるだろうからね。彼には最大の絶望を与えて殺さないと」

令冥《レイメイ》が一瞬だけ、絶句する。

「で、ですが、命を落としているのは無辜の民です」

「それが、どうしたのかな？」

移ろうことのない幻靖《ゲンセイ》の微笑を、令冥《レイメイ》は産まれてはじめて怖いと感じた。

「俺たちが受けた絶望はこんなものではないだろう？　ねえ、おまえは知っているかな、俺たち一族はね、都で姓を名乗ることも許されないんだよ。皇帝に庇護されているなんて建て前だけだ。実のところ、皇帝が焉《エン》家の功績をみずからのものとして、俺たちを陰に陰に、と押しこめているに過ぎない。真実を知ろうともしない愚かな民も皇帝と同罪じゃないかな」

「だから、民を傷つけてもいいと仰られるのですか」

この身に受けてきた苦を振りまき、これまでの不幸の埋めあわせをしようとする――それではまるで怨鬼《おんき》ではないか。

幻靖《ゲンセイ》は苦笑まじりにため息をつき、声を落として囁きかけてきた。

「それが、復讐というものだよ、令冥《レイメイ》」

復讐とは火だ。天を焼き、地を燃やし、他人を巻きこんでなおも延焼する劫火なのだ。

「そんなことも知らず、復讐を果たすなんて語っていたのかい？　ふふ、おまえはほんとうに浅はかで可愛いね」

疫《えやみ》が続けば、都の大通にも患者の屍が積みあがる最悪の事態となるだろう。そんな地獄を築きあげてまで、母様と父様に褒められたかったのか。令冥《レイメイ》はわからなくなる。

「おまえは神サマと冥契《めいけい》を結んだ。俺の眼は間違っていなかった。それだけの異能の器があれば、彼を神咒《しんじゅ》に還して、取りこむこともできるだろう」

神咒《しんじゅ》。聴きなれない響きだが、弥玲《ミレイ》も死に際にそんなことをいっていた。確か、神咒《しんじゅ》と契約をするつもりが儀式のなかばで奇襲されたと。

「知らないのか？　あれがどういうものなのか」

神喰《カミジキ》がほんとうに神サマなのか、令冥《レイメイ》は知らない。

人間が考えているような神サマではないのだろうと感じてはいたが、神喰《カミジキ》を愛するようになってからは些末なことだと考えるようになった。彼の素姓が神であろうが、別のモノであろうが、令冥《レイメイ》の愛する旦那様であることに違いはないのだから。

「あの神サマは焉《エン》家の祖先が産みだした呪いそのものなんだよ」

「呪い、そのもの……ですか？」

千年前のことだと幻靖《ゲンセイ》が語りはじめる。

奉は当時属国に過ぎなかったが、悪政を敷いていた宗国に謀反を起こした。

このとき、異能を携えた焉《エン》家が蜂起して宗国に呪いをかけ、奉の軍を勝利に導いた。その呪いは、神と称されていた宗国の皇帝を喰らうほどに凄絶なものだった。

「その神咒《しんじゅ》が、焉《エン》家の神サマだ」

「神咒《しんじゅ》とは神喰《カミジキ》のことで、彼は異能者によって創られた神サマ、ということですか」

「そうだよ。もっとも、あれだけが特別なわけじゃない。神サマとはそもそも、人間が産みだすものだ。救いを欲する人の想いが、神を創るんだよ」

幻靖《ゲンセイ》は続ける。

奉は呪いをもって大陸を統べた。

だが、強すぎる神咒《しんじゅ》は奉の宮廷や都を蝕んでいった。時の皇帝は神咒《しんじゅ》を畏怖し、すでに神咒《しんじゅ》を制御できなくなっていた焉《エン》家の異能者と結託して、それを封じることにした。

「かたちのない呪いを縛ることはできない。焉《エン》家は神咒《しんじゅ》を人の姿に変え、神喰《カミジキ》という名を与えることで封印を施した。人の姿を取り続けているかぎり、彼の神威は衰えたままだ。だから再度、神咒《しんじゅ》に還すんだよ」

「神咒《しんじゅ》に……還す？」

「千年にわたって、焉《エン》家が封印し続けてきた神サマに花嫁を嫁がせるなんて奇妙だとは思わなかったのか？」

考えたことがなかった。

嫁げば、また母親に愛してもらえるのではないかと想うばかりで、ほかのことを考えるだけの余裕はなかった。

「ああ、おまえはなにひとつ、知らなかったんだね」

幻靖《ゲンセイ》は愚かな妹を愛でるように髪を梳いて「ぜんぶ教えてあげるよ」と微笑みかけた。

「嫁を捧げたのは最凶の神咒《しんじゅ》を甦らせ、この奉を異能の一族で統べるためだ。母様は令冥《レイメイ》を捧げることで、みずからが神咒《しんじゅ》と契約するつもりだったようだが、契りを結んだのはおまえだった」

俺が想っていたとおりにねと幻靖《ゲンセイ》は満足そうに眼を細めた。

「令冥《レイメイ》、おまえには神咒《しんじゅ》を宿せる器がある。始祖のように神咒《しんじゅ》を意のままに操ることができれば、復讐を遂げるだけではなく、この国を統治することもできるだろう。不老不死だって得られるかもしれない」

神喰《カミジキ》を、呪いに還す――それは彼から魄《こころ》を剥ぎとり魂を封ずることにほかならない。

「神喰《カミジキ》を……殺せ、ということですか！」

令冥《レイメイ》は悲鳴じみた声をあげる。

手が震え、彼女は危うく持っていた手燭を落としかけた。幻靖《ゲンセイ》は彼女の指から燈火《ひ》を取りあげて、笑いをこぼす。

「ふふ、殺す、ね。おまえは、あれに命魂《めいこん》があるかのように語るんだね？　母様に神サマに嫁げなんて言われたから勘違いしているんだろうが、あれはただの呪いにすぎないよ」

「呪いなんかじゃありません！　彼はわたくしの旦那様です」

これまで幻靖《ゲンセイ》にたいして、令冥《レイメイ》が異を唱えたことはなかった。おいでといわれたらついていき、微笑んでごらんといわれたら、どれだけつらい時でも微笑んできたのだ。

「令冥《レイメイ》……」

幻靖《ゲンセイ》が哀しそうに表情を陰らせて、令冥《レイメイ》の肩を抱き寄せた。

「おまえを愛しているのは俺だけだよ。ずうっと、そうだっただろう？　それなのに、そんなことをいうなんて……兄哥様《あにさま》は哀しいよ、とてもね」

強い香が馨《かお》りたつ。熟れた梔子《くちなし》の花を踏みにじるようなにおいだ。先程抱き締められた時には感じなかったのに。その香を嗅いでいるうちに令冥《レイメイ》は意識が遠くなってきた。

「ほんとうにあんな呪いなんかが、家族よりもたいせつだというの？　俺の可愛い令冥《レイメイ》はそんなふうに愚かな姑娘《こ》ではなかったはずだよ」

頭が痺れて、あまやかな声だけが蝕むように意識を満たす。

「おまえは永遠があると想っているようだけど、そんなものは幻想だよ。落ちこぼれだったおまえが、誰かから永遠に愛されるはずがないだろう？　今後、神咒《しんじゅ》の器にふさわしいものが新たに現れないともかぎらない。時が経てば、捨てられるにきまっている」

「ち、違います……神喰《カミジキ》はそ、そんなこと」

「これまで捨てられてきたのに？」

「それ、は」

それでも神喰《カミジキ》だけは、という想いが、ほんの微かに揺らぎかける。

たった一瞬だけの。ほんの針の先端《さき》ほどのすきまに風が吹きこむようにして、声が、聴こえてきた。

「――落ちこぼれの姑娘《むすめ》が、私に恥をかかせて」

「ひっ、か、母様……」

幻聴だ。母親は死んだのだから。

だが、すでに幻靖《ゲンセイ》の異能に取りこまれている令冥《レイメイ》は幻を現実と錯誤する。

「ゆっ、許してください、もっと、もっと……頑張りますから」

「貴女さえ産まなければ」

「いやですっ、どうかっ、そんなふうに仰らないで……」

母親の声が濁って、聴きなれた声をかたどる。

「────離縁だ」

「神、喰……」

令冥《レイメイ》はぐにゃりと崩れて、すわりこんだ。

「おまえのような無能は俺の嫁にはふさわしくない。実《まこと》は、おまえも理解していたであろう」

「い、いや、いやです……そんなっ」

捨てられたくない。愛されたい。

それは、令冥《レイメイ》の魂を呪縛する最大の恐怖だ。

だが令冥《レイメイ》は恐怖を振りきるようにぎゅっと強く唇をかみ締めた。ほたりと唇から血潮が垂れる。

「っ……違い、ます。神喰《カミジキ》は約束を破ったりしません」

神喰《カミジキ》は令冥《レイメイ》をひとりにはしないと約束してくれた。令冥《レイメイ》は神喰《カミジキ》の愛だけはなにがあろうと、ぜったいに疑わないときめたのだ。

「ふうん、そうか。だったら、おまえがさきに破るのかな」

令冥《レイメイ》が息をのみ、言葉をなくした。

令冥《レイメイ》から約束を反故《ほご》にするなんて考えたこともなかった。

ほんとうに？　令冥《レイメイ》のなかで疑いの声があがった。

神と人の境界線を視て視ぬ振りをすることは酷だ――磋魄《サハク》からそう指摘されたとき、令冥《レイメイ》はなにを言われているのか、理解できなかった。正確には理解を拒絶したのだ。

「……やめてください！　聴きたくないのです、どうかそれいじょうは」

耳を塞ごうとした令冥《レイメイ》の腕をつかんで、幻靖《ゲンセイ》は嬉々として声をそそぎ、鼓膜を甚振る。

「だって、そうだろう？　神は死なないが、人は死に逝くものだ。永遠に一緒になんかいられないいんだよ」

かろうじて、壊れずに済んでいた傷だらけの心が、がらがらと崩れていった。

「それなのに、永遠なんかを誓った。嘘になることをわかっていて。悪い姑娘《こ》だねぇ、令冥《レイメイ》」

令冥《レイメイ》はかならず、神喰《カミジキ》を残して、逝く。

愛をあたえるだけ、あたえて。

神喰《カミジキ》をまた、ひとりぼっちにしてしまうのだ。あんなにさみしがりやな神サマを。令冥《レイメイ》がいなければ、食事ひとつ味わうことのできない最愛のひとを。

「取り残された神サマはどうなるのかな。ほら、想像してごらん」

絶望が、壊れたこころを蝕む。

だがそれは、令冥《レイメイ》の死後、神喰《カミジキ》がほかに愛するひとをみつけるのではないかと疑って、ではなかった。

彼は度々「奉を滅ぼそうか」という。神喰《カミジキ》の素姓が呪いならば、なにかを滅ぼしたいという衝動が、彼の本能には根差しているのではないか。

いまは令冥《レイメイ》がいる。彼女が破滅を望まないかぎり、神喰《カミジキ》が勝手に奉を滅ぼすようなことはないだろう。

だが、令冥《レイメイ》がいなくなった後はどうだろうか。

想像するだけで、冷たい汗が噴きだしてきた。

奉を滅ぼしたとき、神喰《カミジキ》は、令冥《レイメイ》が愛した神喰《カミジキ》でいられるのだろうか。その時こそ、彼は命魂のない呪いへと還ってしまうのではないか。

嘆きはのみくだせる。怒りは制することができる。だが、本能に根差した恐怖には、人は抗えない。

ならば、恐怖とは何処から産まれるのか。

喪失だ。

命であれ、愛であれ、富であれ、家族であれ、いま、側にあるものを喪うのではないかと想ったとき、人は強い恐怖を感じる。

だったら、愛し、愛されているうちに――

「神喰《カミジキ》を殺せば」

永遠にすることができるのではないだろうか。

唇からこぼれおちた欲望に令冥《レイメイ》は総毛だつ。頭を抱えて令冥《レイメイ》は髪を振りみだした。

「いやああっ、ち、違います……神喰《カミジキ》をこ、殺すだなんて、そんなこと……わたくしは望んでない、望んでは」

「いいじゃないか」

錯乱する令冥《レイメイ》を抱き寄せ、幻靖《ゲンセイ》がその耳に呪詛まじりの息を吹きかけた。

「だって、おまえにはもとから俺だけなんだよ。俺だったら、おまえと一緒に死んであげられる」

幻靖《ゲンセイ》は特殊な短剣を渡して、令冥《レイメイ》に握らせる。

神をも殺傷できる呪いが施された短剣だ。もっとも、契りを結んだ令冥《レイメイ》でなければ、神《カミ》喰《ジキ》は刺せない。

「これで神喰《カミジキ》を刺してから、神呪還元《しんじゅかんげん》の呪詛を唱えるんだ」

傷に毒を垂らすがごとく、幻靖《ゲンセイ》は異能をもって命ずる。

「——俺のために愛する神サマを殺してくれるね？　令冥《レイメイ》」

❖

崩れかけた廊《ろうか》に神がひとり、たたずんでいた。

「異能か……謀《はか》られたな」

神喰《カミジキ》は悔しげにつぶやいた。

足場が崩れて落ちただけだと令冥《レイメイ》は思っただろうが、あれは異能によるまやかしだ。神喰《カミジキ》がすぐに看破できなかったところをみれば、そうとうに優れた幻呪《げんじゅ》の異能者だろう。

だが、そう遠くまでは移動できないはずだ。神経を集中させて令冥《レイメイ》の霊威を摸《さぐ》る。

「ふむ、宮の地下室か」

すぐさま、令冥《レイメイ》のもとにむかおうとした神喰《カミジキ》だったが、それを阻むように昏い廊《ろうか》の先からなにかがせまってきた。

神喰《カミジキ》は神経を研ぎすませ、睨みつける。

ひとり、ふたりではなかった。濡れた跫《あしおと》がもつれるように犇《ひし》めきあい、微かではあるが、時々呻き声がまざる。けものではなく人の声だ。

暗幕を破って押し寄せたのは腐乱した屍者《ししゃ》の群れだった。

屍者たちは割れた頭から脳漿《のうしょう》を垂らし、あるいは裂けた腹から腸をあふれさせながら怒涛のように神喰《カミジキ》に襲いかかってきた。

「令冥《レイメイ》のもとにいかせぬつもりか」

神喰《カミジキ》は影を振るい、屍者たちを横薙ぎにした。腐った血潮をまき散らして、屍者たちが吹きとばされる。

だが、死んでいるものは、殺せない。

屍者は頸《くび》を斬り落とされてもなお、起きあがって動きだす。霊鬼《りょうき》ならば、わずかでも魂魄が遺っているものだが、屍者からは魂というものがいっさい感じられなかった。異能で操られた骸だろうか。

ならば、喰らうこともできない。

「実にわずらわしや《げ》」

神喰《カミジキ》が吐き捨てる。

「カ……」

頭部の残っていた屍者が崩れかけた顎を震わせて、声をあげた。

「カ、カ、神サマ……神サマ、助ケテ」

神喰《カミジキ》が眉の根を寄せた。

屍者の群れは剣や棍棒を掲げながら、いっせいに喚きだす。

「助ケテクダサイ」「神サマ」

「神サマ」「哀《アワ》レナ我ラヲ救ッテクダサイ」

「……ああ、幾千年経てども、ヒトたるは変わらぬものよな」

絶望からの救いを欲して、人は神を創った。

だが、人の欲望には底がない。苦境から助けられたものはその時は喜んでも細やかな幸にはすぐに飽きて、さらなる幸福を欲する。

奉が、そうだった。

宗国を滅ぼした奉は時を置かず、隣接する諸国に侵攻の火を拡げた。敵となり得るものは残らず征圧《せい》しなければ真の安寧はないと奉の皇帝は宣した。

苛烈な侵略を続け、奉はついに大陸を統一する。

だが、争いは終わらなかった。今度は宮廷のなかで疑心暗鬼の火が産まれた。皇帝は家臣の謀反を疑い、功績をあげた英傑たちを呪殺していった。

「ヤツヲ呪イ殺シテクダサイ」「救イヲ」「富ヲ与エテ」「殺サレタクナイ」

「神サマ、神サマ神サマ、ドウカ」

神喰《カミジキ》は影を剣に変えて、殺到する屍者の群れを斬りきざんでいく。殺すことはできずとも、腕も脚も斬り落としてしまえば動けなくなる。だが、屍者は暗がりの底からかぎりなく湧き続けた。これではきりがないと神喰《カミジキ》は腹だたしく屍者の群れを睨む。

「神サマ」「神サマ、コンナニ祈ッテイルノニ」

「ナゼ、助ケテクレナイノカ」

皇帝が畏怖した最たるものは神だった。

焉《エン》家の始祖が老衰で死に、神喰《カミジキ》を扱える異能者がいなくなったことで異能の一族もまた混迷をきわめていた。霊鬼《りょうき》による疫《えやみ》が都で蔓延したのに事寄せ、皇帝と一族は結託して、神喰《カミジキ》を封印した。

そうすることで、異能の一族は皇帝の庇護と信頼を得た。

苦境においては神にすがって、豊かになれば神を捨てる。あるいは救われなかった時に神を怨嗟する——だが、永遠にも等しい暗闇に封じられても、神喰《カミジキ》は恨まなかった。

「……哀れな」

それにつきると神喰《カミジキ》は重い息をついた。

人たるは総じて、愚鈍で強欲で哀れなものだ。

そのなかで令冥《レイメイ》。彼女だけは違った。

彼女もまた神に救いを欲した。今まさに命を絶たれようという時に「助けて、神サマ」と神喰《カミジキ》を喚《よ》んだ。だが、彼女はそれきり神喰《カミジキ》には頼らなかった。心骨を砕き、涙に濡れながら、果敢ない魂で懸命に進み続けている。

彼女が神喰《カミジキ》に望むことはただひとつ。

傍にいて――それだけだ。

「愛する妻が俟《ま》っている」

神喰《カミジキ》は剣を棄てた。

これは賭けだった。人間の武器は神喰《カミジキ》には通じない。だが、霊鬼《りょうき》は例外だ。殺すまではいかずとも神喰《カミジキ》を傷つけることができる。

しかしながら、神喰《カミジキ》はこれらの屍者は幻呪《げんじゅ》だと判じた。

腐りかけの骸が身につけているにしては、衣服が古すぎるのだ。あれは千年は昔の服のかたちだ。死後千年も経った骸に腐肉がついているはずはなく、ましてや霊鬼《りょうき》の類ならば死んだ時の姿で現れるはずだ。

神喰《カミジキ》の読みどおり、屍者がどれだけ剣を振るおうとも、神喰《カミジキ》には傷ひとつつけることはできなかった。

窮した屍者たちは神を呪いながら、神喰《カミジキ》の腕や脚、後ろ髪にしがみついた。そのさまは神喰《カミジキ》に絡みついていた呪いの札を連想させる。

神喰《カミジキ》はそれらをひきずりながら、まっすぐに妻のもとに進んでいった。

屍者たちがぼろぼろと崩れて、たちまちに紙のひとがたに還る。神喰《カミジキ》はそれらを振りかえりもしなかった。

「はやく参らねばな」

令冥《レイメイ》はさみしがりやだ。神喰《カミジキ》もまた、しかり。

だからこそ、ふたりは結ばれて、夫婦となったのだから。

愛しい姿を捜して廊《ろうか》を進めば、華奢な後ろ姿がぽつんとひとりぼっちでたたずんでいた。紛うことなく神喰《カミジキ》の愛する妻だ。

「令冥《レイメイ》、怪我はなかったか」

「……神喰《カミジキ》」

令冥《レイメイ》が振りかえる。だが彼女の眼は虚ろで、神喰《カミジキ》を映しても微笑むこともなければ、涙を湛えることもなかった。いつもならば「神喰《カミジキ》こそ、だいじょうぶでしたか」と泣きながら抱きついてくるのに。

「待たせてすまなかった」

心細い思いをさせてしまったせいで、怒っているのだろうか。

令冥《レイメイ》はうつむきながら、赤い唇を微かにひらいた。

「……お願いが、あります」

「よもや、なにかあったのか。案ずるでない。おまえが望むならば、なんなりと叶えてやろう」

令冥《レイメイ》があらたまって、なにかを頼むことは、これまでにはなかった。妙だと思いながらも神喰《カミジキ》は身をかがめる。

鈍い衝撃が、神喰《カミジキ》の胸を貫いた。

「死んで、くださいますか、旦那様」

隠しもっていた剣を振りかざして、令冥《レイメイ》が神喰《カミジキ》を刺す。

ちぎれた外掛《はおり》の紐がはらりと落ちる。

なぜ、令冥《レイメイ》が神喰《カミジキ》の死を望むのか、理解できずに神喰《カミジキ》が息をつまらせる。神喰《カミジキ》の唇の端から血潮がひと筋、垂れた。

神サマの血は、落ち椿を想わせる赤だった。

❖

頭が、異様に重い。

令冥《レイメイ》はふらふらと昏い廊《ろうか》を彷徨っていた。

毒に侵されたように意識がぼんやりとして、ここが何処で、これまでなにをしていたのかも想いだせなかった。

確かなことはひとつだけ。

神喰《カミジキ》を、殺さないと――

神喰《カミジキ》をひとりぼっちにはできない。令冥《レイメイ》から約束を破るなんて、いやだ。神喰《カミジキ》が神喰《カミジキ》でなくなってしまうのもこわい。

いつか誓った永遠の愛を真実にするのならば、彼を殺すべきだ。

違う、殺すしか、ないのだ。

神喰《カミジキ》とは思いのほか、すぐに再会できた。なにかあったのかと尋ねてきた愛しいひとの胸を、ひと思いに刺す。

神喰《カミジキ》が息をつまらせた。

「令冥《レイメイ》……？」

愛する妻に刺されたのだという現実を理解して、神喰《カミジキ》が唇を動かす。かたちのよい口端から血潮が垂れた。

怒るだろうか。絶望するだろうか。きらわれる、だろうか。

ごめんなさい。でも、愛しているから、ほかにどうすることもできないのです、と錆びついた思考がまわる。

愛する神サマが最期に遺すものが恨みであろうとも抱き締める覚悟で、令冥《レイメイ》は視線をあげる。

緋《あか》の眼がこぼれんばかりに見ひらかれた。

神喰《カミジキ》が睨んでいたからではない。

「そうか」

彼の双眸のなかにあるのは嘆きでも、怒りでもなく。

「おまえに殺されるのならば、それもまた、よいな」

彼は透きとおるようにわらっていた。

払暁《ふつぎょう》に漂う星のような眸が、陰る。

「愛して、いる」

変わらぬ愛の言葉と一緒に神喰《カミジキ》の指が伸ばされた。だが令冥《レイメイ》に触れることなく、その指は力を喪って、落ちる。神喰《カミジキ》が崩れるように地へと倒れこんだ。

「っあ……」

神喰《カミジキ》の躰《からだ》から夥しい血潮があふれだす。赤い。燃えるように赤い命の雫が。

臥《ふ》して動かなくなった神喰《カミジキ》をみて、令冥《レイメイ》がひきつれた絶叫をあげた。

「い……やぁぁ」

彼は始めから終わりまで、令冥《レイメイ》を愛していた。

神サマがくれた愛は、幸福は、やすらぎは、いつか死に別れることになっても壊れることのない永遠なるものではなかったか。

たとえ、令冥《レイメイ》が死んでも、令冥《レイメイ》がたいせつに想う奉を神喰《カミジキ》が滅ぼすはずが、ない。彼の愛は、それほどまでに揺るぎのないものだったのに。

頭のなかで嵐が吹きすさび、さまざまな想いが錯綜する。火花が散って、燃える視界に走馬燈のごとく映像がよぎった。

異能ではない。令冥《レイメイ》が神喰《カミジキ》と紡いできた記憶の断片だ。

一緒に食卓をかこみ、はじめて味を感じた時の神喰《カミジキ》の嬉しそうな顔がよみがえる。令冥《レイメイ》の帰りを待ちくたびれてしょぼくれた背が、どれほど愛しかったことか。肩に乗せてもらって、掃除をしたこともあった。抱きあって眠りにつき、鼓動のない胸に頬を寄せた時の安堵。朝起きた時に挨拶をかわす幸福。どれだけ細やかなことであっても、神喰《カミジキ》と一緒ならば、なにもかもが幸せに満ちていた。

他愛のない時のなかに、永遠はすでにあったのに。

「ち、違う、違います、神喰《カミジキ》……わたくしは」

なぜ、神喰《カミジキ》を殺そうなんて考えてしまったのか。

積み重ねてきた時があるかぎり、神喰《カミジキ》が、神喰《カミジキ》でなくなることなど、永劫にあろうはずがない。

永遠を、壊したのはほかでもなく――

「いやあああっ、神喰《カミジキ》！」

神喰《カミジキ》を助けおこそうとした令冥《レイメイ》だったが、後ろからふわりと真綿に搦めとられるように抱き寄せられて、神喰《カミジキ》の側にはいけなかった。

「だめじゃないか。彼をちゃんと神咒《しんじゅ》に還さないと、ね？」

何処からともなく現れた幻靖《ゲンセイ》が、令冥《レイメイ》を叱る。

彼の声を聴いただけで、ずうんと頭が痺れた。なにもかも幻靖《ゲンセイ》にゆだね、彼の言いつけどおりにしていればいいのだとおもえて思考が鈍る。

それはとても幸福な誘惑だ。だが令冥《レイメイ》の魂は、彼が施す安楽を強く拒絶する。

「い、いやです、だってわたくしは……神喰《カミジキ》を、愛、愛して……」

「へえ、そんなふうにわがままをいうんだったら、俺もおまえを捨ててしまうかもしれないよ。いいのかな？　おまえには俺だけなのに」

捨てるという言葉が呪詛となって、令冥《レイメイ》の魂魄をきつく縛りつける。

「あ、あ、わたくしなんかを愛してくださるのは、あにさまだけで……だから、……でも、神喰《カミジキ》が……愛して、愛されて……いた、はずで」

思考が絡まって、魂魄がひきちぎれそうになる。令冥《レイメイ》は髪を振りみだして、青ざめた頬に爪を喰いこませた。がくがくと強張った身を震わせながら「違う、愛している」とばかりを繰りかえす。

令冥《レイメイ》がこれほど抵抗するとは幻靖《ゲンセイ》も想像していなかったのか、わずかにうろたえた。

「令冥《レイメイ》、やめろ。幻呪《げんじゅ》に抗っても心が壊れるだけだ。俺はおまえに壊れてほしくはない」

「だ、だって、神喰《カミジキ》……神喰《カミジキ》は」

破れた肌から血があふれだした。

瞬きを忘れた緋《あか》の眼からひとつ、またひとつと涙が落ちる。

「神喰《カミジキ》はさみしい時に手をつないでくれた。起きた時に微笑んで「おはよう」といってくれた。心細い時に抱き締めてくれた。傍にいてくれた、傍にいさせてくれた――神喰《カミジキ》だけです。神喰《カミジキ》だけだったのです。神喰《カミジキ》は、わたくしだけの」

令冥《レイメイ》が叫ぶ。

「愛しい、愛しい神サマだもの！」

令冥《レイメイ》の魂を操っていた呪縛がふつと、ちぎれた。

幻靖《ゲンセイ》の腕を振りほどき、令冥《レイメイ》は弾けるように神喰《カミジキ》のもとへと駆け寄っていく。

「死なないで……っ神喰《カミジキ》」

幻靖《ゲンセイ》が絶句する。

「まさか、俺の異能を破った、のか？」

彼の妹は、こんなふうに強い姑娘《むすめ》ではなかった。幼い時から怖がりで兄哥《あに》の背後に隠れてばかりいた彼女を変えたのが神喰《カミジキ》という呪いなのだと理解して、幻靖《ゲンセイ》の表情が酷くゆがんだ。

「神喰《カミジキ》、どうかっ……」

「神喰《カミジキ》、神喰《カミジキ》ってほんとうにうるさいなあ！」

妬みを剥きだしにして幻靖《ゲンセイ》は令冥《レイメイ》の髪をつかみ、神喰《カミジキ》からひき剥がそうとする。

「この、俺が、おまえの異能を必要としてあげているのに」

「異能か。俺はそのようなものは要らぬな」

低い声がして、幻靖《ゲンセイ》の二の腕から血しぶきが噴きあがった。

斬り落とされた腕が、舞う。幻靖《ゲンセイ》の持っていた手燭が腕ごと地に落ちて、散らばっていた紙の残骸が燃えあがった。

「俺はただ、令冥《レイメイ》がおればよい」

明眸《めいぼう》に殺意を滾らせて、神喰《カミジキ》が起きあがる。

「神喰《カミジキ》……」

令冥《レイメイ》がまたひとつ、涙をこぼす。

「愛する妻の望みならば、いくらでも殺されてやろう。だが、そうでないのならば……おまえをひとりにはできぬな」

神喰《カミジキ》は胸に刺さった剣を抜き、投げ捨てた。

たちどころに傷が塞がっていく。一度は受けいれかけた滅びを、神喰《カミジキ》が拒絶したからだろうか。あるいは令冥《レイメイ》が神喰《カミジキ》を強くもとめたからか。

神喰《カミジキ》が力強く令冥《レイメイ》を抱き寄せる。

「よか、った……ほんとうに……ご、ごめん、なさい」

しゃくりあげながら、令冥《レイメイ》が詫びる。

令冥《レイメイ》は取りかえしのつかないことをした。最愛のひとを殺しかけたのだ。だが、神喰《カミジキ》は唇を寄せて令冥《レイメイ》の涙を吸い、愛おしむように微笑みかける。

「なに、たいしたことではない。すぐに終わらせるゆえ、ともに宮へと帰ろう」

神喰《カミジキ》は嵐のように髪を拡げて、振りかえり幻靖《ゲンセイ》を睨みつける。

腕を落とされた幻靖《ゲンセイ》は屈辱と苦痛に眼を剥きながら口の端をひきつらせて、無理やりに嗤いかけてきた。

「よくもまあ、俺の可愛い妹を誑《たぶら》かしてくれたね、神サマ」

「貴様が令冥《レイメイ》の家族とやらか。令冥《レイメイ》を散々に傷つけおって。貴様のような愚物が妻の愛をひとかけらでも受けていたかとおもうと腸《はらわた》が煮えくりかえる――つぎは頸《くび》を落とすぞ、よいな」

神喰《カミジキ》がごうと瞋恚《しんい》を滾らせた。

神喰《カミジキ》は度々殺すだの喰らうだのと物騒なことをいうが、令冥《レイメイ》が知るかぎりではまことに激怒していたことはなかった。いま、この時までは。

幻靖《ゲンセイ》は命の危険を感じてか、後ろにさがる。だが、神喰《カミジキ》の間合いなどあってないようなものだ。神喰《カミジキ》が袖を振りあげたその時だ。

地を揺るがすほどの地鳴りが轟《とどろ》いてきた。

「……はじまったね、ふ、ふふっ」

幻靖《ゲンセイ》が不敵に嗤いだす。

「こっ、これはいったい、なんなのですか」

「恨み深き皇太妃の祟りが疫《えやみ》如きで終わるはずがないだろう？　都は今頃、瘴気《しょうき》に巻かれて、いたるところに屍が積みあがっていることだろうね」

無辜の民が息絶えていくさまを想像して、令冥《レイメイ》は青ざめた。

「そんなっ、どうしましょう、神喰《カミジキ》」

隙をついて異能をつかったのか、幻靖《ゲンセイ》の輪郭がぼやけて崩れだす。

「逃げるつもりか！」

神喰《カミジキ》が影を操り、幻靖《ゲンセイ》を貫こうとする。だが、槍が放たれた時には幻靖《ゲンセイ》はすでに霧となって離散していた。

「また逢いにくるよ、令冥《レイメイ》、俺の可愛い妹」

幻靖《ゲンセイ》の声が遠ざかっていく。

神喰《カミジキ》はしばらく昏やみを睨み続けていたが、やがて張りめぐらせていた緊張を解いた。

いっきにちからが抜けて令冥《レイメイ》がよろめく。神喰《カミジキ》に支えられていなければ、その場に崩れていたに違いない。

「……紐が切れてしまったな」

責めるでもなくぽつりといわれて、令冥《レイメイ》が視線をさげた。

紫の組紐が切れて落ちている。令冥《レイメイ》が神喰《カミジキ》にあげたものだ。命にかぎりがあるようにかたちがあるものは、壊れる。

だが、神喰《カミジキ》はたいせつそうにちぎれた紐を拾いあげた。

「帰ったら、結いなおしてくれ」

「もちろんです。なおします。何度でも」

壊れては、繕って。

細やかでも幸せなときをひとつひとつ、たいせつにつなぎあわせ、結ぶ。

きっとそれだけが、人にできる永遠だ。

「でも、わたくしはまだ、還れません」

「なにゆえだ」

神喰《カミジキ》の力を借りれば、後宮に帰ることは易い。

だが、令冥《レイメイ》が還りたいところは、神喰《カミジキ》との穏やかな暮らしのなかだ。茶を飲みながら花を愛でたり、ともに掃除をしたり、ありふれた風景のなかにある小さな幸せを一緒に捜すような。そんな日々に還りたかった。

そのためには終わらせなければならないことがある。

「神喰《カミジキ》、どうかお願いです。わたくしを都に連れていってください」

緋《あか》の眼を瞬かせて、彼女は強い決意をあらわにする。

「焉《エン》家からはじまった呪いは、ほかならぬ焉《エン》家が解かねばなりません。それが理《ことわり》というものです。わたくしは焉《エン》の姑娘《むすめ》ですもの」

奉は呪いによって成された国だ。

焉《エン》家が滅び、呪詛の嵐を鎮められるのは令冥《レイメイ》をおいて他にはいない。それに令冥《レイメイ》はこの眼で確かめなければならなかった。

「ほんとうの鬼が、誰だったのかを」

❖

都は地獄と化していた。

時刻は日出《にっしゅつ》の正刻（午前六時）を過ぎていたが、都の中天《なかぞら》には肉色を帯びた雲が襞《ひだ》をなして垂れさがり、暗澹としていた。轟きをともなって雷が弾けては火を降らせ、あちらこちらが燃えている。劈《つんざ》く叫喚が絶えまなくあがっているが、倒壊した建物や火に遮られ、誰が何処で助けをもとめているのかわからず、混乱をきわめていた。

令冥《レイメイ》が真昼に訪れた時はあれほど賑やかだった町の、いたるところで人が死んでいる。想像を絶する惨状に令冥《レイメイ》は息をのみ、涙ぐむ。

「むごい……なぜ、このようなことになってしまったのでしょう……」

「人の怨嗟たるは瘴気《しょうき》を熾《おこ》す。瘴気たるは命を蝕む毒の気よ。瘴気が強まれば、天をも焼き、水を腐らして、地を朽《く》たす」

赤い雲とも霧ともつかないものを吸うほどに令冥《レイメイ》は頭を締めつけられ、呼吸が重くなってきた。これが瘴気というものか。異能者かつ神を連れた令冥《レイメイ》でさえ不調をきたすのだ。民ならば、命にかかわる。

「ううっ」

路地から這いだしてきた男がいた。令冥《レイメイ》に親切にしてくれた飴細工の職人だ。令冥《レイメイ》は慌てて彼のもとに走り寄る。

「おじさま！　いったい、なにがあったのですか」

職人は多量の血を喀《は》いていた。服の胸もとから股ぐらまでが吐物《とぶつ》で濡れ、息も絶え絶えだ。

「小姐《おじょう》ちゃん、はやく逃げろ……逃げるんだ、あれがくる」

「あれ、ですか？」

職人が眼を剥いた。震える手で令冥《レイメイ》の背後を指差す。

「ああっ、あれがきやがった……」

雷が落ちて、昏い雲のなかに異様な輪郭が浮かびあがった。

振り仰ぐほどに大きな、頭のない女の躰《からだ》だ。

女の胸から腹までは変態したばかりの蛹のように裂けている。背を反り裸の胸を張っているが、乳房はなかった。膚を突き破った肋骨が左右に披《ひら》かれて、どすぐろい赤に濡れた腹腔《ふくこう》があらわになっている。収まっているはずの臓物はなく、虚ろな腹からは蟲のように瘴気の霧が湧いていた。

「ひっ……」

令冥《レイメイ》は腰が砕けた。

恐怖なんて表現では生易しい。あれは動く絶望だ。

職人は失神したのか、それきり動かなくなった。かろうじてだが、息はある。令冥《レイメイ》もまた神喰《カミジキ》が側にいなければ、気絶していたに違いない。

「あ、れが……怨鬼《おんき》……」

皇太妃の、なれのはてだ。

魄が暴走した霊鬼《りょうき》は怨鬼《おんき》となる。怨鬼《おんき》になった霊魂は人の象《かたち》を損ない、異形と化す。魂は崩壊して、あとに残るのは怨恨のみ。

後宮に呪詛の嵐を吹かせ、皇帝まで暗殺してまでみずからの御子を龍椅《ぎょくざ》につかせたのに、なにを未練があることがあるのか。碓魄《サハク》が皇帝になったところをみられなかったことかと思っていたが、彼女の呪いはそれだけにしては強すぎる。

「た、助けてくれぇぇ」

「死にたくない……死、死にたく」

絶叫があがり、民がいっせいに路地から逃げてきた。だが、令冥《レイメイ》のもとに彼らがたどりつくことはなかった。腸《はらわた》がとけたような血の塊を喀《は》き、まき散らして、民は順に倒れていく。確かめるまでもなく、全員が息絶えていた。

女は蜘蛛に似て歪んだ脚を動かして、都に息衝いている命という命を蹂躙して進む。

「これいじょう、命を奪わせてはいけません。鬼を視て、彼女の魂を解かなければ」

令冥《レイメイ》は震える脚をなだめつつ踏みだす。だが神喰《カミジキ》がその袖をつかんで、頭《かぶり》を振った。

「怨鬼《おんき》になってしまった魂は如何様《いかよう》にもならぬ。未練を充たされたとしても、禍《わざわい》を振りまき続けるであろう。哀れだが、あれには地獄にいくだけの魂すら残ってはおらぬ」

令冥《レイメイ》は唇をかみ締める。

ほんとうはわかっていた。言葉も想いもすでに通じないところにまで、あの魂が落ちてしまっていることは。だが、それでも、と想い続けていた。令冥《レイメイ》はまだ、皇太妃の鬼を視ていなかったからだ。

「構え、放て――――」

号令があがった。

幾百、幾千の矢が怨鬼《おんき》にむかって放たれる。

宮廷弓隊《きゅうていきゅうたい》だ。雲を裂いた矢の群れは、怨鬼《おんき》のまわりに吹き荒れる嵐に弾かれて、地に散らばる。兵隊が絶望の声をあげてどよめいた。だが、落胆する兵たちを勇ましくも叱咤するものがいた。

「臆するな！　我々が退けば、誰が都を、民を衛《まも》るのだ」

隊をひきいていたのは无陵《ムリョウ》だった。彼は剣を掲げ、背後に控えていた槍隊に号令をかけて特攻をかけようとする。

矢も盾もたまらず、令冥《レイメイ》が両手を拡げて飛びだす。

「いけません、怨鬼《おんき》に斬りかかっても命を奪われるだけです」

陵《リョウ》は令冥《レイメイ》の登場にうろたえて剣をさげた。

「見鬼妃……なぜ、都に」

「後宮を抜けだした咎めは、後ほど」

令冥《レイメイ》は神喰《カミジキ》を振りかえる。

「神喰《カミジキ》、あの怨鬼《おんき》を滅ぼせますか？」

あれは後宮の霊鬼《りょうき》たちとは異なるものだ。都を侵すほどの瘴気に、異形。怨鬼《おんき》となり果てた魂を喰らえるのか。

落雷で地が揺れて、背後の建物が燃えあがる。

雷火《らいか》を背負って神喰《カミジキ》は嗤った。

「下等な怨鬼《おんき》を喰らうなど、易きことよ」

神喰《カミジキ》は旋風に袖をさらして、舞いあがる。

「――昏きものは総て、俺にくだれ」

彼が呪《かし》るように唇を動かすと都を覆っていた影という影がざわめきだし、渦を巻いて動きだした。陰《かげ》を統べる神に跪き、隷属するがごとく。

怨鬼《おんき》が動きをとめた。怨鬼《おんき》の項《うなじ》から喉にかけての筋《すじ》が浪うつように捻《ひね》られ、ないはずの頭を動かして振りかえったのがわかる。

怨鬼《おんき》が、神喰《カミジキ》を敵とみなしたのだ。

鬼がゆっくりとこちらにむかってくる。令冥《レイメイ》は本能からせりあがる恐怖におののき、怖《おそ》けを震わせた。兵隊も陵《リョウ》も金縛りにあったように動けない。

鬼は鉤爪《かぎづめ》のある腕を振るい、神喰《カミジキ》をたたき落とそうとした。だが神喰《カミジキ》に服従する影の軍隊が槍となって怨鬼《おんき》を貫く。

空に磔《はりつけ》にされた怨鬼《おんき》が絶叫する。

嵐が吹きすさび、雷霆が弾けた。令冥《レイメイ》のもとに瘴気が吹き寄せないよう、神喰《カミジキ》が袖を振って風を払いのける。

神喰《カミジキ》が腕を掲げれば、影が螺旋をなして絡まりあい、ひとつのかたちをなした。紫電を映しておぼろに浮かびあがるそれは、神話に語られる龍を想わせた。

人たる身の令冥《レイメイ》は、神と鬼の争《たたか》いを地から仰視するほかにない。

龍は貫禄のある風姿《ふうし》で雲を渡る。だが、神喰《カミジキ》がそれを振りかざしたとき、あれは龍ではないと理解した。

ぼう然と眺めていた陵《リョウ》が声を洩らす。

「剣《つるぎ》、か」

人の概念からは遠くかけ離れた神の剣だ。

神喰《カミジキ》が皇太妃の怨鬼《おんき》を断つ。剣は低く吼えて、怨鬼《おんき》の魂魄を微塵《みじん》に斬りきざんだ。

争《たたか》いにもならなかった。

神とは斯《か》くも強いものか――

崩れていく怨鬼《おんき》の姿を緋《あか》の眼に映して、令冥《レイメイ》は静かに指を組む。

冥福を祈ったわけではなかった。あれほど禍を振りまいた魂にたいして祈れることなどない。だが、地獄ですらない黄泉《よみ》の底にまで落ちていく魂にせめても、哀悼を捧げたかった。

雲が割れる。

都を覆いつくしていた瘴気が晴れて、払暁《ふつぎょう》の光が差す。

浄《きよ》らかな朝がきた。あらゆる命を抱き締めるように光は満ちる。家のなかや物陰で息をひそめていた民が続々と顔を覗かせ、目を細めながら声をあげた。

「助かった、のか」

神喰《カミジキ》は外掛《はおり》をなびかせ、屋頂《やね》の裏に身を隠す。

民の視線がいっせいに令冥《レイメイ》へとむかった。

「あの姑娘《むすめ》はなんだ」

「神様、なのか」

緋《あか》の絹を身に帯び、崩れた都の大通りで祈りを捧げる姑娘《むすめ》の姿は人に非ざる霊妙なものとして民衆の目に映った。

「違いない、あの姑娘《むすめ》は神様なんだ！　都を救ってくださったんだ！」

令冥《レイメイ》がおどろいて視線をあげれば、民が令冥《レイメイ》を取りかこんで跪き、拝むように袖を掲げていた。神様、神様と声が聴こえて、令冥《レイメイ》はうろたえる。

「わ、わたくしは神サマでは」

陵《リョウ》が令冥《レイメイ》の袖をつかみ、声を落として訴えた。

「頼む。いまだけは、民の神になってやってくれないか。絶望した民には神が必要だ」

いつだったか、幻靖《ゲンセイ》が言っていた。神とは人が創るものだと。それこそが人の業ではないのかと想いつつも令冥《レイメイ》は都の惨状を認め、重い息をついた。

家族を奪われたものがいる。家を失ったものがいる。それでも明日に進んでいかなければならないものたちだ。

「承りました」

令冥《レイメイ》は民にむかって、蓮華が綻ぶような微笑を振りまいた。

それだけだ。なにを語るでもなかった。だが、民は神がついているのだという希望に沸きたち、歓声をあげる。

砕けた鬼のかけらがはらはらと、墨ぞめの雪のように舞う。そのひとかけらに触れた令《レイ》冥《メイ》の視界が思いがけず暗転する。

ああ、皇太妃の魄《きおく》だ。

見鬼が開眼する。


（産んであげた。育ててあげた。愛してあげた。皇帝の倚子にもつかせてあげた。それなのに、おまえはこの母から享《う》けた恩をあだでかえすというのか――）

視界に紅が拡がる。喀《は》きだした血潮のなかで蠢《うごめ》く蜈蚣、蠍、蜘蛛、蛇――蠱毒《こどく》だ。蠱の大群に腸をかき混ぜられ、貪られながら、彼女は背後を振りかえる。

たたずんでいたのは磋魄《サハク》だった。

毒で死に逝く母親を、彼は静かにみていた。助けようとするでもなく、嘲笑うでもなく。荒んだ眼で母親を映す。

令冥《レイメイ》は理解する。

ほかならぬ磋魄《サハク》が、皇太妃に呪毒《じゅどく》をのませたのだと。

（こんなことになるのならば、おまえなど産まなければ――）

皇太妃はまたひとつ、喉にこみあげてきた物を喀《は》いた。それは心臓とおぼしき臓物の塊だった。

意識が遠ざかる。最後に想ったことはひとつ。

(――――ああ、陛下)


見鬼の瞼が落ちた。

令冥《レイメイ》は蠱毒による死を経験して崩れかけたが、民の目があることを想いだして踏みとどまる。陵《リョウ》だけが令冥《レイメイ》の異常を察して懸念するように眉根を寄せた。

「鬼を、視たのか?」

令冥《レイメイ》は真実の重みからまだ復帰できておらず、曖昧に頷くほかになかった。

だが、これで理解できた。

磋魄《サハク》が誰を呪殺するため、弥玲《ミレイ》に依頼をしたのか。磋魄《サハク》がなぜ、皇太妃の怨念を怖れて骸をばらばらに葬ったのか。

磋魄《サハク》は弥玲《ミレイ》から異能の毒を借りて、実の母親を呪殺したのだ。

磋魄《サハク》の落款があったあの証文は、弥玲《ミレイ》に毒を造らせた時のものだった。契約を反故にした皇太妃を恨んでいた弥玲《ミレイ》にとって渡りに舟だったに違いない。だが、磋魄《サハク》もまた弥玲《ミレイ》を騙して、焉《エン》家ごと焼きはらった。

磋魄《サハク》はなぜ、母親を殺したのか。

皇帝に即位することがきまって、不要となった母親を切り捨てたのか。だが、死に逝く母親をみる磋魄《サハク》の眼は昏かった。

令冥《レイメイ》にはわかる。あれは、いつまで経っても、迎えがこなかった幼子の眼だ。

産むんじゃなかった――

皇太妃の最期の言葉が胸を刺す。

「皇太妃様……磋魄《サハク》様のお母様はどのような御方でしたか」

令冥《レイメイ》がぽつと尋ねた。

陵《リョウ》の部下である武官たちが民を避難させるべく誘導をはじめている。小声ならば、民にも聴こえまい。

陵《リョウ》は戸惑いながら答える。

「皇太妃殿下は大家のことを、溺愛されていた」

「溺愛、ですか」

そんなふうにはとても、想えなかった。それとも、愛する御子に毒を盛られたことで、これまでそそいできた愛が恨みとなってしまったのだろうか。

鬼は果たして、誰か。

令冥《レイメイ》にはすでにわからなくなっていた。

母親を毒殺して、皇帝となった磋魄《サハク》か。後宮を呪い、皇帝を呪った皇太妃か。皇后を選ばずに妃妾《ひしょう》との遊蕩《ゆうとう》に耽《ふけ》り続けた先帝か。それぞれの思惑を操ってみずからの野望を遂げようとした焉弥玲《エンミレイ》か。

令冥《レイメイ》は唇をひき結ぶ。

「鬼を、捜しておるのか」

民がいなくなったのをみて、神喰《カミジキ》が屋頂《やね》から降りてきた。令冥《レイメイ》はぱっと顔を輝かせて神《カミ》喰《ジキ》に抱きついてから、再び真剣な眼差しになって語りかける。

「左様です。でも、わからなくなってしまって」

「ふむ、俺にいわせてみれば、鬼をもたぬヒトなどおらぬ。魂も鬼、魄も鬼、ヒトたるはなべて鬼よ」

令冥《レイメイ》が眼を見張る。彼の言葉が腑に落ちて、令冥《レイメイ》は睫をふせた。

「仰るとおりです。怖ろしき鬼も哀しき鬼も、愛しき鬼も――万人の魂魄に息づくものです。誰かを愛し、また、誰かを恨むかぎり」

令冥《レイメイ》のなかにも絶えず、鬼はいる。

「まだ、終わりではありません。皇太妃様の首が残っております」

「都の空を舞ったというあの首か。だが、どうやって捜せば」

「磋魄《サハク》様のもとです」

彼女が恨むとすれば、みずからを毒殺した磋魄《サハク》だ。ならば、その首がむかう先もまたひとつだ。

晴れ渡る都とは違い、宮廷の上空だけは暗雲が残っていた。

風が吹きつける。

令冥《レイメイ》はこの身と魂を燃やす恨みの帰結を、たったいま、さだめた。

❖

宮廷にある皇帝の臥室《しんしつ》で、磋魄《サハク》は女の首と対峙していた。

皇太妃の首は斬り落とされた、まさにその時の、青ざめた美貌をよみがえらせていた。耳飾りをつけて豪奢な歩揺《ほよう》を挿しているが、磋魄《サハク》とそろいの銀髪は白蛇の群れと化していた。強すぎる執念が異形を模《かたど》らせたのであろうか。

鬼気せまる表情には底知れぬ怨嗟を漲らせている。

母の首を見据えて、磋魄《サハク》はつぶやいた。

「僕を、恨んでおられるのですか？　母上様」

彼の声からはなぜか、昏い喜びが滲んでいた。

母親は日頃から磋魄《サハク》のことを褒め、さも愛しているように振る舞っていたが、母親の瞳に磋魄《サハク》が映ったことは一度たりともなかった。

母親は先帝だけを愛していた。

だが先帝は、彼女だけを愛することはなかった。

先帝は女不信の女好きで、夜ごとに臥室《しんしつ》の花を入れ替えるように異なる妃と枕をともにした。

母親は妬み、嘆き、壊れていった。

磋魄《サハク》を産んでも、彼女の境遇は変わらなかった。異能を借りてほかの御子を殺させ、後宮の華を根こそぎ散らしたが、それでも皇帝は新たな妃を続々と後宮にいれ、新たな御子を産ませるだけだった。

その果てに彼女は、皇帝を呪い殺すときめた。

彼女は磋魄《サハク》に毒を渡し、皇帝にのませるよう、命令した。三年後に心臓を食い破る呪毒《じゅどく》だ。磋魄《サハク》は十五歳だった。すでに分別のつく年頃だ。だが、磋魄《サハク》は母親の陰謀を知りつつ、その命令を受けいれた。皇帝を殺せば、母親の愛がみずからにそそがれるのではないかと想ったからだ。

母親に愛されたかった――

だが、母親は最後まで磋魄《サハク》を愛さず、思いどおりになる便利な駒として扱い続けた。先帝に似ているだけの、駒だ。

「母上様がなぜ、あれほど愛していた先帝に毒を盛ったのか、ずっとわからなかった。でも、今ならば理解できるよ」

磋魄《サハク》は母親の首に語りかける。

「愛されないのならば、いっそ、恨まれたかったんだね」

愛も、恨みも、唯一その者だけにむけられる強い魄《こころ》だからだ。

皇太妃は真紅の唇をつりあげ、かみつこうと牙を剥いた。垂れさがる臓物をなびかせて、怨鬼《おんき》の首が磋魄《サハク》に襲いかかる。

碰魄《サハク》は静かにせまりくる母親の眼をみていた。

その眼差しは、強い熱を帯びている。

女の眼だ。母の眼ではない。

碰魄《サハク》は崩れるように笑った。

「この期に及んで、貴女は先帝のことだけを――」

碰魄《サハク》の喉に怨鬼《おんき》が喰らいつこうとする。

彼は死を覚悟して瞼をおろしたが、想像していた終わりがもたらされることはなかった。

眼をひらいた碰魄《サハク》は息をのんだ。

怨鬼《おんき》が、蓮華に捕らえられていた。

うす昏い臥室《しんしつ》に敷きつめられた影という影が具現して蓮が咲き誇るように反りかえり、魂を捕らえる檻となって、怨鬼《おんき》を収監している。

廊《ろうか》に視線をむければ、碰魄《サハク》が想像したとおり、緋の姑娘《むすめ》がたたずんでいた。

異能の眼を瞬かせ、血に濡れたような襦裙《きもの》を身にまとった幼い姑娘《むすめ》。その背後には彼女の神サマがいる。

「令冥《レイメイ》――」

「碰魄《サハク》、様」

彼女は緋《あか》の眼を燃やして、碰魄《サハク》を睨みつけていた。

騙していたのですか。嘲笑っていたのですか。後宮の呪いが解ければ、わたくしのことも捨てるおつもりでしたか――令冥《レイメイ》の眼が糾弾する。

だが、燃えさかる怨嗟をむけられても、磋魄《サハク》の心は静かに凪いでいた。彼女ならば、いつか真実にたどりつくだろうと思って、これまで待ち続けていたのだから。

「大家、ご無事ですか！」

陵《リョウ》が息せき切って割りこんできた。磋魄《サハク》はすぐに皇帝の顔を装う。

「ありがとう、みてのとおり、ひとまず死んではいないよ。それより、都はどうなっていた？　民は……」

「被害は甚大ですが、見鬼妃と異能の神が都に現れた鬼を退けました」

「そうか……よかった」

安堵の息をついてから、磋魄《サハク》は令冥《レイメイ》に微笑みかけた。

令冥《レイメイ》は奇妙な姑娘《むすめ》だ。神を依り憑かせ、これだけの異能をもちながら捨てられることに怯え、絶えず神経を張りつめている。令冥《レイメイ》が一族のなかでいかなる境遇にあったかはわからないが、まわりから虐げられてきたのではないかと磋魄《サハク》は推察していた。

あれは、愛されなかったこどものくせだからだ。

磋魄《サハク》もまた、母親からも父親からも愛されず、駒として歩き続けてきた。

だが捨てられたことで捨てることをおぼえた磋魄《サハク》とは違い、彼女は鬼に落ちた魂までも拾いあげ、他人の痛みに寄りそう。

だから――

「貴女ならば、助けてくれると想っていたよ。僕がどんなことをしていても、ね。貴女はそういう姑娘《ひと》だから」

令冥《レイメイ》が意表をつかれたように瞳をゆがませた。

見捨てることもできたはずだ。

そうすれば、彼女はその手をよごすことなく一族の仇を取れたのに。

彼女はそれを選ばなかった。

神喰《カミジキ》が造りだした蓮の檻がごうと燃えあがる。

捕らわれた皇太妃の首が絶叫する。愛されなかった女の悲嘆が嵐となって吹きすさぶ。

蛇になった髪が燃えて拡がり、先帝への愛を囁き続けた唇が焼けこげ、磋魄《サハク》を映さなかった瞳が融けて、なにもかもが崩れていく。

磋魄《サハク》は母親にむかって、微かに唇を動かした。

「……僕は、愛していたよ、さようなら」

磋魄《サハク》は祈らなかった。泣かなかった。

令冥《レイメイ》だけが涙をこぼす。泣けない磋魄《サハク》のかわりに。

燃えさかる蓮が散華する。魂魄のかけらひとつ、残らなかった。

「ねえ、母上様は最後に一度でも、僕の名を呼んだかな?」

絶叫する女の頸《くび》は、消滅するまで誰かの名を呼び続けていた。陵《リョウ》は読唇ができる。彼にならばわかるはずだ。

陵《リョウ》は沈黙を経てから、答えた。

「いえ、最後まで、先帝陛下の御名《おんな》だけを」

「そうか……」

毒殺した磋魄《サハク》を恨んで鬼となったのならば、磋魄《サハク》はまだ報われた。だが、彼女は死してなお先帝のことだけを愛し、恨み続けた。

「僕は先帝に生き写し、だそうだよ。髪だけは、母親に似たけれどね」

彼女は、磋魄《サハク》のことを先帝だとおもい、殺しにきたのだ。息子にむけた想いはけっきょく、恨みひとつもなかった。

磋魄《サハク》は哀悼するでもなく、疲れ果てたとばかりに瞼を重ねた。

暗雲がちぎれて、窓から日が差してきた。朝は何処までも穏やかで、哀しいほどに明るかった。

❖

宮廷の中天《なかぞら》に月が満ちていた。

奉天殿は宮廷最大の御殿で、九段からなる基壇の頂上に建てられている。奉を統べる皇帝の倚子はここにある。漆大理石《くろだいりせき》で造られた謁見の間は昼の賑わいが絶え、青ざめた月の光に満たされている。とうに滅んだ古城を想わせる静けさだ。

皇帝である磋魄《サハク》は龍椅《ぎょくざ》に腰かけていた。

「見鬼妃」

龍椅《ぎょくざ》にむかって令冥《レイメイ》が跪拝していた。令冥《レイメイ》と磋魄《サハク》のあいだには九段の階《きざはし》がある。身分の違いを明確にする高さだ。人払いは済ませてあるが、謁見の間にいるかぎり、ふたりは皇帝と妃だ。磋魄《サハク》もまた皇帝として令冥《レイメイ》に接する。

「都を覆っていた禍《わざわい》を祓い、この命を救ってくれた貴女の功績を称えたい。如何なる望みでもかなえよう」

あの事件から約七日が経ち、宮廷や都は段々と落ちつきを取りもどしてきていた。都では夥しい死傷者があり、なかなか火葬も進まない有様だったという。火禍《かか》の被害も甚大だった。都北部はほぼ燃え落ちて壊滅した。

磋魄《サハク》の支援は迅速だった。彼は優先すべき民、地域をさだめて支援を振り分けた。切り捨てられたものもいたが、奉の都は確実に復興にむけて動きだしている。

磋魄《サハク》は有能だ。彼は線をひくことができるからだ。

「有難きお言葉です」

令冥《レイメイ》は緩やかに頭をあげ、緋《あか》の眼を瞬《またた》かせた。

「それでは恐縮ながら、磋魄《サハク》様の御命《おいのち》を賜りたく――」

龍椅《ぎょくざ》の裏から神喰《カミジキ》が現れる。神喰《カミジキ》は振りむきかけた磋魄《サハク》の喉に刀剣を突きつけた。

「呪うものは呪われ、殺すものは殺される。それが理《ことわり》というものだ。皇帝ならば、そのくらいは知っておろうな？」

礎魄は神喰を睨みつけていたが、重い息をついて、諦めたように苦笑をこぼした。

「許してくれたのかと思っていたよ。命を助けてくれただろう？　あの時、僕を見捨てて怨鬼に殺させれば、楽に復讐を果たせたのに」

「だって、あなたさまは、お母様の鬼にならば殺されてもよいとお考えだったでしょう？　お母様を愛しておられたから。死にたがっている御方を死なせることの、なにが復讐でしょうか」

令冥《レイメイ》はひとつ、またひとつと階《きざはし》をあがりながら、喋り続けた。

「たりないのです。恨みを晴らすには、そんなものではたりませんとも」

ほんとうはわかっている。婚礼の晩に奇襲がなくとも令冥《レイメイ》が親に愛されることはなかった。

だから、これは未練だ。

幸せになれたはず。愛されたはず。

せめても、とすがりついた望みが絶たれたとき、人は恨むのだから。

「焉弥玲《エンミレイ》は奉の宮廷を滅ぼそうとしていた。貴女ならば知っているだろう？　それでも僕のことを恨むのかな」

「あなたさまだって、後宮に乱をもたらし都に大禍をなしたお母様に、愛していた、と申されたではありませんか」

「確かに違いないね」

磋魄《サハク》は微苦笑して、続けた。

「昔から親は子どもにたいして無償の愛を与えるものだというよね。だから親の愛は偉大だって。でもそれはまっかな嘘だ。子から親にむける愛こそが掛け値なしのもので、ともすれば呪縛に等しい」

傷つけられても、捨てられても、親だからというだけで愛してしまう。

おとなになれば割りきれるようになるものもいるが、いつまでも呪いに縛られ続けるものもいる。哀しいことに。

「なればこそ、いつか、こうなることはわかっておられたはずです。それなのに、なぜ、わたくしを後宮においていたのですか」

「怖かったから、かな。拒絶して遠ざけても、貴女の神サマは皇帝の頚《くび》などかんたんに落とすことができるだろう。側においておけば、監視もできる」

「それだけですか」

「いや」

礎魄《サハク》が観念したように息を洩らした。

「僕はね、貴女に許されたかったんだよ」

令冥《レイメイ》が凍りついた。

「……焉《エン》家を滅ぼしたことを、ですか？　母様を殺し、父様を殺したことを、わたくしが許すとでも想っていたのですか？」

糾弾されてなお、礎魄《サハク》は壊れた微笑を絶やさず、紫絹《しけん》の袖を拡げる。

「焉《エン》家のことばかりではないよ。僕を皇帝にするため、後宮で幼い兄弟たちが命を絶たれた。僕は母から毒を渡され、先帝を暗殺して、最後にはその母まで毒殺した。これからだって皇帝がなにかひとつ選択するたび、民が命を落とす。妨げとなるものを処刑することもあるだろう。僕のすべての罪を許すことができるとしたら、貴女だけだ。僕は、すでに鬼だからね。鬼を許せるのは見鬼妃たる貴女だけだろう？」

令冥《レイメイ》は思わず、ふ、と紅椿の唇を綻ばせた。笑わずにはいられなかった。

「まあ、なんてすてきなのでしょうか。そんなの、まるで」

言いながら、令冥《レイメイ》は涙ぐむように頬をゆがめる。なんて都合のいいと嘲笑するつもりが、できなかった。

「神サマではないですか」

そうなのか。磋魄《サハク》はずっと、神サマが欲しかったのか。

幼い子どもにとっては、親こそが神サマに等しい。命をくれたひとだから。でも、その親に愛されず、産まれてきたことを許されなかったら――

想いかえせば、令冥《レイメイ》は一度たりとも母親から許されたことがなかった。

側で微笑むことも、涙を流すことも、産まれたことも生きていくことも、母親は最後まで許してはくれなかった。

それは磋魄《サハク》も一緒だ。

皇太妃の怨鬼《おんき》が滅せられるとき、愛をつぶやいた磋魄《サハク》をみて、愛し、愛されなかった彼の孤独を想い、令冥《レイメイ》は涙をながした。

令冥《レイメイ》はあの時はじめて、死者ではなく、命ある魂に想いを寄せたのだ。

哀れみでもなく、なにかを祈ったわけでもなかった。

哀しかっただろう。つらかっただろう。くるしかっただろうと寄りそうだけの——だって、磋魄《サハク》と令冥《レイメイ》はよく似ていた。

令冥《レイメイ》は愛したひとに愛されなかったという傷を、死ぬそのときまで抱き締めていくときめた。だが磋魄《サハク》は愛を諦めて、恨みだけでも欲した。

だから、ふたりのさみしさはすでに違うものだ。

「皇帝陛下」

令冥《レイメイ》は絡ませていた睫をほどいて、視線をあげた。

「……ご褒美をくださるのでしょう？」

脈絡もなく、令冥《レイメイ》はそんなことを尋ねかけた。怪訝そうに眉を寄せた磋魄《サハク》にたいして、令冥《レイメイ》は艶やかな嫣笑《えんしょう》を振りまく。

「でしたら、わたくしのことを皇后になさって」

想像だにしなかった要求に磋魄《サハク》は一瞬だけ言葉を失い、唖然となる。だが、すぐに磋魄《サハク》は噎せるように笑いだす。神喰《カミジキ》が磋魄《サハク》の喉にあてがえていた剣をわずかに遠ざけた。さもなければ、肌が浅く斬れていたに違いない。

「……貴女にそんな欲があったとは想わなかったよ」

「欲ではありません。皇后など、つまらないものです。だって、皇帝も、皇后も、妃も、奴婢《ぬひ》も変わりませんもの。わたくしにとってたいせつなことは神喰《カミジキ》の妻であるということだけ。ほかに要るものなどありましょうか」

囀りながら、令冥《レイメイ》は瑳魄《サハク》の眼を覗きこむ。

水墨を想わせる瑳魄《サハク》の眼に令冥《レイメイ》の緋《あか》が、ほつりと垂れた。

「わたくしは、あなたの神サマにはなりません」

呪詛するように令冥《レイメイ》は囁いた。

「許さず、裁かず、愛さず、あなたさまの最も側におりましょう。あなたさまが重ねてきた罪を、ゆめゆめ忘れてしまわないように」

忘却はたったひとつ、人がみずからに施せる許しだ。罪を、後悔を、痛みを、呵責を、意識から取りのぞき、遁れることができる。愛するものが死んでも、人が進んでいけるのは、忘れることで哀しみを後ろにおいていけるからだ。

愛も、恨みも、命あるかぎりは褪せていく。痛みもまたしかりだ。

だが、令冥《レイメイ》は瑳魄《サハク》がそれらを捨てていくことを許さない。

「死ぬまで後悔を抱え続けて」

これが最後の呪いだ。

「ここからさきは、呪いのない御国を造ってくださいましな」

奉は呪いにより建てられた。

呪い、呪われて――それは異能の一族がいたことで、千年経っても連綿と続いてきた。

だが、焉《エン》家は滅びた。最古の呪いの憑き神もまた、愛するものと結ばれた。

だから、呪いはここで終わらせるべきだ。

「……わかった。それは僕の理想でもある。禍根を残さぬよう、焉《エン》家を滅ぼしたのもそのためだったからね」

礎魄《サハク》は苦しげに微笑する。

「僕を永遠に愛さない貴女を、皇后に迎えよう」


斯くして、二期にわたって、皇后が不在だった奉《ホウ》に新たなる皇后が誕生した。

緋《あか》の眼をもった奇妙な幼い姑娘《むすめ》だ。彼女は怖ろしき鬼から都を救い、皇帝の命をも護った娘娘《めがみ》だ。民は祝福の声をあげ、令冥《レイメイ》皇后に跪いた。

だが、ほんとうは、彼女は皇帝の花嫁ではない。

盛大な婚礼の宴のさなか、皇后はふっといなくなった。誰もが皇后を捜せと言ったが、礎魄《サハク》だけは「彼女はそれでいいんだよ」と微笑んだ。

# 終章　神サマに寵《あい》された后

穏やかな黄昏の風が吹き渡る。

かたちばかりの婚礼から抜けだしてきた令冥《レイメイ》は、宮廷の廻廊にいた。

夏椿《しゃら》の花が綻んで、神聖な芳香を振りまいている。白い花陰で令冥《レイメイ》はふうと息をついた。

婚礼の衣裳というのは重いものだ。令冥《レイメイ》が頭からかぶっていた紅蓋頭《こうがいとう》を外したところで、武官たちが追いかけてきた。

「おられたぞ」

「まだ婚礼は終わっておりません」

令冥《レイメイ》は「すみません」と頭をさげる。

「でも、わたくしの旦那様はさみしがりやなのです。あまり晩《おそ》くなるわけには参りませんので、宴には参加できません」

ふわりと微笑んで、令冥《レイメイ》は廻廊の杆《らんかん》から身を躍らせた。院子《なかにわ》まではかなりの高さがある。

武官たちは慌てて「皇后様！」と駆け寄った。

「令冥《レイメイ》」

「迎えにきてくださったのですね、嬉しい」

面妖なる風貌の男に抱きとめられて、令冥《レイメイ》が蕾《つぼみ》が綻ぶように歓喜の声をあげた。帳のような男の髪を掻きあげて、令冥《レイメイ》は彼の鼻さきに接吻を施す。

「帰ろう、わが愛しき妻よ」

武官たちがどうなっているんだと騒ぎだした。とにかく令冥《レイメイ》を連れもどさなければと階段をつかって院子《なかにわ》に降りていこうとした武官たちを遮ったものがいた。

「やめておけ。大家は皇后を連れもどすなと仰せだ」

陵《リョウ》だ。彼は磋魄《サハク》がなぜ、令冥《レイメイ》を皇后としたのか、事の経緯はなにひとつ知らされていないはずだ。だから反感をもっているのではないかと令冥《レイメイ》はひそかに想っていたのだが、彼の眼差しは穏やかだった。

「令冥《レイメイ》皇后は神サマに愛された寵后なのだから」

それは、最大の敬意だった。

神喰《カミジキ》の腕に抱かれながら、令冥《レイメイ》は頭をさげた。

愛する夫と一緒に院子《なかにわ》を進んでいく。

神喰《カミジキ》の背が遠ざかって庭の繁みに隠れてしまうまで、陵《リョウ》は袖を掲げて揖礼《ゆうれい》していた。


…………


宮廷の院子《なかにわ》も後宮と違わず、華やかだ。

赤い月季花《ばら》に埋もれた園林《にわ》を跨ぐように廊橋《ろうきょう》が架けられていた。橋の軒には提燈がさげられて、ゆらゆらと夏の風に揺れている。夕露《ゆうつゆ》に燈《あかり》を映す真紅の月季花の群れはともすれば燃えているかのようで、令冥《レイメイ》は神喰《カミジキ》とならんで地獄を渡っているようなきぶんになる。

「ねえ、神喰《カミジキ》」

橋の中程で、令冥《レイメイ》は最愛の神サマを振りかえる。

「なんだ」

「愛しております」

「俺も愛している、おまえのことを、永遠に愛し続ける」

令冥《レイメイ》は幸せそうに睫を傾け、神喰《カミジキ》の胸に頬を寄せた。

神喰《カミジキ》の外掛《はおり》には令冥《レイメイ》が結いなおした紐がひとつ結ばれている。ちぎれたところをほかの紐で接いだので、紫と緋《あか》の組みあわせになっていたが、それがまたよいと神喰《カミジキ》は喜んでくれた。

想いかえせば、縁も、契りも、婚姻も結ぶものだ。

結ぶということには神妙なちからがあるように令冥《レイメイ》はおもった。

「命あるものにとって、ほんとうにさみしいことは、なんだと思いますか」

「誰からも愛されぬことかや」

「産まれてきたことを、誰からも許してもらえないことだとわたくしはおもうのです」

令冥《レイメイ》は遠くを眺めながら、言の葉を紡ぐ。

「人は孤独では死ぬことのできない生き物です。さみしさで胸がつぶれそうになっても、鼓動は規則ただしく脈を刻み、呼吸もできる——それでも、あなたさまと結ばれて、ああ、わたくしは産まれてきてもよかったのだと」

令冥《レイメイ》が再び神喰《カミジキ》をみる。透きとおる神サマの眸には令冥《レイメイ》が映っている。

これほどの幸福があるだろうか。

落ちこぼれで、無能で、怖がりで、さみしがり屋な彼女を、神喰《カミジキ》だけが抱き締めて愛《いつく》しんでくれた。

「俺もそうだ。おまえに逢うため、昏冥《こんめい》のなかで俟《ま》ち続けてきたのだから」

神喰《カミジキ》は人に望まれ、人に棄てられた神サマだ。

ふたりのさみしさは一緒だ。

ひとりぼっちは、ふたりぼっちになって。

いま、ふたりになった。

幸福をかみ締めるように微笑んでいた令冥《レイメイ》の瞳から涙がひとつ、こぼれた。頬の紅をにじませて微笑を崩す。

「どうした。なにか、おまえを哀しませるものがあったのかや」

彼は神サマだ。千年の時を俟《ま》ち続け、令冥《レイメイ》と縁を結んだ。

だが令冥《レイメイ》はヒトの姑娘《むすめ》だ。あとどれだけ神喰《カミジキ》と一緒にいられるだろうか。

「わたくしはあなたさまがいてくだされば、再びにはひとりぼっちになることもありません。ですが、わたくしは死すべきさだめの身ですもの。最後にはまた、神喰《カミジキ》をひとりぼっちにしてしまいます」

これまでたくさんの鬼を視て、他人の死を経験してきた。だが、いつかは令冥《レイメイ》もみずからの死を迎えるのだ。

そのときに神喰《カミジキ》を連れてはいけない。

黄泉《よみ》の旅までともなうことはできないのだ。

「それならば、懸念は要らぬ」

桜が舞うように神サマは微笑った。

「魂魄とは還り、また循《めぐ》るもの。なれば、俺はまた、おまえを捜そう。さみしい、さみしいといいながら、産まれかわったおまえと再びに逢える時を俟《ま》ち続けよう」

そうか。

令冥《レイメイ》はいまさらに想う。

彼女が愛し、彼女を愛したのはまことに神サマなのだと。

令冥《レイメイ》の髪に挿された紅の椿が綻ぶようにそよいだ。久遠の時を経ても枯れることのない椿だ。

この椿こそが、神喰《カミジキ》の愛を如実に表している。

神サマの愛は重い。たかが百年の生では受けとめられぬほどに。

「わ、わたくしはのろまなので、とても、お待たせしてしまうかもしれません」

「千年経とうと、万年経とうと構わぬ」

「神喰《カミジキ》のことを憶えていられるかも、わからないのです。それでも、ほんとうによいのですか？」

「憶えておらずとも、さみしい、さみしいと魂は俺を喚《よ》ばうであろう。なれば、その孤独を標《しるべ》にして、俺はおまえに逢いにいく」

緋《あか》の眼から涙があふれだす。

やわらかな頬を濡らして、涙はつきることなくこぼれた。幼い時に還ってしゃくりあげながら、令冥《レイメイ》は最愛の神サマにしがみつく。ぎゅっと袖を握り締めて、額をこすりつけた。

「どうした、まだ心許ないのかや」

「ちが、違うのです……哀しいのではなく、嬉しくて」

令冥《レイメイ》は死ぬまで、磋魄《サハク》を許さないと誓った。愛されなかった未練を、命がつきるまで抱え続けていくとも誓った。

だが、神喰《カミジキ》との愛だけは、死んだあとも続くのだ。

「何度でも、迎えにきて、くださるのですね？　もうひとりぼっちにならなくて、よいのですね？」

「ああ、再びに契ろう」

神喰《カミジキ》はそう誓って、令冥《レイメイ》のことを花嫁らしく抱きあげた。

風が吹きわたる。

燃えたつように花葩《はなびら》が舞いあがり、真紅の袖が緩やかに拡がって華咲いた。咲き群れる月季花は九百九十九。それを凌ぐほど幸福に花嫁は咲《わら》う。

神喰《カミジキ》の髪がなびき、素顔があらわになる。令冥《レイメイ》だけが知っている、やさしくて麗しい神サマの貌《かんばせ》だ。

宵の帳に擁《よう》されて、令冥《レイメイ》は神喰《カミジキ》と唇を重ねた。

神は永劫に姑娘《むすめ》を愛する。

ぬばたまの髪から緋《あか》の眼。哀しみを重ねるたびにかみ締めてきた唇から。他人の地獄であろうと果敢に踏みだすそのつまさきまで。

惜しみなく愛をそそぐ。

だから、令冥《レイメイ》は永遠に、神サマの花嫁だった。

…………

……

史書において、奉《ホウ》には奇《く》しき皇后がいたと綴られる。

あらゆる鬼を解き、遺恨を絶つ彼女は、のちに見鬼后《けんきこう》と称された。

だが彼女にはもうひとつ、異称があった。民は畏れ、けっして声にたてなかったが、その異称は時を経ても遺り続けた。

焉令冥《エンレイメイ》——彼女は、神に寵《あい》された后であると。

本作は書き下ろしです。
本作品はフィクションです。実際の人物や団体、地域とは一切関係ありません。

——— 二宮敦人

鍵は古来より伝わる風土病？
村の壮絶な過去を知る時、
日本中が「鬼」の恐怖に侵される！
驚愕の真相を掴み、
あなたはこの物語から抜け出せるか!?

たった一度のウソで
人生の全てが

崩れ落ちる

心が追い詰められて
壊れた人に
興味がありますか？

映画化決定！
主演：村重杏奈

TO文庫　定価：本体700円＋税
ISBN978-4-86472-880-5

二宮敦人、作家活動10周年!

二宮敦人
The Last Doctors Think of You
Whenever They Look Up to Cherry Blossoms.
written by Atsuto Ninomiya
最後の医者は
〈下〉
雨上がりの空に
君を願う
シリーズ累計
50万部突破!
全ての人は
誰かを救うために
生まれてくる。
TO文庫
イラスト：syo5

TO文庫

# 後宮見鬼の嫁入り

2024年11月1日　第1刷発行

著　者　夢見里龍
発行者　本田武市
発行所　TOブックス
〒150-0002 東京都渋谷区渋谷三丁目1番1号
ＰＭＯ渋谷Ⅱ　11階
電話 0120-933-772(営業フリーダイヤル)
FAX 050-3156-0508

フォーマットデザイン　金澤浩二
本文データ製作　TOブックスデザイン室
印刷・製本　中央精版印刷株式会社



Printed in Japan ISBN978-4-86794-348-9